W0320204

LE BRUN ET LE ROUGE

Des mêmes auteurs

Fake news, Robert Laffont, 2019

MICHÈLE COTTA
ROBERT NAMIAS

LE BRUN ET LE ROUGE

roman

Robert
Laffont

Ouvrage édité par Jean-Luc Barré

© Éditions Robert Laffont, S.A.S., Paris, 2020
ISBN : 978-2-221-24321-3
Dépôt légal : octobre 2020
Éditions Robert Laffont – 92, avenue de France 75013 Paris

À Stéphanie, Fabien, Nicolas,
Alexandre, Yann et leurs enfants

Ainsi commence le fascisme. Il ne dit jamais son nom,
il rampe, il flotte, quand il montre le bout de son nez,
on dit : C'est lui ? Vous croyez ? Il ne faut rien exagérer.
Et puis, un jour, on le prend dans la gueule
et il est trop tard pour l'expulser.

Françoise Giroud

Précédemment

Après deux ans d'une présidence Berlau imprévue et imprévisible qui avait bousculé la France, la Ve République avait connu avec le président Pierre Lassry le pire quinquennat de son histoire.

Au terme de son mandat, leader d'une droite dévaluée au profit d'une extrême droite qui surfait sur les peurs, Lassry n'était plus que le chef fantôme d'un pays immobile. Son jeune et flamboyant prédécesseur, François Berlau, victime d'une manipulation qui l'avait obligé quatre ans plus tôt à démissionner dans le déshonneur, avait progressivement reconquis le cœur des Français au point de faire la course en tête à la veille de la présidentielle de 2025.

Lassry ne s'était jamais relevé de l'onde de choc provoquée par les révélations de John MacGuirre, l'informaticien de la CIA qui avait dévoilé l'impensable montage réalisé en 2020 par ses services à la demande du président américain. Une gigantesque *fake news* qui avait donné à croire que la campagne du jeune président Berlau élu en 2018 avait été financée par les Iraniens.

Depuis lors, la ruche élyséenne avait pris les allures d'une PME au bord du dépôt de bilan avec un chef de l'État désormais à la tête d'une armée sans troupe. Les Français, qui avaient aimé Berlau et son dynamisme iconoclaste, ne voyaient plus dans ce président de droite raide et falot qu'un usurpateur élu par effraction. Et Lassry ne fut pas le seul à payer cash ce coup de folie américain. Les flics de la Crim' qui avaient enquêté sur les meurtres du président du Sénat et du patron d'un grand hebdo, deux victimes collatérales de ce montage hors norme, furent écartés sans ménagement. Quant au journal *L'Univers* qui s'était fait le complice involontaire des manœuvres de la CIA, il avait dû se séparer de sa meilleure journaliste pour éviter de sombrer.

Bref, à l'aube de cette nouvelle présidentielle, rien ne semblait devoir arrêter François Berlau dans sa reconquête programmée.

Sauf qu'en 2025, rien ne s'est passé comme prévu.

L'attentat

1.

Paris, mars 2028

C'était comme cela depuis des mois. Depuis que les derniers attentats avaient glacé d'effroi un pays passé en moins d'un an d'une lâche euphorie à une forme de résignation dépressive. Paris vivait depuis longtemps sous haute tension, mais l'assassinat du patron des patrons avait noirci un peu plus encore la photographie déjà très sombre d'une capitale plongée dans une sorte de coma artificiel, surveillée par une police omniprésente. Et ce jour-là comme à chaque déplacement présidentiel, Charlotte Despenoux traversait une ville morte. Terrasses de café évacuées, boutiques et cinémas fermés, de la rue du Faubourg-Saint-Honoré à la porte de la Villette, les hommes en noir, casqués et lourdement armés, bloquaient tous les accès au parcours que devait emprunter la dizaine de 4 × 4 blindés. Les menaces d'attentat contre la jeune présidente constituaient désormais l'ordinaire de la police. Jusqu'alors, Charlotte Despenoux avait considéré que ce risque-là faisait partie de la panoplie présidentielle, mais elle avait dû admettre que jamais aucun de ses prédécesseurs n'avait eu à connaître pareil enfermement.

En approchant du Zénith, elle s'était dit malgré tout que cet après-midi, elle ne risquait pas grand-chose. Cinq mille mères de famille nombreuse ne constituaient pas un public franchement dangereux ! Elle avait d'ailleurs demandé à la sécurité d'oublier les vitres blindées qui désormais la séparaient du public dans toutes les salles où elle se produisait. Charlotte détestait ces mesures de sécurité qui ne renvoyaient plus d'elle à travers le miroir déformant de la télévision que l'image d'une présidente apeurée. C'était mal la connaître.

Du coup, avant même de monter sur scène, elle écarta, agacée, la dizaine de gardes du corps qui l'empêchait d'approcher ces femmes, venues parfois de très loin, pour l'applaudir.

Et pour la première fois depuis très longtemps elle renoua avec les poignées de main, les embrassades et les selfies qui avaient ponctué sa marche triomphale trois ans auparavant. Aujourd'hui ces bains de foule n'étaient plus que des souvenirs lointains, la photo jaunie des débuts heureux où le soutien des militants le disputait à la ferveur des nouveaux convertis. Cet après-midi-là, elle eut le sentiment de revivre ces moments qui n'appartiennent qu'à ceux qui ont gravi les marches du pouvoir, ces semaines uniques d'exaltation où l'on n'imagine pas encore les déceptions à venir.

Ça lui faisait un bien fou, tant il est vrai que, derrière son pupitre, cheveux blonds relevés en chignon, tailleur strict bleu nuit tout juste égayé par le pin's de grand-croix de la Légion d'honneur, la présidente Despenoux n'avait plus rien de la jeune femme qui avait remporté la présidentielle en jean, tee-shirt et talons hauts ou baskets. À l'époque, elle avait imaginé que c'était une manière de s'affirmer proche de ses électeurs. Bingo, l'habit avait fait le moine et une majorité de Français le reste. Ils avaient voté pour elle et l'avaient faite gardienne du temple présidentiel en l'envoyant à l'Élysée. De la gamine qui avait longtemps ri de ce mauvais tour joué aux millions de personnes qui juraient que jamais l'extrême droite ne pourrait franchir la grille du coq, il ne restait trois ans plus tard que la blondeur des cheveux et la beauté d'un visage mi-ange mi-démon. Amaigrie, on ne voyait plus d'elle que ces traits tirés que masquait mal un maquillage trop visible pour effacer ce qu'il était censé cacher, la fatigue, le manque de sommeil et surtout une forme de tristesse à l'idée de ce pouvoir qu'elle avait promis enchanteur et qui désormais lui glissait entre les mains. Mais, l'espace d'un instant devant ces femmes, elle avait retrouvé la vigueur et l'enthousiasme des premiers jours. Elle était venue leur confirmer qu'après l'interdiction de la procréation médicale assistée, elle ferait voter l'abolition de la loi sur l'interruption volontaire de grossesse. Une salve d'applaudissements accueillit cette dernière promesse, si puissante qu'elle dut forcer la voix pour conclure.

« Vous qui avez toujours su que l'enfant à naître était le prolongement naturel et nécessaire de l'amour entre un homme et une femme. Vous qui pensez que la famille nombreuse doit constituer le noyau dur et indépassable de notre chère patrie, allez porter cette parole aux quatre coins de notre pays. Vous êtes la plus belle des garanties pour que la France reste ce qu'elle est, éternelle et indivisible.

Merci pour vos combats, vous avez été des millions à vous battre à mes côtés. Avec vos maris, vos frères, vos pères, unissez-vous pour déjouer les plans machiavéliques de ceux qui ont voulu détruire ce qui constitue l'essence même de notre peuple : la cellule familiale.

Merci, je vous aime. »

Charlotte venait de goûter devant cette foule où se croisaient, dans un soutien sans faille, bourgeoises des beaux quartiers parisiens et militantes venues des provinces les plus reculées, un moment de bonheur qu'elle croyait à jamais disparu. Elle n'avait plus qu'une hâte, rentrer au plus vite au palais pour retrouver Alexandre avant qu'il se couche. Exceptionnellement elle n'avait ni réunion ni dîner politique où se mêlaient généralement des amis trop empressés pour être sincères et d'autres qui affirmaient sans gêne apparente qu'on pouvait être plus à droite que l'extrême droite ! Au fond, Charlotte n'aimait pas cet entourage qu'elle n'avait pas vraiment choisi et qui n'était plus qu'un héritage encombrant.

Ce soir elle allait pouvoir profiter de son fils et de ce printemps farceur qui prouvait que désormais les saisons faisaient fi des agendas. Attendues en mai, les fleurs des marronniers commençaient à tacher de blanc les grands arbres qui bordaient le parc et, dans la pénombre naissante, les oiseaux se jouaient du crépuscule en chantant comme aux premières heures de l'aube. Depuis des semaines les présentateurs météo rivalisaient d'explications pour s'inquiéter d'un hiver inexistant et de ce printemps qui prenait déjà des allures de début d'été. Mais Alexandre qui venait de remonter dans les appartements privés pour dîner avec la gouvernante n'avait que faire de ces considérations climatiques. Il profitait de cette douceur qui avait enveloppé Paris pour descendre dans le jardin dès ses devoirs faits et jusqu'à la nuit tombée. À défaut de copains qu'il avait dû laisser à la porte du « château », il s'était constitué une bande qui ne rechignait pas à courir derrière le ballon. En service commandé, il y a près de trois ans, lorsque le petit garçon s'était installé dans les murs avec sa mère, la dizaine de policiers triés sur le volet qui assurait en permanence la protection de la présidente s'était prise au jeu. La compagnie de cet enfant de six ans s'était avérée rapidement plus réjouissante que celle des gardes affectés à la présidence d'autant que les gendarmes et les policiers, qui étaient là depuis des temps très anciens, n'avaient guère apprécié la venue de ces flics qui n'entendaient obéir qu'à celle qui les avait choisis.

Ce jour-là, aucun d'entre eux n'était disponible pour cause de déplacement présidentiel et le match de foot d'Alexandre s'était réduit à quelques roulades et une course folle avec son fidèle Toast, un briard que lui avait offert son père alors qu'il venait de se séparer de Charlotte. Quatre ans plus tard, la présidente Despenoux gérait sa vie privée comme elle pouvait. On ne lui connaissait pas de compagnon, même si quelques mois auparavant la rumeur avait couru que la maîtresse des lieux avait un amant à l'intérieur du palais. D'abord très agacée par ces bruissements émoustillés, Charlotte s'en était ensuite amusée sans jamais démentir ni confirmer.

Ce 18 mars était à marquer d'une pierre blanche. Outre son escapade réussie au Zénith, la présidente venait de recevoir un coup de téléphone de Pierre Mazaudet, le ministre de la Police qui avait enfin obtenu le ralliement de Leccia, le maire de Nice. Ce dernier acceptait de se présenter aux prochaines municipales sous les couleurs de La France D'abord, le mouvement qui avait porté la présidente sur les fonts baptismaux élyséens. Belle prise et un rayon de soleil méditerranéen qui venait à point nommé pour relancer un quinquennat qui semblait sombrer inexorablement dans la cacophonie politique et le chaos économique. La veille, devant l'Union des travailleurs français, le seul syndicat autorisé, réuni en convention nationale, Charlotte Despenoux avait dû ramer pour expliquer qu'elle finirait par imposer la voix de la France à l'intérieur de cette Europe honnie. La vérité était que le pays était au bord de la faillite et qu'elle allait devoir supplier les Européens de lui prêter les milliards dont elle avait besoin pour éviter la cessation de paiement. Chacun le savait mais préférait regarder ailleurs plutôt que de risquer le courroux présidentiel. La trouille avait fait son œuvre et le régime policier plus encore. Charlotte voyait bien que, depuis l'éclatement de la coalition des extrêmes, le navire ballotté de toutes parts ne pourrait plus tenir la mer très longtemps, mais elle voulait encore y croire. La preuve, ce ralliement du Niçois qui avait finalement craqué devant les arguments pressants de Mazaudet.

En prenant l'ascenseur qui la conduisait aux appartements privés, elle commanda son plat préféré, une soupe de potiron arrosée d'un verre de grand bordeaux qu'elle prendrait dans son bureau après avoir lu quelques pages à Alexandre. Les moments avec son fils étaient rares et elle en souffrait, mais elle avait appris à ne s'autoriser ni états d'âme ni complaisance pour les bouffées de frustration qui l'envahissaient parfois. Alexandre connaissait l'histoire par cœur, néanmoins il n'aimait rien tant que d'entendre conter une fois de plus la rencontre du renard et du Petit Prince. Ce soir-là elle prit son temps et lut le texte de Saint-Exupéry presque en entier. Le petit garçon dormait déjà depuis un moment lorsqu'elle s'arracha à cette parenthèse de normalité pour redescendre dans son bureau. Le palais était désert, seuls trois policiers de sa garde prétorienne, comme l'appelaient avec agacement les hommes du GSPR[1], faisaient les cent pas au premier étage à la place des huissiers qui, chaque soir depuis trois ans, affichaient une moue contrariée sans un mot ni un bonsoir pour ces flics venus d'un autre monde. Mais pour Charlotte, cela n'avait aucune importance, elle se sentait protégée et même aimée par ces compagnons du premier jour et c'était l'essentiel.

1. Groupe de sécurité de la présidence de la République.

D'autant qu'elle devait se préparer à un lendemain difficile, elle savait que face à elle, ses ennemis européens ne lui feraient pas de cadeaux. Les milliards dont elle avait besoin allaient lui coûter très cher politiquement, ce qui ne l'avait pas empêchée de travailler avec la volonté gourmande de rentrer à Paris le chèque en poche. Au point de ne pas prendre garde au portable qui vibrait sur son bureau. C'était l'un des hommes en faction devant sa porte, Pablo Sanchez, à ses côtés depuis sa première élection, les législatives de 2018, qui vint la prévenir. Le Premier ministre Durand-Corbel la cherchait de toute urgence et l'avait déjà appelée deux fois. Selon le policier il avait une drôle de voix, presque étouffée.

— Rappelez-le toute de suite, madame la présidente, ce doit être grave, très grave même.

— Vous savez quelque chose ? lui demanda Charlotte, surprise par le ton presque comminatoire de Sanchez.

— Non, madame, mais je sens que ça ne va pas. Je vous assure, rappelez-le tout de suite, dit-il en ouvrant la porte.

Charlotte n'eut pas besoin de composer le numéro de la ligne sécurisée, Étienne Durand-Corbel la rappelait déjà :

— Charlotte, Mazaudet a été assassiné.

Le Premier ministre n'avait pas pris de gants et le choc fut si rude qu'il n'eut pour toute réponse qu'un long silence au bout de la ligne.

— Madame la présidente, vous êtes là ?

— Oui… oui, bredouilla-t-elle avec une voix incompréhensible, incapable de dire un mot de plus.

Durand-Corbel comprit qu'il devait enchaîner. Le Premier ministre avait gagné progressivement la confiance de Charlotte qui désormais ne jurait que par lui. Au début, ce fut un mariage de raison. Le chef du gouvernement, soixante ans et qui en faisait quinze de moins avec son air d'éternel gamin se disait gaulliste, mais il avait quitté le parti de l'ancien président Lassry parce qu'il le jugeait trop mou sur l'immigration et ambigu sur l'Europe. La France D'abord avait besoin d'alliés pour la présidentielle, Étienne, qui ne pouvait espérer l'emporter seul, avait saisi sans barguigner la main que lui tendait l'extrême droite, négociant Matignon si Charlotte l'emportait. Promesse tenue. Depuis, les deux avaient appris à se connaître et décidé qu'ils formeraient tout au long du quinquennat un couple uni pour le meilleur et pour le pire. Il y avait eu le bon, sinon le meilleur. Durand-Corbel venait de lui apprendre qu'il y avait désormais le pire.

— La voiture de Pierre a été prise dans une embuscade en sortant du restaurant où il dînait avec Leccia. Le guet-apens n'a laissé aucune chance aux occupants de la voiture. Le garde du corps de Mazaudet et son chauffeur sont également morts dans la fusillade. En revanche les policiers qui étaient dans la voiture suiveuse n'ont pas été touchés.

Du jardin plongé dans le noir, Charlotte n'apercevait que les cimes des arbres faiblement éclairées par un croissant de lune qui donnait à ce moment un aspect irréel. Mais la voix désormais assurée et forte de son Premier ministre la ramena brutalement sur terre.

— Le procureur de Paris a été prévenu ? demanda-t-elle.

— Oui et j'ai vu avec lui, c'est la patronne de la Crim', Marianne Maestracci, qui va partir pour Nice.

— Que dit la police sur place ?

— Les tueurs ont pu s'enfuir, tout cela n'a duré que quelques secondes. Je vais devoir faire un communiqué avant que les réseaux sociaux ne donnent l'information. Il n'y avait pas grand monde à cette heure-là square Albert-Ier, mais j'imagine que des images vont rapidement circuler.

— Le communiqué, faites en sorte qu'il soit le plus bref possible, répondit la présidente, encore abasourdie. Et rejoignez-moi à l'Élysée.

En raccrochant, Charlotte s'affala sur le canapé qui faisait face au bureau. Tout se brouillait dans sa tête. Il y avait une heure à peine, Mazaudet ne cachait pas sa satisfaction au téléphone, il avait la voix de celui qui avait fait un bon coup. Peut-être pas celui du siècle, mais du quinquennat certainement. Il était d'autant plus fier que l'affaire n'était pas gagnée lorsqu'il avait quitté tôt le matin la place Beauvau.

2.

Ministre de la Police depuis 2025 et habile négociateur auquel rien ni personne ne semblait devoir résister, Pierre Mazaudet n'en menait pourtant pas large alors que l'avion après avoir survolé les Alpes longeait les côtes varoises. Par le hublot, il apercevait des bouts de ciel bleu qu'aucun nuage ne venait brouiller, mais cette lumière printanière avait un prix : un vent qui depuis plusieurs jours balayait tout sur son passage au point que les palmiers si fiers habituellement semblaient s'être résignés à vivre couchés, battus par ces courants méchants venus de l'est. Le Falcon 900 du Cotam paraissait bien léger pour affronter la bourrasque méditerranéenne, si léger que, par prudence, l'équipage avait envisagé de rebrousser chemin et de se poser loin de ces vents imprévisibles qui risquaient de faire glisser le jet dans un hors-piste mortel. Mais le ministre ne l'entendait pas de cette oreille, il devait impérativement conclure avec le maire de Nice et donna malgré tout l'ordre d'atterrir. Après deux tentatives ratées et des échanges tendus avec le contrôleur aérien qui avait déjà alerté pompiers et secours, le pilote finit par poser l'appareil, aussi ballotté au sol que les minuscules coquilles de noix qui à quelques centaines de mètres semblaient vouées à un naufrage certain. Dans l'avion, enfin immobilisé, la peur des conseillers n'était pas retombée et ils croyaient entendre encore les craquements qui, une demi-heure durant, leur avaient fait penser à une fin inéluctable. Mazaudet, lui, était resté de marbre relisant une dernière fois ses notes. Pilote lui-même, il avait souvent vécu des situations en vol plus compliquées. Non, ce qui inquiétait le ministre, c'était l'homme qu'il allait devoir affronter dès son arrivée. Avec Jacques Leccia, la négociation s'annonçait serrée et l'issue incertaine. Depuis l'élection de Charlotte Despenoux trois ans auparavant, Leccia faisait bande à part. Lui, l'autodidacte amateur de grosses cylindrées, habillé sans grande élégance et moqué pour son côté souvent brut de décoffrage par les bourgeois des hauteurs de la ville, avait le soutien des modestes et des sans-grade. Les commerçants, ceux de la vieille ville et des quartiers populaires, ne juraient que par lui. Malgré son jeune âge, le maire de Nice avait tout du politicien à l'ancienne, tenant les brides de son pouvoir local si courtes qu'il était difficile de lui échapper. Certes il suscitait la haine tenace de concurrents, généralement d'anciens vassaux, qui n'en pouvaient plus de son omniprésence, mais ceux-là semblaient condamnés à n'être que les pâles figurants d'une pièce qui se jouait sans eux. Bref, Jacques Leccia régnait d'autant plus sans partage qu'il avait courageusement défendu des positions et les valeurs d'une droite laminée depuis longtemps dans le reste du pays. Grâce à son maire, la baie des Anges ne s'était pas vendue au diable et la ville si longtemps italienne était classée depuis trois ans village gaulois imprenable. La plus glorieuse des Légions d'honneur pour Leccia qui s'était vu remettre la sienne par l'ancien président Lassry, exilé depuis son piteux échec à la présidentielle de 2025, sur les bords du lac Léman. Lassry coulait avec sa famille des jours tranquilles et médiocres, détesté par tous ceux qui l'accusaient d'avoir fait le lit de l'extrême droite.

L'avant-veille, Mazaudet avait eu brièvement Leccia au téléphone.

— Jacques, le temps d'organiser ma visite et on met tout sur la table. Tu ne peux pas rester enfermé dans ta mairie à jouer les mouches du coche.

C'était la fin d'après-midi, l'heure préférée du maire, celle où le soleil couchant venait frapper à ses fenêtres, celle où la mairie, enfin silencieuse, lui laissait le temps de travailler ses dossiers du lendemain. Plus personne pour l'importuner dans ce bureau qu'il occupait plus souvent que le trois pièces sans charme qu'il avait acheté rue de France. L'appartement était resté désespérément vide à l'image de la vie affective de son propriétaire. Les copains, les soirées trop arrosées et plus encore les amours, c'était avant.

Avant la politique et surtout avant la mairie. Jacques n'aimait rien tant que ces débuts de soirée où seul dans ce bureau il imaginait déjà le coup d'après en se contemplant dans les dizaines de photos qui tapissaient les murs. Une vraie galerie d'art pour un seul sujet, lui. Lui, avec des artistes, lui, photographié au marché aux fleurs, sur le port, sur tous les grands chantiers, partout où sa ville l'appelait, mais surtout lui, avec les politiques, ses mentors, ses parrains, ceux qu'il avait servis et dont il s'était parfois servi. Bref, Jacques était depuis longtemps la principale source d'inspiration de Leccia et vice versa. Sauf que, au moment où la sonnerie de son portable avait retenti en cette fin de journée, il s'était exceptionnellement oublié pour plonger son regard dans celui du fondateur de la Ve République dont le portrait en noir et blanc trônait sur le bureau. Qu'aurait dit ou fait le Général, lui qui avait appris aux Français à dire non, la République chevillée au corps ?

Sans même y penser Jacques, s'était ainsi laissé dicter sa réponse par l'homme au képi qui lui faisait face.

— Je n'ai rien à te dire. Je n'aime pas ce que vous faites et ce que tu es devenu. D'ailleurs j'ai déjà tout dit aux sbires que m'avait envoyés ta présidente.

— D'abord cette présidente, c'est aussi la tienne. Et puis oublie ces imbéciles qui ne connaissent rien à ta ville et à son histoire. Accepte au moins de m'écouter. Cette opposition stérile ne rime à rien nous sommes dans le même camp !

— Je ne crois pas.

Jacques avait raccroché et Mazaudet eut à peine le temps de reposer son portable que Charlotte Despenoux l'appelait sur sa ligne sécurisée.

— Tu l'as eu ?

— Oui.

— Et alors ?

— Bah alors rien, il est toujours aussi buté. Je vais te dire, ce con m'emmerde. On n'a qu'à lui envoyer dans les pattes n'importe lequel de tes petits marquis ou mieux son meilleur ennemi, Fernand Sprery, qui n'a plus rien à faire depuis que tu as battu son patron.

— Sûrement pas, Leccia sera encore plus gênant à l'extérieur qu'à l'intérieur. Tu vas à Nice et tu te débrouilles pour le convaincre. Après tout, tu es son ami non ?

— Aujourd'hui, pas vraiment !

— Ça m'est égal. Vos querelles de vieux couple ne m'intéressent pas. Vas-y et signe.

Poursuivre la discussion eût été inutile. Mazaudet raccrocha en sachant qu'il n'avait plus qu'à obtempérer et envoyer un message au préfet lui demandant de sécuriser le quartier de la mairie. Le ministre rappela brièvement Leccia. Le ton n'appelait aucune réponse. D'ailleurs il n'y en eut pas. Mazaudet informait seulement le maire de Nice qu'il serait dans son bureau le surlendemain à 9 heures.

Avant d'atterrir, il avait relu les interventions et déclarations quasi quotidiennes de Leccia, abondamment reprises par la presse locale. Dans ces interviews, qui ne manquaient ni de courage ni de panache, le maire refusait de cautionner les dérives de « cette jeune présidente incompétente et dangereuse politiquement ». Il avait surtout depuis trois ans dénoncé l'accumulation de mesures qu'il jugeait liberticides et qui lui faisaient dire que la France avait désormais rejoint la cohorte nombreuse et peu ragoûtante des États policiers.

C'est dire qu'entre l'envoyé spécial de l'Élysée et le « comte de Nice », comme l'appelaient ironiquement ses ennemis locaux, la discussion ne s'annonçait pas franchement cordiale. Houleuse même, à l'image de cette mer bousculée par le vent d'est que Mazaudet longeait maintenant à grande vitesse, sans un regard pour cette promenade qu'il connaissait pourtant si bien puisque c'était celle de son enfance. La négociation avec Leccia était devenue pour le ministre de la Police si obsessionnelle qu'il en avait presque occulté la blessure inguérissable subie par la ville quelques années auparavant. Et c'est seulement en apercevant la rotonde du Negresco qu'il fut malgré lui rappelé à cette réalité déjà lointaine et encore si proche. Un instant son regard se glaça croyant voir au milieu des touristes des corps allongés par dizaines gisant au pied des chaises renversées face au palais de la Méditerranée. Le temps de se ressaisir et il ne restait devant ses yeux que des fauteuils bousculés par les rafales de vent, mais cette vision d'horreur était encore présente lorsque sa voiture passa les barrages des gendarmes mobiles qui bouclaient le square Albert-Ier et le quartier de la mairie. Il était arrivé. Il savait que la journée serait longue, il n'imaginait pas à quel point elle serait meurtrière.

3.

Alors que Mazaudet s'apprêtait à entrer dans l'hôtel de ville, deux hommes débarquaient du Paris-Nice de 9 h 55. Le vent ne s'était pas calmé, l'A319 avait été tout aussi secoué que le Falcon 900, mais l'atterrissage fut moins aventureux et c'est sans encombre que Sylvio et Victor Gorini s'engouffrèrent dans la grosse berline noire qui les attendait. Deux frères connus depuis longtemps des services de police, condamnés à plusieurs reprises pour braquages et autres vols à main armée. Au total près de quinze ans de prison à eux deux. Mais, depuis quelques années, les Gorini semblaient s'être assagis. L'un tenait un bar lounge dans le quartier des musiciens, l'autre dirigeait une entreprise florissante de prêt-à-porter, les deux avaient pignon sur rue et ne faisaient plus guère parler d'eux. La police ne les avait pas complètement perdus de vue, mais n'avait rien trouvé qui justifiât qu'elle regarde de plus près leurs affaires. Elle avait simplement repéré que le bar de Victor était devenu l'un des lieux préférés des étudiants niçois qui s'y attardaient volontiers jusque tard dans la nuit.

Ce jour-là, les deux malfrats avaient dû faire de multiples détours pour rallier l'appartement de Sylvio dans le quartier de la gare. Inquiet de la visite du ministre de la police, le préfet n'avait pas fait les choses à moitié : le bord de mer était fermé et une bonne partie de la ville bouclée. C'était sans importance, Sylvio, Victor et leurs deux complices, arrivés le matin même de Bastia, avaient toute la journée pour se préparer. Le dîner au restaurant prévu par Mazaudet pour sceller son accord avec Leccia ne se terminerait certainement pas avant 22 h 30. Ils avaient largement le temps de peaufiner leur stratégie et d'organiser leur fuite. Après avoir vérifié que le matériel était prêt, chacun devait vaquer à ses occupations et, comme prévu, Victor se rendit à son bar dès le début d'après-midi pour ne plus en sortir avant 2 heures du matin. C'était en tous les cas la version officielle qui serait donnée si les choses tournaient mal. Quant à Sylvio, il devait passer la journée dans ses bureaux avant de dîner avec les deux Bastiais au bistrot du port et n'en sortir que tard dans la nuit. Bref, les frères Gorini étaient fin prêts. Blancs comme neige ce matin-là, ils entendaient bien l'être encore le lendemain au cas où la police aurait l'idée saugrenue de les interroger.

En attendant, c'était à la mairie que l'histoire s'écrivait. Dix heures de palabres pour que Leccia et Mazaudet trouvent enfin le compromis leur évitant de se livrer l'ultime combat qu'ils pressentaient mortel, ce qui n'aurait arrangé les affaires de personne et surtout pas de la présidente.

Charlotte Despenoux avait été très claire avec le ministre. Elle voulait un accord, mais certainement pas une mise à mort qui l'aurait salie un peu plus encore et fait du maire de Nice un martyr. Leccia devait accepter de signer, debout.

Des allées et venues de ses précédents émissaires, elle avait conclu que seul Mazaudet pouvait réussir à convaincre son ex-ami d'enfance. Rallier ce baron lointain qui multipliait provocations et bravades était devenu une priorité pour la jeune locataire de l'Élysée. La bourrasque des élections départementales et régionales qui avait dévasté les oppositions et repeint d'une couleur brune les départements et les régions ne lui suffisait plus. Aucune ville ne devait désormais échapper à son appétit gargantuesque. Avant même les élections municipales prévues pour l'automne 2028, la plupart des grandes métropoles étaient déjà tombées dans l'escarcelle présidentielle. Le drapeau français, frappé désormais des armoiries de Jeanne, flottait sur tous les frontons. Les maires sortants les plus récalcitrants avaient été écartés au profit d'hommes et de femmes qui avaient accepté de porter les couleurs du LFD, devenu depuis la dissolution de 2026 parti unique ou presque. La quasi-totalité des villes sauf une. « Nissa la Bella », désirable et désirée, tentatrice et séductrice si peu farouche avec ceux qu'elle aime, mais violente et détestable avec ceux qui la bousculent. Seul Mazaudet pouvait le comprendre. Et pour cause, le ministre de la Police connaissait Nice et son maire mieux que personne.

Les deux étaient nés la même année, quarante-quatre ans plus tôt, le premier, Mazaudet, à la clinique Saint-Georges tout près du très chic quartier de Cimiez, l'autre à Santa-Maria dans le quartier pauvre de Magnan. Le bourgeois, fils d'avocat, et Leccia, fils d'un couple d'émigrés italiens, n'étaient pas faits pour se rencontrer. Mais les hasards de la carte scolaire les avaient placés côte à côte sur les bancs du lycée Masséna. Les deux étaient du genre bagarreur. Plus attirés par la castagne et le foot que par le siècle des Lumières, ils s'étaient rapidement associés pour faire le coup de poing dans les manifs lycéennes. Un prétexte utile pour sécher les cours avec bonne conscience d'autant que, dans ces années-là, leur goût pour la baston l'emportait largement sur leurs convictions politiques. À vrai dire, ils n'en avaient guère et préféraient de loin les terrasses des bistrots de la place Garibaldi aux chambres enfumées de leurs copains militants. La plupart étaient à gauche, ce qui n'était pas leur cas. Le premier avait toujours vécu dans une famille qui se délectait encore cinquante ans après des histoires du grand-père adhérent des croix-de-feu et qui avait fait du 6 février 1934 sa fête nationale à lui, le second, enfant de la République bénéficiaire de l'ascenseur social, estimait qu'il serait bien malvenu de contester l'ordre établi. Et puis l'ordre, ils aimaient ça tous les deux. Les uniformes, les musiques militaires, les parades sur la promenade et le carnaval, plus méchant qu'innocemment moqueur avec les figures politiques du moment, ils adoraient. Seules les filles les rendaient à leur état naturel d'ados mal dégrossis plutôt timides et qui avaient comme beaucoup trouvé plus facile de découvrir la sexualité entre copains qu'avec leurs copines de lycée.

Depuis, l'un et l'autre s'étaient éloignés sans jamais se perdre de vue. À peine le bac obtenu, brillamment pour le futur maire, médiocrement pour Mazaudet, ce dernier avait du jour au lendemain quitté sa famille et renoncé à la lumière et aux odeurs méditerranéennes pour Paris et sa grisaille ordinaire. La fac de droit et surtout une jeune Parisienne rencontrée un soir de juillet au festival d'Antibes l'avaient convaincu que Nice allait vite devenir trop étroite pour lui. Pierre était beau parleur et de surcroît plutôt joli garçon. La Parisienne rencontrée sous les pins parasols du théâtre de Verdure lui ayant faussé compagnie peu de temps après son arrivée dans la capitale, il se consola sans difficulté en se jetant avec gourmandise dans le tourbillon des aventures estudiantines. Une ardeur amoureuse qui ne s'était jamais démentie et qui lui valait à quarante-quatre ans deux divorces, trois enfants et autant de pensions alimentaires !

Jacques Leccia, lui, ne s'était jamais marié. Le politique extraverti, capable d'affronter les situations les plus périlleuses en discourant des heures durant, n'avait jamais réussi à gommer complètement la timidité adolescente qui lui faisait préférer à l'époque ses compagnons de manifs. Mais il avait vite compris que cette timidité était bien souvent l'arme des vrais séducteurs et rapidement trouvé un équilibre entre de longs moments de célibat et des épisodes de vie de couple brefs et intenses, restés généralement sans suite par abandon de la compagne du moment. Depuis ses débuts dans la vie politique, la case vie sentimentale s'était vidée progressivement au point d'être quasi déserte.

Au cours de la dernière décennie, les deux s'étaient souvent croisés au Palais-Bourbon se saluant à peine. Leur amitié n'avait plus que l'odeur désagréable des fleurs fanées, tant ils avaient divergé. Certes, tous deux avaient adhéré au parti de droite qui soutenait le président de l'époque, mais l'un, à Nice, avait choisi le camp des libéraux, tandis que l'autre, à Paris, après un passage par une organisation étudiante d'extrême droite avait finalement rallié l'aile la plus dure du parti présidentiel. Dans le groupe parlementaire, ils ne se parlaient plus guère, sinon pour s'affronter aux réunions hebdomadaires, salle Colbert.

Le futur ministre avait vite compris que ses positions extrêmes lui vaudraient un intérêt médiatique jalousé par nombre de ses collègues. Il s'était fait une spécialité des rencontres internationales improbables. La réprobation qu'elles provoquaient augmentait un peu plus chaque fois une notoriété qu'il cultivait avec délectation. Dès sa première élection, prenant grand soin de se faire accompagner par des équipes de télévision qui trouvaient là un moyen commode d'obtenir des exclusivités, impossibles en temps ordinaire, il avait monté une expédition rocambolesque pour rencontrer dans son palais de Bagdad le dictateur irakien à quelques mois de la seconde guerre du Golfe. Deux jours en Irak, et le jeune député était presque aussi connu que les plus anciens de son parti qui jugeaient d'un œil noir les frasques de ce jeune homme pressé. Mais Mazaudet n'en avait que faire, il creusait son sillon et mettait à profit cette notoriété pour peaufiner son image de leader d'une droite dure, sorte de Don Quichotte pourfendant les moulins du conformisme bourgeois. D'autant plus efficace qu'il était lui-même le portrait presque caricatural du jeune bourgeois, le cheveu élégamment coupé et le costume taillé avec soin, un vrai jeune premier qui avait gardé, suprême coquetterie, un léger accent du Sud visant à rappeler opportunément qu'il était le fils d'une histoire bien française. Quinze ans après la visite au tyran de Bagdad, il continuait de s'adonner à ses provocations itinérantes. Sa rencontre à Damas avec les dirigeants syriens, en pleine guerre dont la France était partie prenante, avait provoqué un concert de réprobations quasi unanimes. Seule l'extrême droite l'avait approuvé comme elle avait applaudi ses nombreux voyages en Russie alors qu'il avait pris position pour Moscou dans le conflit qui l'opposait à Kiev. Certains y avaient vu l'influence de ses amours récentes, puisque à l'occasion d'un séjour à Saint-Pétersbourg trois ans plus tôt, il avait rencontré une interprète russe qui depuis exerçait ses talents en France à ses côtés. Peu importe, pour les dirigeants de son parti, c'en était trop. Mis à l'écart, ignoré de la plupart de ses collègues, il décida de lui-même de quitter les bancs majoritaires. C'était en 2024, un an avant la présidentielle. Sa route était tracée.

La France D'abord lui tendait les bras, il s'y engagea avec l'ardeur des convertis et mit toutes ses forces dans la bataille aux côtés de la candidate d'extrême droite. Il était Don Quichotte, il devint

Murat ou du moins se prit pour tel. Et en fut largement récompensé.

Il n'empêche, ce 18 mars 2028, c'est la nostalgie qui l'avait emporté sur la satisfaction. L'allégresse postélectorale avait duré à peine quatre saisons et depuis le pays vivait au rythme des attentats fomentés par des réseaux de résistance protéiformes que le pouvoir malgré une répression meurtrière n'arrivait pas à réduire. Prenant par le bras son ami de jeunesse, le ministre alla jusqu'au balcon, comme s'il voulait retrouver les images et respirer l'air de son enfance qui l'avait nourri et fait grandir. En cette fin d'après-midi, pour seuls touristes visibles il n'y avait que la centaine d'hommes armés qui protégeait le bâtiment, alors qu'à cent mètres à peine, la mer, indifférente, semblait se jouer des galets qui bordent la promenade. Mazaudet voulut ouvrir la fenêtre mais, sécurité oblige, son garde du corps se précipita pour l'en empêcher et les deux se contentèrent de contempler le tapis de casques noirs qui couvrait la rue de l'hôtel de ville.

— C'était quand même plus gai avant ! s'exclama le ministre en collant son nez à la vitre.

— Avant quoi ? s'énerva Leccia. Avant, quand on était à deux pas d'ici, au lycée Masséna ? Ou avant que ta présidente soit élue ?

— Et pas grâce à toi, on ne l'a pas oublié, rétorqua sèchement Mazaudet. Non avant… quand plutôt que de se coltiner deux heures d'étude on allait pique-niquer d'un pan-bagnat ou d'une part de socca sur les galets.

— Mais Pierre, ça continue ! Qu'est-ce que tu crois ? Vos flics n'empêcheront jamais les gamins de

Masséna de flirter entre deux cours. Regarde ta ville, elle n'a pas changé. Elle est juste mille fois plus belle qu'il y a vingt ans. Je me bats tous les jours contre vous pour qu'elle ne change pas. Crois-moi, j'ai réussi à protéger cette ville contre la peste qui s'est abattue sur le reste du pays. Oui Pierre, c'était mieux avant… avant vous, avant Charlotte, avant que vous ne plongiez la France dans un quotidien de haine et de violence, nourris par la détresse de ces millions de chômeurs qui sont venus rejoindre la cohorte de ceux qui avaient voté pour vous en espérant retrouver une dignité perdue. Tu sais, tous ces invisibles à qui vous aviez promis la lumière. Vous étiez, paraît-il, leur bouée de sauvetage, vous les avez noyés dans l'océan de vos promesses impossibles.

La gifle était violente et Mazaudet en perdit un instant le souffle. Le temps de se ressaisir et sans un regard pour cet ami devenu sans doute son meilleur ennemi, le ministre de la Police lui répondit d'une voix blanche masquant difficilement la colère qu'exprimait le tremblement de ses lèvres.

— Si tu penses ce que tu viens de dire, dans ce cas pourquoi nous rejoins-tu ?

— Mais parce que tu es venu pour ça. Parce que je sais ce qu'il va se passer si je ne signe pas. Au pis, un accident malencontreux, au mieux…

— … tu dis n'importe quoi…

— Pas du tout. Tu veux que je te fasse la liste des suicides, des piétons renversés, des accidents de voiture et même des infarctus terrassant des jeunes gens bien portants ? La longue liste de ces morts sans mobile apparent et restée sans explications au terme d'enquêtes bâclées et classées sans suite.

— Tu délires !

— Non, je ne délire pas et je n'ai pas peur, je sais seulement que si je ne signe pas ton foutu papier, vous m'imposerez un candidat qui fera tout pour me battre et sans doute y parviendra. Donc je préfère me rallier à vos couleurs, et je te préviens, ce ne sera pas pour vous défendre, mais parce que c'est la seule façon de protéger ma ville contre vos turpitudes.

Et comme s'il voulait renouveler un air devenu irrespirable, après ce ralliement contraint, Leccia rouvrit la fenêtre, ignorant délibérément l'interdiction qui avait été faite à Mazaudet. Le maire était chez lui, il entendait bien ainsi marquer que, malgré l'accord signé, sa liberté n'était pas négociable. D'un geste qui n'avait rien d'amical, il obligea même le ministre à se pencher pour contempler le spectacle désolant des rues interdites à la circulation à l'exception des cars de CRS dont les sirènes ne cessaient de retentir, comme s'il fallait remplir le silence pesant dans lequel s'était endormi le quartier depuis l'aube.

— Tu vois, ajouta Leccia, aujourd'hui j'ai l'impression d'être le gardien d'une ville occupée, et attirant à lui le ministre sans ménagement il referma la fenêtre avant d'ajouter : Cela fait près de vingt-quatre heures que les Niçois subissent cet état de siège. Les promeneurs qui aiment flâner et dîner sur les terrasses se sont vu interdire l'entrée de la vieille ville. Et tout cela parce qu'il faut protéger monsieur le ministre de la Police.

Franchement, Pierre, qu'avez-vous fait de notre pays ?

Mazaudet était fatigué et il avait faim. En son for intérieur, il n'était pas loin de reconnaître que Leccia n'avait pas tort sur un point. Le déploiement de forces qui avait mobilisé des centaines de CRS et de gendarmes mobiles était excessif, le préfet avait sans doute cru bien faire et il en avait fait trop. Seuls les échos étouffés d'une maigre manifestation étaient parvenus jusqu'aux oreilles du ministre. Rien à voir avec ce qui s'était passé à Paris quarante-huit heures plus tôt où des dizaines de milliers d'hommes et de femmes accompagnés de leurs enfants étaient descendus dans la rue. Ils avaient décidé l'automne précédent de monter à la capitale en chemise blanche. Un symbole : le vêtement était d'autant plus immaculé qu'il n'était sali par aucun travail. Devant ces manifestations, le gouvernement n'avait su répondre que par une répression réservée jusqu'à présent aux opposants politiques. Et qu'avait dénoncée à maintes reprises le maire de Nice. Leccia profita de la centaine de mètres qui séparait la mairie du restaurant pour enfoncer le clou.

— Si vous n'avez plus que les armes et la prison pour répondre au peuple, vous êtes foutus.

— Tu m'emmerdes, lui répondit Mazaudet, pris de court par cette nouvelle saillie. Tu te racontes une histoire, Jacques, tu joues les héros récalcitrants, mais au fond tu sais bien que nous sommes du même côté. Même si depuis des années nos chemins ont divergé, on a toujours navigué dans les mêmes eaux, celles de l'ordre et de l'autorité.

Et je te le dis au nom de la présidente, en ces temps troublés plutôt que de se déchirer on a intérêt à faire front commun.

Leccia n'eut pas le temps de répondre, ils venaient d'arriver au restaurant tout proche. La cuisine niçoise de la patronne, chaleureuse et ensoleillée, était à coup sûr la meilleure de la ville. Le maire y avait ses habitudes et y recevait fréquemment ses hôtes de passage, sous le regard attentif de Nicole qui, d'un coup d'œil pas forcément aimable, jaugeait ses invités. Elle avait ses têtes et il ne fallait pas la chercher ! Mazaudet en fit les frais. Elle n'aimait pas le ministre de la Police et l'avait manifesté en refusant de le saluer. Leccia n'avait pas cherché à minimiser l'incident qui confirmait que ses fidèles le suivraient en se bouchant le nez pour ne pas avoir à respirer l'air nauséabond venu de Paris.

Mais, pour Mazaudet, l'essentiel était ailleurs. Le maire de Nice avait accepté de se présenter aux municipales sous les couleurs du LFD, le reste n'était que médiocres broutilles. L'accord signé, il s'était d'ailleurs empressé d'appeler la présidente, faisant mine d'oublier les propos peu aimables de son ami.

— C'est fait ! s'exclama-t-il, pas peu fier lui, promettant de déposer dès le lendemain matin le trophée arraché de haute lutte.

— C'est bien, se contenta de répondre Charlotte Despenoux qui n'avait pas envisagé une seconde que son ministre puisse échouer.

Dès le début du dîner, face à Leccia, Mazaudet avait tenté de renouer les fils de leur amitié disparue en évoquant les baignades hivernales qui faisaient d'eux, trente ans plus tôt, les vedettes éphémères de *Nice-Matin*. Le quotidien ne manquait jamais de publier la photo de ces jeunes gens plongeant dans la Méditerranée aux premières heures de janvier. C'était sous le quai Rauba-Capeù, là où le ressac de la mer bataille avec les rochers plantés au pied du château.

— Tu vois, dit-il avec un sourire qui se voulait amical, je n'ai rien oublié. Au fond cette ville me manque. Toi aussi, tu me manques. Nos années lycéennes, c'est ce qu'on a connu de meilleur.

Leccia l'avait écouté sans broncher, se demandant seulement s'il y avait une once de sincérité dans les propos du ministre. En le regardant décortiquer la montagne de langoustines qui trônait au beau milieu de la table, il se disait que lui en tout cas n'avait plus guère d'affection pour l'homme qui lui faisait face. Ni affection, ni complicité, ni la moindre envie de partager un repas avec lui. Le bonheur d'enfance dont avait parlé Mazaudet était si lointain. Trente ans plus tard, Jacques constatait que le vin italien servi par Nicole n'avait pas réussi à réchauffer l'atmosphère aussi glaciale que la mer de ces jours heureux. Pas plus que ces petits farcis, fierté de la maison, et le loup grillé pourtant délicieux aussi difficile à avaler que l'accord qu'il s'était résolu à signer. Le restaurant si joyeux habituellement était lugubre. Les musiciens avaient été refoulés sans ménagement. Certes, la terrasse affichait complet et à l'intérieur les tables entourant celle de Leccia et Mazaudet étaient toutes occupées, mais les Niçois, à qui pour la circonstance la vieille ville avait été fermée par la police, avaient été interdits de réservation et seule une bonne soixantaine de policiers en civil avaient été conviés à jouer les figurants pour la photo du lendemain.

De toute façon peu importait, puisque c'est une tout autre image qui avait fait le tour du monde cette nuit-là.

4.

Le dîner avait duré moins d'une heure. Jacques Leccia avait à peine desserré les dents, laissant Mazaudet jouer la comédie factice des retrouvailles entre deux vieux camarades. Le café tout juste avalé, le maire de Nice se leva et après une poignée de main rapide et sans chaleur partit ostensiblement dans les cuisines où s'était réfugiée la patronne.

— Tu as signé ? lui demanda sur un ton qui n'avait rien d'amical la Niçoise dont les parents avaient fui leur chère Italie pour échapper à Mussolini.

Ils avaient longtemps vécu dans le vieux Nice où pendant la dernière guerre alors que Nicole n'était qu'une enfant, on choisissait de résister plutôt que de s'agenouiller. Aujourd'hui la villa qu'elle avait fait construire à la pointe de la ville pour que son regard n'ait rien d'autre à balayer que le grand large ne l'empêchait pas de se rappeler chaque matin d'où elle venait. Nicole était, comme beaucoup de ses clients niçois, à droite, mais définitivement opposée à Charlotte Despenoux et à ces casques noirs qui prétendaient depuis l'aube tenir le haut du pavé devant son restaurant.

— Mon père, paix à son âme, et ma mère ne sont pas venus ici pour revivre la même chose. On t'a toujours suivi, Jacques, mais là, on va te laisser y aller tout seul.

Du haut de son mètre cinquante-cinq, elle ne s'habillait plus que de noir, clamant avec emphase à qui voulait l'entendre qu'elle portait ainsi le deuil de la démocratie et des jours heureux. Avec ses sautes d'humeur plus redoutables et redoutées que les molosses qui protégeaient l'entrée du restaurant, ce n'était pas la première fois qu'elle s'en prenait au maire, mais, ce soir-là, accrochée à la veste de son vieil ami, l'attirant à elle, menaçante, elle lui fit comprendre qu'il n'était désormais plus le bienvenu chez elle. Rouge et bégayant, le regard fuyant de ceux qui s'interrogent plus qu'ils n'affirment, Leccia lui répondit qu'elle n'avait rien compris, qu'il n'avait accepté cet accord que pour protéger les Niçois d'un fascisme ordinaire d'autant plus honteux qu'il refusait de se nommer.

— Si nous voulons éviter pire encore, alors mieux vaut tenter de peser de l'intérieur, lâcha-t-il en sortant de la cuisine, avant de traverser la salle sans un mot ni un regard pour Mazaudet.

Le ministre encore attablé était au téléphone avec Millerand, son directeur de cabinet, lorsque sur l'écran d'un deuxième portable s'inscrivit le nom de Charlotte. Il raccrocha précipitamment pour répondre à la présidente.

— Pierre, je voulais te féliciter mieux que je ne l'ai fait tout à l'heure. Tu étais le seul à pouvoir convaincre Leccia. Tu l'as fait, bravo! Demain au Conseil européen, je pourrai affirmer que j'ai toute la France derrière moi. On a besoin de leur argent, mais nous n'irons pas à Canossa. Je t'embrasse.

— Ah, quand même! se dit-il en raccrochant.

Mazaudet avait du mal à digérer son dîner avec Leccia, et la première réaction de Charlotte, franchement désagréable comme elle l'était souvent, avait refroidi son enthousiasme. Du coup, avant de quitter le restaurant, il prit le temps de rappeler Millerand qui lui fit un point détaillé d'une journée somme toute banale. De toutes les notes que le directeur de cabinet avait reçues, une seule avait vraiment retenu son attention, mais pas au point d'en faire part au ministre. Après tout, ce n'était qu'une affaire de police. En l'occurrence, celle de l'aéroport d'Orly qui avait relevé trois allers-retours en moins d'une semaine des frères Gorini. Suffisamment étrange cependant pour qu'il garde en évidence la fiche sur son bureau en se disant qu'il passerait le lendemain matin un coup de fil à Maestracci.

Il l'aimait bien, Marianne, il se disait même dans les couloirs du ministère qu'il n'avait pas été insensible à son charme. Au point de l'avoir fait nommer à la tête de la Crim' à son arrivée place Beauvau. Il faut dire qu'après l'affaire Berlau la commissaire Maestracci avait connu une méchante et injuste traversée du désert en payant cash le gigantesque fiasco de l'enquête policière qui avait provoqué la démission de l'ancien président. La punition avait été sévère. Loin des dossiers qui faisaient la une des journaux et donnaient leur pain quotidien aux chaînes d'info, Marianne pataugeait dans les affaires minables de la délinquance périphérique. Un véritable gâchis qui faillit faire basculer l'indestructible commissaire dans la spirale dépressive des laissés-pour-compte. L'arrivée de Mazaudet à Beauvau la sauva d'un naufrage programmé. À l'idée de s'extraire du bureau fenêtres sur cour où on l'avait soigneusement enfermée, Maestracci n'hésita guère même si elle savait qu'elle allait devoir servir un gouvernement et un régime qu'elle n'aimait pas. Pour les avoir beaucoup côtoyés et souvent rudoyés, dans des affaires qui avaient conduit certains sur le chemin du déshonneur, elle n'avait jamais aimé les politiques. Et depuis l'« affaire », c'était pire encore. La froide indifférence qu'elle affichait à l'égard de ceux qui s'imaginaient bien souvent au-dessus de la loi commune s'était muée en une forme de dégoût. Elle s'était juré de ne jamais replonger dans ce monde où l'on arbore sa Légion d'honneur comme une sorte de bouclier censé protéger des curiosités policières trop insistantes.

Mais la Crim', c'était autre chose, le saint des saints dont on lui proposait de prendre la tête. Quitte à traquer les voyous, autant s'attaquer aux vrais ! Plus excitant en tout cas, s'était-elle dit, que de chasser les délinquants déguisés en bourgeois. Marianne avait mis une seule condition à sa nomination, qu'elle ait à ses côtés son vieux complice Paul Grosjean qui, tout comme elle, avait été relégué aux oubliettes de la police et installé dans un bureau dont jamais personne ne franchissait la porte.

Depuis trois ans, le contrat avait été largement rempli. Avec la centaine d'hommes et de femmes qu'ils avaient choisis un à un pour les accompagner sur des terrains souvent tortueux et toujours dangereux, ils collectionnaient les prises de guerre. Des petits dealers aux grands fauves, le risque mortel était passé du côté des malfrats. C'est du moins ce que voulait faire croire le ministre de la Police qui assurait sur tous les plateaux, statistiques à l'appui, que la promesse présidentielle de rétablir la sécurité des personnes et des biens avait été tenue. Mais si cette esbroufe ministérielle avait jusqu'alors dupé ceux qui voulaient bien l'être, Millerand, en ce début de printemps 2028, savait que la réalité était tout autre. Et, en relisant ce soir-là la fiche consacrée aux frères Gorini, il eut un mauvais pressentiment. Même s'ils jouaient les pères tranquilles, la police locale avait repéré que les deux avaient gardé des habitudes suspectes qui les conduisaient régulièrement dans les salles de jeu et autres casinos entre Fréjus et Menton. Du coup le numéro deux de Beauvau n'attendit pas le lendemain pour appeler Maestracci. Que savait-on à la Crim' de ces allées et venues ? Est-ce que les frères Gorini étaient encore régulièrement suivis ? Pas de réponse, Marianne était sur répondeur. Plus inquiet qu'il ne voulait se l'avouer, il fit le numéro de Mazaudet.

Le ministre, qui s'apprêtait à sortir, décrocha agacé en voyant le nom de Millerand s'inscrire à nouveau. La liaison était mauvaise.

— Gorini… aller et retour à Paris… danger…

Les propos de son numéro deux étaient difficilement compréhensibles tant la ligne était hachée. Excédé par cette conversation inaudible, Mazaudet promit à son collaborateur de le rappeler un peu plus tard.

Devant le restaurant, sur la place où se dressait une étrange et immense sculpture en fer rouillé, les yeux mi-clos, Pierre inspirait l'air de la mer qu'il savait toute proche. Le cortège qui devait le conduire à l'aéroport l'attendait, mais il décida de faire à pied la centaine de mètres qui le séparait de l'avenue des Phocéens. Le ministre, qui était un habitué de ce genre de caprice, prit une cigarette et la jeta tout aussitôt, il voulait humer quelques instants encore les odeurs de sa ville, imaginant comme s'il les entendait les marchands installant leurs chariots de fleurs sur le cours Saleya. Il se décida enfin et s'engagea dans la rue, sans imaginer une seconde qu'au deuxième étage de l'hôtel Beau-Rivage un homme guettait son passage. Avant son arrivée, tout le quartier avait été fouillé et la réception de l'hôtel avait dû fournir la liste des clients. La belle affaire ! Le jeune homme élégant qui avait débarqué du ferry arrivé de Bastia à 16 h 30 avait pu s'installer dans cette suite réservée quarante-huit heures plus tôt sans la moindre difficulté. Rasé de près alors qu'il était ordinairement barbu, avec en poche une fausse carte d'identité et une vraie carte de crédit, celui qui s'était fait appeler Sergio Romani avait été recruté pour l'occasion. Un job bien payé pour un aller-retour rapide et une mission sans danger : juste guetter le départ de Mazaudet. À 22 h 38 très exactement, il appela le numéro de portable qui lui avait été communiqué en fin d'après-midi par un message laissé à la réception. Mazaudet venait de passer sous ses fenêtres.

Moins de trois minutes plus tard, les échos proches d'une fusillade attestaient qu'il avait rempli son contrat. Il pouvait rentrer sur son île.

Le premier bateau était à 8 h 30. D'ici là, il suivit à la lettre les consignes de ses commanditaires d'un soir. Surtout ne pas sortir, encore moins jouer les badauds imbéciles, ne pas regarder les chaînes d'info, ne rien voir ni entendre, la meilleure manière de se protéger si d'aventure un jour il était interrogé par la police. Du coup, calfeutré dans sa chambre, ignorant le tohu-bohu et l'incessant concert de sirènes qui sonorisa des heures durant tout le quartier, il chercha sur l'écran face à son lit les canaux cinéma. Après avoir visionné quelques minutes un film pornographique, il choisit délibérément ce qu'il y avait de plus ennuyeux et s'endormit après avoir absorbé un savant mélange d'alcools forts et d'images noir et blanc diffusées par une chaîne spécialisée dans les films d'art et d'essai.

Dehors, c'était un autre film qui se jouait. Un polar qu'il aurait adoré voir s'il n'en avait été le premier figurant. La scène avait duré moins d'une minute. À l'arrière de motos surgies de nulle part, après avoir reçu le coup de téléphone de Romani, deux hommes venaient de mitrailler le cortège du ministre. Les deux motards de police ouvrant le cortège avaient été tués avant même qu'ils aient pu saisir leur arme. Le feu nourri tiré en direction de la voiture ministérielle n'avait laissé aucune chance à ses occupants. Les policiers qui étaient dans le 4 × 4 suiveur n'avaient eu que le temps d'appeler les secours avant d'être saisis d'effroi par le carnage qu'ils avaient sous les yeux. Le corps de Mazaudet gisait à l'arrière de la voiture, dans un bain de sang, tandis qu'à l'avant, les visages du chauffeur et du garde du corps criblés de balles étaient méconnaissables.

Les premiers secours avaient été vite rejoints par une noria de voitures de police et d'ambulances, mais le nombre et l'agitation ne faisaient pas grand-chose à l'affaire. Sinon d'amplifier la rumeur qui courait déjà en ville, abondamment relayée par les réseaux sociaux. Il était question de coups de feu, de voiture prise dans un guet-apens. Règlement de comptes crapuleux ? Attentat ? Assassinat politique alors que le ministre de la Police était encore sur place ? Les suppositions allaient bon train. D'autant plus nourries que personne ne pouvait approcher la scène de crime.

Le procureur, prévenu par le commissaire de permanence, lui, savait. Mazaudet venait d'être assassiné et il allait devoir appeler Paris. Le temps de parcourir en voiture les quelques centaines de mètres qui séparent le palais de justice du jardin Albert-Ier et de constater par lui-même que le corps déchiqueté qu'il avait devant lui était bien celui du ministre, il se décida à appeler Matignon sans passer par les voies hiérarchiques habituelles. Il connaissait bien les équipes du Premier ministre, en particulier le conseiller spécial, magistrat comme lui. L'échange fut bref.

— La voiture de Mazaudet a été prise dans une fusillade. Il est mort sur le coup. Préviens Durand-Corbel, de mon côté j'appelle le procureur de Paris.

— Mais qui me prouve que c'est toi ?

— Tu as mon numéro, rappelle-moi.

La vérification ne prit que quelques secondes et il n'en fallut guère plus au conseiller pour prévenir le Premier ministre.

Trois ans plus tôt, Étienne Durand-Corbel s'était vu imposer par la présidente Pierre Mazaudet au ministère de la Police. Le Premier ministre ne l'aimait guère et ne s'en cachait pas. Dans le secret du salon Murat où se tenait le Conseil des ministres, leurs prises de bec étaient fréquentes. Pas d'idéologie dans ces querelles, mais plutôt une jalousie de courtisans. Durand-Corbel et son ministre ne supportaient pas les faveurs que la présidente semblait accorder à l'un ou à l'autre selon son humeur du moment. La disparition de Mazaudet n'affectait guère dans ce contexte le chef du gouvernement, en revanche l'assassinat du ministre de la Police l'avait anéanti. Le pouvoir de Charlotte Despenoux devenu détestable et détesté, bousculé par les oppositions internes et les résistances extérieures, ne tenait plus qu'à un fil et c'était à coup sûr le mort de trop.

Trois heures après le communiqué de Matignon, Marianne Maestracci débarquait, en pleine nuit, dans une ville en état de siège. Nice n'était plus qu'une immense garnison à ciel ouvert. Des milliers de gendarmes et CRS quadrillaient la ville. L'aéroport et la gare occupés par des centaines de militaires en armes avaient été fermés et les autorités portuaires avaient bloqué le départ des ferrys pour la Corse. Si les assassins de Mazaudet se terraient quelque part dans la ville, leur cache ne résisterait pas longtemps à cette déferlante policière.

Rejointe par Paul Grosjean aux premières heures de la matinée, Marianne s'était installée au commissariat central de l'avenue Foch. L'endroit était sinistre et la pièce mise à leur disposition, avec sa peinture défraîchie et ses meubles en fer d'un autre temps, était à peu près aussi accueillante qu'une salle de garde à vue désaffectée ! Sans surprise, le visionnage des caméras de surveillance n'avait rien donné, confirmant seulement que les agresseurs étaient au moins quatre. Cagoulés, masqués, ils n'étaient pas identifiables, pas plus que leurs motos et leurs fausses plaques d'immatriculation. Quant aux témoins, mis à part un voiturier d'hôtel qui s'était réfugié au fond de la bagagerie dès les premiers coups de feu, et qui disait n'avoir rien vu, aucun ne s'était manifesté. Restaient les loueurs de motos. Épaulés par les policiers locaux, les deux flics avaient ratissé large. Les listings de centaines de locations avaient été épluchés, photocopiés, mais autant chercher un Optimist naufragé au beau milieu de la Méditerranée. Du coup, Marianne s'était résolue à faire ce qu'elle détestait le plus, réunir les journalistes et leur demander de publier un appel à témoins.

À Paris, Durand-Corbel, qui avait décidé d'assurer lui-même l'intérim du ministre de la Police, avait convaincu la présidente de recourir à l'armée pour assurer l'ordre public. De Lille à Marseille, de

Strasbourg à Bordeaux, des engins blindés avaient pris position dans tous les lieux stratégiques. Et plusieurs dizaines de chars occupaient désormais le cœur de la capitale. Mais le Premier ministre savait que ce déploiement de forces apparaîtrait vite comme une gesticulation inutile si les meurtriers n'étaient pas identifiés et arrêtés dans les plus brefs délais. Les chars dans Paris étaient devenus en quelques heures le symbole sinistre d'un pouvoir en pleine déliquescence. Sur les réseaux sociaux qui avaient depuis longtemps pris le relais d'une presse qui n'avait plus le choix qu'entre le sabordage et la muselière, des milliers de posts dénonçaient ce recours à l'armée qui marquait définitivement au fer rouge le quinquennat de Charlotte Despenoux. C'est dire que vu de Matignon, l'heure n'était ni aux conférences de presse, ni aux appels à témoins. Furieux, Durand-Corbel appela Marianne et explosa au téléphone.

— Mais qu'est-ce que vous foutez, vous et vos flics, madame Maestracci ? Au lieu de palabrer avec les journalistes vous devriez être sur le terrain et ratisser la ville immeuble par immeuble.

— Monsieur le Premier ministre, je connais mon métier, nous allons aussi vite que possible. De nouveaux enquêteurs arrivent, nous allons examiner les portraits-robots de tous ceux qui ont loué des motos au cours de ces dernières semaines. C'est un travail de fourmi, nous avons besoin de temps.

— Mais du temps, continuait d'éructer Durand-Corbel, nous n'en avons pas. Et vous non plus. Si vous ne rentrez pas à Paris d'ici quarante-huit heures avec les coupables, vous pouvez tirer un trait sur la Crim'.

Marianne n'eut même pas à chercher une réponse, il avait déjà raccroché.

— Dites-moi, ça m'a l'air chaud ici...

La commissaire n'avait pas eu besoin de se retourner pour reconnaître cette voix. C'était Blanche Dubois.

Marianne n'avait pas revu la journaliste depuis cinq ans. Depuis ce dîner à la Rotonde où elles avaient toutes deux pris le parti de rire et de porter un toast à un avenir qu'elles allaient désormais conjuguer au passé. Après l'affaire Berlau, les deux jeunes femmes s'étaient préparées à entrer dans une longue période de pénitence d'autant plus violente que chacune avait longtemps brillé. Au firmament de la presse pour l'une, dans les hautes sphères de la police pour l'autre. Ce soir-là, elles s'étaient promis de ne jamais laisser passer plus d'un mois sans se retrouver autour d'une bouteille, mais les brumes de l'alcool dissipées la promesse s'était évaporée avec !

Depuis trois ans Blanche avait rejoint la rédaction du *Journal de Genève* et Marianne à la tête de la Crim' avait trouvé plus prudent pour elles deux d'oublier l'ancienne reporteure de *L'Univers*.

Elle n'avait pas changé. Ballerines aux pieds, en jean et chemisier de soie noire, Blanche était plus belle encore avec ses longs cheveux bouclés et ses yeux d'un vert indéfinissable presque transparents qui lui donnaient ce regard étrange dont elle savait si bien jouer pour tenir à distance ou tout au contraire séduire ses interlocuteurs.

— Blanche, qu'est-ce que tu fais là ?

— Comme toi, j'enquête sur un attentat qui risque de porter un coup fatal à ce régime.

— On dirait que ça te réjouit…

Blanche qui n'avait jamais caché ses idées de gauche répondit du tac au tac, plus provocante que jamais :

— Évidemment que ça me réjouit. Et je ne suis pas la seule, nous sommes des millions, Marianne. D'ailleurs je ne suis pas sûre que tu sois toi-même vraiment contrariée.

— Tais-toi, Blanche… Il y a des oreilles partout, répliqua en souriant Maestracci, pas mécontente de retrouver la talentueuse reporteure.

Blanche était arrivée la veille par le bateau de 16 h 30. Elle s'était installée provisoirement en Corse depuis deux mois. Plus que jamais opposée au régime qui avait jeté en prison nombre de ses amis, elle vivait ordinairement au bord du lac Léman, loin de Paris où l'air était si pollué que l'on y respirait la haine à pleins poumons. Elle avait déjà été arrêtée à deux reprises, soupçonnée de complicité d'action de sabotage mais relâchée faute de preuve. À Bastia, où mafia et résistance se mêlaient pour lutter contre le régime de Despenoux, Blanche se sentait comme un poisson dans l'eau. Le *Journal de Genève*, pour lequel elle travaillait désormais, lui avait demandé d'écrire l'histoire de la « Brise de mer », cet endroit mythique qui continuait d'alimenter tous les fantasmes. Beaucoup d'anciens de la « Brise » avaient émigré sur le continent, ce qui expliquait les nombreux allers-retours de la journaliste entre Bastia et Nice. Et c'est la conférence de presse annoncée qui l'avait conduite dans ces locaux du commissariat central.

C'est du moins ce qu'elle venait de raconter à Marianne. Sauf que la vérité était un peu différente. Blanche était d'abord venue rejoindre Grosjean avec qui elle avait vécu près de trois ans. Leur histoire avait tourné court lorsqu'il avait accepté de diriger la Crim' auprès de Marianne. La reporteure n'avait pas supporté qu'il se mette au service de Mazaudet. Depuis, le temps avait fait son œuvre, et Paul avait su la reconquérir d'autant plus aisément qu'elle avait appris qu'il n'était pas pour rien dans les deux libérations dont elle avait bénéficié, alors que la plupart de ses camarades étaient restés incarcérés. Et puis de toute façon, elle ne pouvait taire ce qu'elle avait entendu sur le bateau. En d'autres temps, la journaliste aurait gardé ces informations pour elle et les aurait publiées dans son journal, mais victime, elle aussi, de la *fake news* qui avait tué politiquement l'ancien président, elle n'avait plus envie de jouer les Zorro solitaires.

Sans attendre que Paul les rejoigne, elle raconta à Marianne son étrange rencontre sur le ferry avec un jeune homme qui s'était vanté d'avoir trouvé un moyen facile de gagner de l'argent. Son boulot : guetter les allées et venues d'un ministre depuis sa chambre d'hôtel. Pour Maestracci, le fil était trouvé, il suffisait désormais de tirer la bobine. Le Premier ministre lui avait donné la journée, il lui en fallut trois, le temps de retrouver le mystérieux passager de Blanche et d'identifier à l'aide de portraits-robots l'interlocuteur qui avait proposé le job au jeune homme. C'était un des deux Bastiais qui avaient rejoint les frères Gorini le jour de l'attentat. Il reconnut sans difficulté avoir loué les motos utilisées dans la fusillade. Balancés par ce malfrat sans grande envergure, les frères Gorini furent arrêtés au matin du troisième jour.

Comme prévu, la main sur le cœur, Sylvio jura qu'il était resté dans son bar jusque tard dans la nuit et Victor assura qu'il avait passé la soirée avec un couple d'amis. Qui confirma évidemment !

Entre les mafieux corses et les bons amis, c'était parole contre parole ou mensonge contre mensonge. Quelques mois auparavant déjà, les deux frères avaient échappé à la police alors qu'ils étaient suspectés d'avoir participé à l'enlèvement et au meurtre du patron des patrons. À l'époque, Maestracci et Grosjean, convaincus qu'ils étaient coupables, s'étaient juré qu'ils ne les rateraient pas le moment venu. Le manque de preuves n'interdisait pas la garde à vue et pour plus de sécurité les deux flics décidèrent de les transférer à Paris.

Dans l'avion qui ramena les deux suspects, Marianne appela le Premier ministre. Cette fois le ton était différent, aussi aimable qu'il avait été détestable quatre jours plus tôt. Il était comme ça, Durand-Corbel, soupe au lait, cajoleur quand ça lui était utile et désagréable plus souvent qu'à son tour, faux gentil et vrai méchant, il n'hésitait pas à mentir ou à caricaturer un adversaire pour l'écraser sous l'avalanche de sa mauvaise foi. En fait, le Premier ministre de Despenoux n'était ni gaulliste ni social, juste tyrannique et d'extrême droite.

À l'approche du Bourget, Marianne et Paul découvrirent par le hublot un Paris qu'ils n'avaient jamais vu. À peine éclairé et quadrillé par les chars. Sinistre. Qui aurait imaginé cela il y a trois ans, murmura Marianne alors que l'avion s'immobilisait en bout de piste. Elle n'eut pas le temps d'en dire plus, une dizaine de gendarmes mobiles étaient montés à bord pour embarquer les frères Gorini. Toutes sirènes hurlantes, le cortège mit moins d'une demi-heure pour rallier le siège ultrasécurisé de la police judiciaire au 36, rue du Bastion. Maestracci et Grosjean avaient retracé les allées et venues des Gorini depuis trois ans. Les deux frères s'étaient rendus des dizaines de fois à Paris. Sylvio occupait un appartement en bord de Seine loué par une amie et Victor s'était installé à Montmartre dans la maison d'un lointain cousin. On ne les voyait guère. Pas de visites, pas de dîners entre copains, les voisins pouvaient juste témoigner qu'ils partaient tôt le matin et rentraient tard le soir. Ils n'avaient pas de voiture. Inutile, une limousine noire venait les chercher à la première heure et les raccompagnait au creux de la nuit.

Depuis le décollage, les deux hommes étaient restés mutiques. Ils savaient que, mis à part des témoignages contradictoires, les flics n'avaient rien contre eux, juste une intuition et la conviction que l'attentat de Nice avait été préparé à Paris. Persuadés que les frères Gorini étaient les auteurs de l'assassinat de Mazaudet, Marianne et Grosjean étaient tout aussi convaincus qu'ils n'étaient dans cette affaire que des hommes de main manipulés, des tueurs à gages grassement payés. Mais, dans ce cas, qui étaient les commanditaires ? Il restait aux policiers moins de quarante-huit heures pour faire craquer les deux anciens taulards.

Le surlendemain avaient lieu les obsèques de Mazaudet place de l'Opéra, là où la présidente avait prononcé son premier discours trois ans plus tôt.

5.

Un immense drapeau français accroché au fronton de l'Opéra servait de fond de décor. Depuis la veille au soir, les rues avoisinantes étaient bouclées par les hommes en bleu de la gendarmerie mobile. Deux tribunes drapées de noir dressées de part et d'autre du bâtiment fermaient la place. Au pied de l'escalier, deux portraits géants de Pierre Mazaudet encadraient le pupitre protégé par une vitre blindée.

À l'Élysée, le parc avait à peine émergé du halo jaunâtre de l'aube quand Charlotte Despenoux s'était décidée à remonter dans ses appartements. Elle avait passé la nuit seule dans son bureau, refusant la plume du secrétaire général pour écrire l'hommage funèbre qu'elle s'apprêtait à rendre au plus fidèle de ses soutiens. Cinq jours après l'attentat de Nice, la présidente n'était plus la même. La sidération de la première heure avait cédé la place à une colère teintée d'angoisse. Ça n'était pas seulement le ministre de la Police mais le régime qui avait été visé. En abattant le garant de l'ordre, ses assassins avaient atteint leur but. Charlotte déstabilisée, l'édifice n'était plus qu'un fragile château de cartes.

Au moment où la présidente allait s'adresser à la foule massée derrière le mur de vitres blindées, à l'autre bout de la capitale, la patronne de la Crim' pouvait enfin esquisser un sourire qui ne dura qu'une seconde avant de se transformer en rictus : certes, les deux malfrats avaient enfin avoué, mais en obtenant ces aveux et en épluchant leur passé la commissaire Maestracci venait de faire une stupéfiante découverte. Les frères Gorini faisaient partie de la police et de la garde rapprochée de Charlotte Despenoux !

Place de l'Opéra, la cérémonie fut brève. Deux gigantesques couronnes avaient été déposées au pied des portraits du ministre de la Police. Après s'être inclinée longuement devant l'une des photos Charlotte Despenoux prononça d'une voix brisée les phrases attendues. Les mots jaillis de sa plume quelques heures plus tôt étaient sincères, pleins d'émotion pour son compagnon disparu, violents à l'égard des assassins et de tous ceux qui n'avaient d'autre objectif que de l'abattre, elle et son régime. La conclusion ne pouvait être qu'une promesse : la mort de Mazaudet ne resterait pas impunie, pas plus que celle d'Édouard-Ernest Tablière, le patron des patrons tué à l'automne précédent et dont les meurtriers couraient toujours.

Le discours achevé, Despenoux ne s'attarda guère, saluant rapidement les ministres assis de part et d'autre du cercueil. Alors qu'elle remontait dans sa voiture, le secrétaire général Jules Perrot lui tendit son téléphone. C'était Maestracci.

— Madame la présidente je vous informe qu'à l'heure où vous parliez à la tribune, les frères Gorini avouaient leur crime. Mazaudet c'est eux.

— Merci, Maestracci.

— Pardon, madame, mais je n'ai pas terminé…

Marianne hésita puis décida de ne rien dire de ce qu'elle venait d'apprendre de la bouche des Gorini. Étaient-ils vraiment flics et affectés à l'Élysée ? L'information était trop grave pour qu'elle l'évoque seulement sans l'avoir vérifiée, en revanche elle avait besoin de savoir pour Pablo Sanchez. La question fut directe.

— … non seulement les Gorini ont avoué, mais ils ont évoqué un certain Sanchez qui ferait partie de vos gardes du corps. Ce Sanchez, vous le connaissez, madame la présidente ?

Au nom de Pablo, Charlotte sursauta. Sanchez, c'était la loyauté faite homme. Un bon flic qui ne lui avait jamais fait défaut quand tant d'autres l'avaient trahie.

— Ça va, madame la présidente ? s'inquiéta Perrot en tenant la portière ouverte.

Charlotte était livide. « Impossible, c'est impossible », murmurait-elle, pensant ne pas être entendue.

— Qu'est-ce qui est impossible, madame la présidente ?

— Pablo ne peut pas être mêlé au meurtre de Mazaudet. C'est impossible, répétait-elle en boucle, ajoutant encore à l'incompréhension du secrétaire général.

Le 4 × 4 blindé, anonyme parmi la dizaine d'autres qui l'accompagnait, n'avait pas mis plus de cinq petites minutes pour rallier l'Élysée. Le temps pour la présidente de se ressaisir et de revoir en accéléré le film de ces trois dernières années.

Sur l'écran qui lui faisait face, les chaînes d'info diffusaient pour la énième fois la nécrologie du ministre de la Police. Mazaudet, Charlotte Despenoux, les deux étaient à ce point indissociables depuis la campagne de 2025 qu'en visionnant ces images la présidente crut voir sa propre histoire. Trois ans. Trois années seulement, s'était dit Charlotte en franchissant le lourd portail du parc. En remontant l'allée jusqu'à la terrasse, elle se revit ce jour de mai 2025. La campagne avait été rude, mais c'était l'époque de tous les possibles. La France à genoux allait enfin se relever et les Français retrouver leur fierté noyée depuis des décennies dans un pays sans âme ni frontières.

Les années noires

6.

Trois ans plus tôt
Février 2025, entre Rome et Paris

L'avion de Luigi Belini avait failli ne pas atterrir. Trop de brouillard à Roissy. Le jeune homme pestait déjà à l'idée de devoir téléphoner à Charlotte pour annuler leur déjeuner d'autant que ce n'étaient pas des retrouvailles habituelles. Belini travaillait pour le ministre de l'Intérieur italien, mais le ministre était en campagne permanente, toujours par monts et par vaux, un jour à Milan, le lendemain à Naples, et c'est Luigi qui malgré son jeune âge faisait tourner la boutique au palais du Viminal. D'ordinaire Charlotte le retrouvait à Rome en fin de semaine avec son fils Alexandre. Week-end en amoureux, week-end en famille, cela faisait plusieurs mois qu'elle avait pris un appartement dans un hôtel proche de la Piazza di Spagna. L'Italien venait plus rarement à Paris, mais il lui était arrivé à deux ou trois reprises de passer le week-end à Saint-Maur dans la maison de famille de Charlotte. Elle l'avait appelé la veille pour lui confirmer ce qui se murmurait, en France, depuis quelques jours. La jeune femme avait accepté de porter les couleurs du LFD à la présidentielle. Au téléphone, Charlotte manifestait une fébrilité qui ne lui était pas habituelle. Luigi la savait ambitieuse et déterminée, il avait à l'autre bout de la ligne une femme qui semblait plus perdue que décidée. Dure et volontaire en temps ordinaire elle lui était apparue tout d'un coup d'une fragilité inconnue.

Après tout, leur histoire n'avait que peu d'importance au regard de l'Histoire. C'était ce qu'il était venu lui dire et ce qu'il se répétait à lui-même avant que le pilote n'annonce que l'aéroport Charles-de-Gaulle resterait fermé jusqu'en début d'après-midi. Le temps de s'agacer et d'invectiver intérieurement l'équipage et tout rentra dans l'ordre. Orly était prêt à recevoir l'Airbus A321. Deux heures et demie après le décollage de Fiumicino, le jeune homme était attablé face à Charlotte. Il ne l'avait jamais vue dans cet état, fébrile, fumant cigarette sur cigarette en attendant que le patron leur présente la grande ardoise qui proposait les plats du jour. Mais peu importait le menu, peu lui importait même de déjeuner. Elle avait pris les mains de son compagnon auxquelles elle s'accrochait comme à une bouée.

— Tout cela arrive trop vite. Je n'ai que trente-six ans, Luigi…

— Et alors, votre Berlau en avait à peine plus de quarante lorsqu'il a été élu. Ne te raconte pas d'histoires : cela fait des années que tu t'y prépares.

— Pas du tout, j'y avais sincèrement renoncé. Pour être libre. Pour Alexandre et pour toi, j'ai tout quitté. Paris et ma famille.

— Peut-être, mais j'ai toujours su que ce n'était pas définitif. D'ailleurs, personne n'a jamais douté que tu reviendrais le moment venu.

Luigi disait vrai et elle le savait. Elle avala sa salive et aborda sans le regarder la seule raison pour laquelle elle lui avait demandé de venir à Paris.

— Et nous ? Tu y as pensé ?

Il attendait la question. Il s'y était préparé dans l'avion. Et d'une voix douce presque inaudible, il lui dit ce qu'elle ne voulait pas entendre.

— Charlotte, cela va changer beaucoup de choses. Entre nous ça va être compliqué.

— Mais enfin, pourquoi ? s'étrangla la jeune femme en sentant monter ses larmes.

Elle aimait l'homme qui lui faisait face et avait sérieusement envisagé de refaire sa vie avec lui après ce premier mariage raté dont il ne lui restait que le nom : Despenoux. Mais elle savait au fond d'elle-même qu'il avait raison.

— Tu sais, je n'ai rien demandé, mais aujourd'hui je ne peux plus reculer.

Il ouvrit les deux mains dans un geste d'approbation. Ils avaient parlé tout bas pendant le déjeuner comme deux amoureux, blottis au fond de ce bistrot antillais niché dans le XIXe arrondissement. Il n'y avait presque personne sinon un couple martiniquais attablé au beau milieu de la salle et un vieil homme qu'on entendait se déplacer dans sa cuisine. Ici, elle se sentait protégée par les deux patrons qui lui réservaient toujours une table ronde derrière le vieux bar orange et violet à l'abri des regards. Et puis, s'il arrivait que Charlotte soit reconnue, personne n'avait jamais identifié cet homme d'une trentaine d'années qui parlait le français à la perfection avec juste ce brin d'accent qui l'avait séduite dès leur première rencontre.

C'était un an plus tôt. À l'époque elle avait exceptionnellement accepté de sortir de sa retraite pour remplacer son oncle, Sylvain Catalan, à un séminaire de l'extrême droite européenne.

— La géopolitique, lui avait-il dit, dans un grand éclat de rire, ce n'est pas mon fort. Toi, tu es une intellectuelle. Et tu parles mieux l'anglais que moi. Et puis ce genre de réunion m'ennuie. Habituellement je n'y vais que pour figurer sur la photo de famille. À ma place, tu seras très bien.

Une semaine plus tard, Charlotte débarquait dans la Ville éternelle invitée par le parti au pouvoir, Domani l'Italia. Elle était rayonnante avec juste ce qu'il faut de défi et d'appétit dans le regard. Au premier discours prononcé dans ce bâtiment, vestige du gigantisme mussolinien, Charlotte avait pointé avec intérêt les nombreux points de convergence qui existaient entre le mouvement présidé par son oncle et son homologue italien. Le président de Domani l'Italia s'était longuement appesanti ce jour-là sur la lutte contre l'arrivée des migrants, évoquant quelques-uns des décrets dont il était le plus fier, notamment la fermeture anticipée à 21 heures des « petites boutiques ethniques » tenues par des étrangers, et surtout l'interdiction faite aux ONG d'accéder aux ports italiens.

Charlotte avait tout de suite remarqué sur l'estrade, arrivé dans les pas du chef du gouvernement, ce jeune homme qui approuvait les propos du « patron » par des hochements de tête répétés. Luigi Belini était l'un des organisateurs du colloque. À plusieurs reprises, leurs regards s'étaient croisés et les yeux de l'Italien n'avaient plus quitté cette jeune Française qui siégeait dans la délégation venue de Paris. Belini avait fait en sorte de se retrouver à la même table ronde consacrée à la natalité. Il y avait pris la parole, cherchant à nouveau le regard de la belle Parisienne pour dénoncer lourdement le risque du « grand remplacement » qui menaçait disait-il l'Italie dont le taux de naissance était l'un des plus bas d'Europe.

À l'heure du déjeuner, Luigi avait bousculé le plan de table pour s'asseoir à côté de Charlotte. Il était à peine plus âgé qu'elle et les deux jeunes gens s'étaient vite découvert des parcours politiques très proches et un goût commun pour la bonne cuisine. Ils se plaisaient et ne l'avaient pas caché. Le soir même ils dînaient dans un restaurant de la Piazza Navona, avant de se retrouver le week-end suivant à Turin. Charlotte avait pris une chambre à l'hôtel Principe di Piemonte.

Luigi était beau. C'était un vrai Romain, le cheveu brun et légèrement bouclé, toujours souriant et d'une élégance parfaite. Chaque fois qu'elle le retrouvait, Charlotte était fascinée par la souplesse de sa taille, ses longues mains et ses yeux d'un brun profond. La jeune femme avait mis plusieurs semaines à se l'avouer : elle était amoureuse. Elle s'était pourtant juré qu'on ne l'y reprendrait plus.

En France, Charlotte était d'ailleurs regardée comme une madone intouchable et silencieuse. Revenue vivre après son divorce chez sa tante et son oncle, elle sortait peu, ignorant les fêtes tapageuses que donnait régulièrement Catalan. Son ex-mari avait été une passion sans lendemain, une parenthèse qui lui avait laissé un fils, Alexandre, compagnon d'une vie quotidienne devenue très ordinaire. Et puis voilà que ce bel Italien… Leur éloignement géographique était de nature à la rassurer. Elle s'était dit qu'après tout une aventure ne lui était pas interdite, qu'un mariage raté et une maternité réussie ne la condamnaient pas à l'abstinence à perpétuité.

La chambre du Principe di Piemonte – elle se la rappellerait longtemps – était tapissée d'un tissu jaune pâle, meublée d'un grand lit blanc garni d'oreillers vieux rouge. C'est elle qui fit le premier pas, leur amour fut tendre et fort. D'autant plus fort qu'ils étaient décidés à ne rien modifier de leurs vies, l'un à Rome et Turin, l'autre partagée entre Bordeaux et Paris.

Et les voilà maintenant face à face dans ce bistrot anonyme. Leur tristesse les poussait à se rapprocher, à mélanger leurs souffles, navrés qu'ils étaient l'un et l'autre d'envisager une séparation dont aucun d'eux ne voulait.

À la même heure, Catalan ruminait seul dans son bureau cette décision prise sous la logique d'une contrainte qu'il n'avait toujours pas digérée. Lui, la grande gueule à qui personne n'avait jamais rien imposé était en situation d'empêchement.

Deux petits juges avaient transformé son rêve présidentiel en un fantasme sans objet. C'était d'autant plus insupportable qu'en cet hiver 2025 la victoire n'avait jamais paru si proche. Le poids de son mouvement n'avait cessé de se renforcer depuis la démission de l'ancien président Berlau en 2020. Et voilà que la foudre judiciaire avait tout emporté. Les juges avaient pris leur temps mais ils n'avaient rien lâché. Sur une broutille, sur rien, sur l'emploi fictif de quelques salariés de La France D'abord au Parlement européen. Au début, ce fut à peine une vaguelette que Catalan avait repoussée d'un pied méprisant. Deux, trois fois, il avait refusé de se présenter aux convocations de la justice. Depuis deux ans, cette histoire n'en finissait pas de finir. L'oncle de Charlotte espérait que l'eau du Rhin charrierait cette affaire très loin du Palais de justice parisien. Mais rien ne s'était passé comme prévu. Les juges, sans doute mis en appétit par l'approche de l'élection, avaient repris leurs investigations et voici qu'à quelques jours de l'ouverture de la campagne, la date de son procès lui avait été signifiée. Fini l'espérance d'une victoire, fini l'enthousiasme du combat pour l'ultime conquête.

Au Chalet, le siège du parti, une grande maison blanche enfoncée au cœur de Gentilly, entourée de grilles, d'alarmes et de gardiens aux larges épaules, les dirigeants LFD allaient devoir trancher. Lequel d'entre eux pouvait prendre la relève de Sylvain Catalan qui incarnait depuis des années leur mouvement avec cette autorité gouailleuse appréciée par des millions de Français ? Qui, en dehors de lui dont l'éloquence, l'aplomb, l'expérience faisaient de chacune de ses apparitions un show télévisé, et qui n'aimait rien tant que de jouer dans le même instant le charme et la terreur ? L'un de ces anciens dont les cheveux avaient blanchi sous le harnais d'une extrême droite nourrie au fascisme de la Seconde Guerre mondiale ? C'eût été inutilement provocant et voué à l'échec. Parmi les dirigeants aux ordres de Catalan ? Impossible, il y avait là beaucoup de numéros deux mais aucun numéro un *bis*. L'oncle de Charlotte avait d'ailleurs fait ce qu'il fallait pour qu'il en soit ainsi, n'hésitant pas à éliminer un de ses plus proches adjoints, fasciné par les idées nationales-socialistes et qui aurait pu devenir un rival dangereux. Et puis la présidence Berlau avait changé la donne. Aucun parti ne pouvait s'exempter du renouvellement souhaité par une écrasante majorité de Français. Berlau lui-même, en campagne depuis des mois, était encore très jeune, même s'il avait conservé sur le visage quelques-unes des rides profondes creusées par la *fake news* qui l'avait emporté quatre ans auparavant.

Des jeunes, il n'y en avait que deux à la France D'abord. Kevin Macchini, sur lequel Catalan avait misé en le nommant, à vingt-deux ans, porte-parole du mouvement. Athlétique, éloquent, convaincu et efficace, il avait d'ailleurs été élu le jour de ses vingt ans conseiller régional en Île-de-France. Mais le « patron » ne le trouvait pas assez mûr, Kevin attendrait. Et il y avait Charlotte. Douze ans de plus que Macchini et déjà une grande expérience de la vie politique qui se mêlait chez elle à la vie familiale.

La benjamine de l'Assemblée élue à vingt-neuf ans avait réussi à devenir en quelques années la star montante du Palais-Bourbon au point que plusieurs magazines internationaux lui avaient consacré leur une. Elle avait renoncé deux ans plus tôt à la politique pour s'occuper d'Alexandre, disait-elle. Une version officielle qu'elle avait toujours défendue et souvent expliquée à son amant. Or la vérité était tout autre et finalement plus prosaïque. Elle devait beaucoup à son oncle et s'était juré de ne jamais lui porter ombrage. Catalan n'était pas pour elle un parent lointain mais un père de substitution. Sa mère, Alice, la sœur de Sylvain, avait divorcé à l'heure où la petite fille entrait à l'école maternelle. Elle adorait Charlotte, mais trop jeune, sans doute, attachée à mener une vie turbulente et fêtarde elle n'avait jamais vraiment eu la fibre maternelle. Couchée tard, levée plus tardivement encore, menant parfois plusieurs aventures de front, Alice n'avait ni l'envie et moins encore le besoin de partager du temps avec Charlotte. Ce fut donc Sylvain qui prit en charge la gamine dès son plus jeune âge. La carrière de Catalan, ses combats électoraux, le succès rencontré par le mouvement n'avaient jamais été des obstacles, bien au contraire. Charlotte, c'était son point fixe, sa boussole des jours heureux et des moments compliqués. Quelques années plus tard la jeune députée avait d'ailleurs accroché dans son bureau l'affiche officielle de la campagne des régionales où elle figurait à l'âge de deux ans aux côtés de cet oncle adoré.

La maison de Sylvain Catalan, à Saint-Maur, était en réalité celle du patriarche, le grand-père de

Charlotte, une de ces villas cossues datant de la fin du XIXe siècle, peu rénovée depuis et dont les pierres portaient cruellement les stigmates du passé. Pour tout dire, elle n'était pas très gaie, et Sylvain avait à son égard des sentiments ambigus. Cette maison était pour lui une vieille bâtisse triste et sombre, mais c'était aussi le refuge qui abritait sa famille depuis quarante ans et trois générations : le grand-père, infatigable combattant, fondateur du petit parti d'extrême droite devenu sous la houlette de son fils La France D'abord et dont le portrait en pirate était exposé au rez-de-chaussée, les trois enfants, Sylvain et ses sœurs Alice et Annick, les petits-enfants enfin qui avaient tout naturellement fait leur nid dans cette colocation familiale.

À quinze ans, Charlotte se différenciait déjà de ses cousins plus intéressés par leurs premiers émois amoureux que par les activités du grand-père. Grande et blonde avec un corps parfait, d'une beauté angélique qui cachait sa véritable nature, Charlotte piaffait d'envie de se lancer dans la politique. Et sans contrevenir au dogme politique de son oncle, elle entendait bien faire entendre sa petite musique affirmant notamment haut et fort une foi chrétienne que le reste de la famille affichait sans trop y croire. S'ils parlaient tous beaucoup d'islam et d'islamisme, ils n'accordaient aux rites, messes, communions solennelles, prêches et autres baptêmes qu'une importance toute relative. Ce n'était pas le cas de Charlotte. Sa foi était personnelle et son engagement dans le mouvement catholique tout autant. Ainsi fit-elle plus souvent qu'à son tour le pèlerinage de Chartres, le prolongeant même une année jusqu'à Saint-Jacques-de-Compostelle. Sylvain souriait à cet enthousiasme adolescent qui chez Charlotte se mariait avec une recherche identitaire qu'elle pensait trouver dans l'âme de la France chrétienne.

Ce jour-là, le bunker était encore plus inaccessible qu'à l'accoutumée. Depuis la veille radios et chaînes d'info étaient en boucle. Les ennuis judiciaires de Catalan faisaient recette et les supputations allaient bon train. Qui des anciens ou des modernes, des Horaces ou des Curiaces allait l'emporter ? Sur BFM ou LCI, on évoquait les vieux chevaux de retour et pourquoi pas le grand-père lui-même pour un ultime tour de piste. Mais, dans ce cas, chacun convenait que l'échec était au bout de la campagne. Restait la nièce qui faisait retraite à Bordeaux et s'était refusée jusqu'alors à reprendre sa place dans le cercle médiatique parisien. Pouvait-elle accepter ? En avait-elle envie ? Les journalistes qui multipliaient les directs devant les portes fermées du Chalet et qui posaient et reposaient la question devaient bien avouer qu'ils étaient incapables d'y répondre. D'autant que rien ne filtrait de ce qui se jouait à l'intérieur du bunker. Une seule certitude, le temps pressait et la réponse ne se ferait pas attendre très longtemps. Sur ce point au moins les commentateurs ne se trompaient pas, Catalan tendu et sombre ne s'embarrassa pas de propos inutiles devant le bureau national. Dans cet endroit où pas une femme ne siégeait et qui avait pour seul ciment l'amour du chef, le reste n'étant que haine recuite et guerre d'ego, l'oncle de Charlotte dit clairement son choix. Ce serait elle.

Il s'attendait à une bronca, il n'eut pour toute réponse qu'une salve d'applaudissements. La peur de perdre avait fait retrouver à ces faux amis le chemin de l'unité au point que Catalan en conçut une pincée de jalousie. La cause était entendue, il fallait maintenant convaincre Charlotte elle-même. À la stupéfaction de son oncle, ce ne fut pas le plus facile. Pressentant des bouleversements qu'elle ne souhaitait pas Charlotte commença par dire non. 2030 peut-être, mais certainement pas 2025.

Seulement voilà, en politique les trains ne passent jamais deux fois, Charlotte le savait et n'avait pas l'intention de rester à quai. Dans le grand salon de Saint-Maur où était réunie toute la famille, sans le moindre complexe, elle fit du « non » définitif de l'après-midi un « oui » ferme et sans appel le soir même ! Et appela tout aussitôt Luigi à Rome.

En quittant le restaurant, Charlotte prit son amant par le bras et comme pour se rassurer elle-même lui rappela ce qui était une évidence.

— Et puis, tu sais, rien n'est définitif, François Berlau est largement en tête dans les sondages. Il a été vilipendé, honni, avant que la vérité éclate, mais j'ai l'impression que beaucoup de Français éprouvent aujourd'hui une forme de honte en pensant à l'attitude qu'ils ont eue à l'époque. Peut-être auront-ils à cœur de réparer leur erreur et de donner une seconde chance à celui qu'ils ont si violemment rejeté.

Était-ce si sûr ?

7.

Pas un meeting sans que Berlau se pose la question. Les Français étaient-ils vraiment convaincus de son innocence ? Chaque soir, il faisait salle comble et retrouvait avec bonheur les clameurs qui l'avaient porté en 2018 jusqu'aux marches de l'Élysée. Mais il savait depuis longtemps que les réunions électorales les plus enflammées ne font pas une élection. Cinq ans qu'il était rentré à Paris, un an et demi qu'il avait annoncé sa candidature et, malgré les sondages qui lui étaient unanimement favorables, il sentait encore flotter autour de lui une méfiance tenace. Jamais complètement disparue, malgré ses efforts pour faire oublier le passé.

À la fin de l'été 2020, les Berlau avaient décidé de déménager. L'appartement de la rue Monge qui avait été un havre de bonheur leur était devenu insupportable. Trop d'heures sombres vécues dans ces cent cinquante mètres carrés après le départ de l'Élysée. En rentrant des États-Unis, leurs deux filles avaient été inscrites au lycée Charlemagne, et Claude et François avaient jeté leur dévolu sur un duplex aménagé dans un immeuble XVIIIe à deux pas de la place des Vosges. Claude n'avait rien dit lorsque son mari qui pensait tenir sa revanche avait annoncé sa candidature un an et demi plus tôt. Mais au fond, elle avait beaucoup aimé cet été passé à Los Angeles et elle y serait volontiers retournée.

Les trois premières années, l'ancien président avait partagé son temps entre les conférences qu'il donnait à l'étranger et la reconstitution des réseaux qui lui avaient permis de construire sa victoire en 2018. Fidèle parmi les fidèles, son vieux copain Francis Rocher qui l'avait accompagné dans les heures élyséennes les plus sombres et qui croupissait depuis au ministère des Finances, l'avait rejoint au premier coup de téléphone. À Bercy, il s'ennuyait à mourir, occupé à régler de misérables dossiers, sans bureau, tout juste admis à s'asseoir dans une salle commune réservée aux inspecteurs des finances.

Berlau et Rocher s'amusaient à compter les anciens membres du parti qui, après avoir condamné l'ex-chef de l'État, étaient devenus les premiers combattants de la nouvelle épopée annoncée. Mais François n'avait pas le choix. Régler ses comptes le condamnait à l'impuissance. Et puis il était redevenu tel qu'en lui-même, sûr de lui et du chemin qu'il voulait tracer. Plus démocrate que socialiste, plus libéral que ses amis sociaux-démocrates, il était persuadé d'avoir incarné quelque chose de nouveau dans la politique française et, dans ce rôle, pensait-il, personne ne l'avait égalé depuis.

— C'est dans la poche, lui répétait Rocher, gonflé à bloc par la perspective d'une nouvelle campagne, on y va et surtout on ne change rien. Je te rappelle que tu étais en passe de gagner ton pari économique. Il n'y a qu'à expliquer que tu veux renouer avec les succès des deux premières années. Crois-moi, François, c'est dans les vieux pots qu'on fait les meilleurs programmes.

Berlau aurait bien aimé croire son ami, mais il y avait cette petite musique discrète et amère qui lui faisait entendre une tout autre partition.

— Tu as sans doute raison, lui dit-il, mais la situation a changé. Ce sont les populistes qui tiennent le haut du pavé.

— Ils ne feront jamais une majorité à eux seuls.

— À moins que l'extrême gauche de Malingaud et La France D'abord ne finissent par s'entendre.

— Impossible ! s'exclama Rocher au bord d'éclater de rire à cette idée.

— Ne ris pas, Francis. Aujourd'hui crois-moi tout est possible.

— Non, je n'y crois pas.

— En tous les cas, on fera tout pour éviter ce désastre. La droite va nous y aider malgré elle. Lassry ne passera pas le premier tour, ça nous laisse une sérieuse réserve de voix pour le second.

Et c'est vrai que le président sortant ne se sentait pas à l'aise dans cette drôle de campagne. D'abord parce qu'il n'avait pas oublié dans quelles circonstances il avait hérité du pouvoir en 2020. Pas un jour sans qu'il ressasse ces mots de Berlau contraint à la démission s'adressant aux Français dans sa dernière allocution télévisée.

« Je pars le cœur déchiré et j'en appelle d'ores et déjà à l'Histoire pour me rendre mon honneur ».

Pas de quoi pavoiser pour Lassry, lui qui avait argué pour se faire élire du déshonneur de Berlau et du désarroi dans lequel ce dernier avait laissé la France. Les révélations de MacGuirre, qui avait détaillé la manipulation contraignant Berlau à la démission, avaient définitivement plombé le quinquennat du chef de file de la droite. Élu sur un malentendu, Lassry n'avait plus dès lors éprouvé aucun plaisir à être président de la République. Trop de pressions, trop d'angoisses, trop de médias, trop de déplacements inutiles et de discours ennuyeux. Il s'était pendant la campagne précédente écharpé avec Catalan, dont pourtant il se sentait proche, il avait même un temps envisagé de le nommer au gouvernement avant que cette ouverture ne l'effraie. Le pays était-il prêt pour un mariage de la droite et de l'extrême droite ? Il n'en était pas sûr et ne voulait pas prendre cette responsabilité devant l'Histoire. Bref, il ne pouvait s'empêcher de se demander ce qu'il faisait dans cette galère. S'il se représentait, c'était, disait-il, par obligation pour ne pas laisser tomber les siens, mais sur les estrades, il était devenu bien terne, son discours bien faible, son envie de quitter les meetings bien forte. Comme si dans la constellation droite-extrême droite la nouvelle venue, Charlotte Despenoux, était la seule capable d'occuper le terrain.

À l'extrême gauche, Malingaud avait d'entrée fait un pari risqué. Considérant que Berlau était son seul véritable adversaire, le vieux chef avait délibérément choisi d'aller chasser sur les terres de l'extrême droite. Surenchère sur l'augmentation du SMIC, attaque frontale contre l'Europe libérale, et après s'être autoproclamé plus vert que les Verts, il s'était déclaré au moins aussi souverainiste que le LFD. Le seul thème qu'il laissait à Charlotte Despenoux était celui de l'immigration, de crainte de diviser ses troupes.

Enfin, il y avait Étienne Durand-Corbel. Celui qui avait fait de la croix de Lorraine son étendard hésitait encore à faire acte de candidature. Ancien séguiniste, il s'était longtemps dit gaulliste de gauche, mais cela faisait belle lurette qu'il avait pris un virage à angle droit au point de flirter avec le parti de Catalan. La désignation de Charlotte Despenoux avait bouleversé ses plans. Quelque chose en lui, un fond de machisme sans doute, n'acceptait pas que la jeune femme puisse faire main basse sur l'extrême droite. Bref, le retour de Charlotte l'avait mis dans une humeur massacrante. Il se voyait mal confiné au rôle de vassal ou de marchepied. Personnel et autoritaire, il faisait régner sur son mouvement une discipline de fer s'autorisant seul à occuper les ondes, montrant une habileté certaine à jouer du tambour dans l'orchestre médiatique. Cela ne l'empêchait pas de réfléchir et de compter les points. Quelles chances avait-il contre Charlotte ? Il la savait populaire, même si elle s'était éloignée du cirque politique. Elle n'avait été mêlée ni à la démission de Berlau ni à la campagne du médiocre

Lassry. Elle portait en elle une sorte d'innocence qui parvenait presque à faire oublier d'où elle venait, comme si Despenoux avait déjà effacé les Catalan. Au point qu'elle parvint rapidement à occuper tout à la fois l'espace du grand-père, de l'oncle et d'une partie de la droite. Que pouvait-il rester à Durand-Corbel dont la cote ne décollait pas ? D'autant qu'à peu de chose près il développait les mêmes thématiques que le LFD. Se présenter dans ces conditions ? Il serait écrasé à coup sûr par le duo Berlau-Despenoux. Mieux valait négocier sans attendre la débâcle.

Il prit son téléphone et appela Catalan. Charlotte accepterait-elle de le recevoir ? L'oncle qui le voyait venir s'en amusa.

— Pourquoi ? Tu veux lui faire peur ?

— N'ironise pas, tu sais très bien de quoi il s'agit.

— Tu veux te rallier ?

— Et pourquoi pas ? répliqua Durand-Corbel mi-figue mi-raisin, tu n'y avais pas mis du tien la dernière fois. Ta nièce sera certainement plus subtile.

Catalan ne réfléchit pas longtemps.

— Viens, dit-il, elle est là.

— Pas dans votre bunker tout de même. Pour la photo c'est un peu prématuré.

— Dans ce cas viens à la maison à Saint-Maur. Depuis que j'ai annoncé ma non-candidature, l'endroit n'intéresse plus les journalistes.

C'était la première fois que Durand-Corbel franchissait le seuil de l'antique villa. Il était à peine entré que Charlotte escortée de Sylvain parut dans l'encoignure du vestibule où trônait encore le portrait du grand-père. Durand-Corbel la trouva moins jeune que dans son souvenir et beaucoup plus déterminée qu'il ne le pensait. Il remarqua d'emblée sa distance affichée à l'égard de Catalan. Charlotte n'avait rien d'une nièce quémandant l'avis de son oncle. Ce dernier n'en paraissait pas malheureux, après tout c'était lui qui était allé la chercher. Il lui arrivait même de savoir gré à la jeune femme de l'accepter à ses côtés. Elle aurait pu s'en débarrasser, mais la candidate était trop avisée pour ignorer que l'inaction forcée de l'oncle serait rapidement devenue dépit et ce dépit, hostilité.

— Vous vouliez me voir, attaqua Charlotte, presque mondaine

— Je vais droit au but, répondit Durand-Corbel résolu à faire vite, vous n'êtes pas sûre de faire le poids face à Berlau et moi j'ai un réservoir de voix non négligeable, en tous les cas que vous auriez tort de négliger. Dans ces conditions j'aimerais savoir si nous pouvons faire un bout de chemin ensemble. Vous y avez intérêt. Moi aussi, je le reconnais. Si je me retire avant le premier tour une grande partie de mes électeurs voteront pour vous.

Charlotte ne réfléchit pas longtemps. La proposition lui allait d'autant mieux qu'elle avait déjà mesuré que Durand-Corbel lui aliénerait une partie de l'électorat qui trouverait plus convenable de voter pour lui que pour la candidate officielle de l'extrême droite. C'est un Catalan chic, disait-on volontiers de cet ancien gaulliste en l'opposant à l'oncle de Charlotte considéré comme trop populiste et ne reculant devant aucune vulgarité pour grappiller quelques voix. L'offre de Durand-Corbel n'en était que plus alléchante.

Elle acquiesça sans même regarder son oncle.

— Inutile de tourner autour du pot. Si vos électeurs sont vraiment au rendez-vous vous, n'aurez pas à le regretter. Tout dépendra du résultat évidemment, mais vous pourriez être ministre d'État dans le prochain gouvernement et même, pourquoi pas, Premier ministre.

Elle parlait avec un grand naturel, comme si elle avait mené ce genre de négociation toute sa vie. Il faut dire qu'elle était d'autant plus sûre d'elle qu'elle ne voyait pas grand monde, parmi ses proches, capable d'entrer à Matignon. La rue de Varenne méritait mieux que la dizaine de maires, les quelques inspecteurs des finances et deux ou trois publicitaires ingénieux qui formaient l'entourage le plus proche de la candidate. En fait, peu d'hommes et de femmes LFD pouvaient sérieusement prétendre à un grand ministère. Durand-Corbel était énarque, il connaissait bien la haute fonction publique et c'était un des maires les mieux élus de France. Avec lui, c'était un pari gagnant-gagnant. Ou bien elle perdait et sa promesse sombrait avec l'échec ou elle l'emportait et ce serait sa parole contre la sienne. Le jour venu, elle ferait ce qu'elle voudrait !

— N'en parlons à personne, conclut-elle brièvement, quêtant cette fois l'avis de Catalan. Si vous renoncez à votre candidature, nous pourrons faire campagne ensemble. Mais restez vous-même, ajouta-t-elle en souriant. Je n'ai aucun intérêt à ce que vous vous aligniez. Une alliance sera plus utile.

— C'est ce que je pense, conclut Durand-Corbel.

Et il prit congé. À vrai dire il n'avait guère plus de sympathie pour Charlotte qu'à son arrivée. Il la trouvait sûre d'elle et brutale. Et du coup il sortit de Saint-Maur avec des sentiments mitigés, satisfait mais pas vraiment rassuré pour la suite.

8.

Le combat fut âpre et violent. Les extrêmes avaient bien compris que 2025 sonnerait pour la France l'heure de vérité. La France D'abord d'un côté, le parti de Malingaud de l'autre avaient acquis la conviction que la victoire pouvait être au bout du bulletin. Seul l'ancien président Berlau pouvait jouer les empêcheurs de tourner en rond et leur ravir pour la seconde fois l'Élysée. Du coup il n'était pas rare que les meetings s'achèvent en combat de rue. Au ministère de l'Intérieur, un comité de campagne se réunissait chaque jour à l'heure du petit déjeuner pour faire le point sur les meetings de la veille et ceux prévus le soir même. Chaque nuit, les arrestations se comptaient par centaines et les blessés par dizaines. De mémoire de ministre, on n'avait jamais assisté à un tel déchaînement de violence avant une élection. Le président Lassry qui se savait condamné à n'être que spectateur de sa propre défaite s'en était inquiété auprès de son fidèle Morena, ministre de l'Intérieur pour quelques jours encore.

— Comment se fait-il qu'on ne réussisse pas à prévenir cette violence ? enrageait Lassry alors qu'à une semaine du premier tour la nuit avait été particulièrement chaude. Ce ne sont pas les flics qui manquent quand même !

— Eh bien, si justement, rétorqua Morena. Il y a des meetings partout, plusieurs centaines chaque soir. On a mobilisé tous les escadrons de gendarmerie et les compagnies de CRS disponibles, mais la campagne a trop duré, on n'y arrive plus. Les policiers font le maximum, ils sont fatigués, énervés. Chaque nuit je crains qu'il y ait un dérapage fatal.

— Il ne manquerait plus que cela, répondit Lassry, plus accablé qu'inquiet.

Le président avait fait une croix sur sa réélection et il voulait juste s'assurer que tout serait fait pour éviter que le sang coule et que la mort entache définitivement son quinquennat. Quant à la suite ? Berlau ? Despenoux ? Au fond de lui-même, Lassry ne croyait pas à Despenoux. Berlau était en tête dans les sondages et avait de loin la meilleure équipe. Inspecteurs des finances, membres du Conseil d'État ou de la Cour des comptes, anciens ministres, soutiens de la dernière heure, tous se bousculaient pour être sur la photo. Certes il n'avait plus ce maillage local qui fait le fond de sauce des bonnes campagnes, mais les maires eux-mêmes reniflant l'odeur de la victoire semblaient tomber un à un dans son escarcelle.

De son côté Charlotte avait pour elle sa relative nouveauté en politique et l'existence d'un noyau de fidèles peu expérimentés mais solides. Elle bénéficiait au LFD d'une confiance qui n'avait pas été accordée à Catalan cinq ans plus tôt face à Lassry. L'oncle de Charlotte n'avait pas été bon à l'époque, et le souvenir de cette campagne ratée était encore cuisant au sein du parti.

Très vite, il fut clair que la présidentielle se polariserait autour du couple Berlau-Despenoux avec à l'extrême gauche Malingaud, qui ne désespérait pas de jouer les trouble-fête et même pourquoi pas l'amant de passage.

Charlotte traçait sa route en développant son programme souverainiste, usant en apparence des mêmes armes que son adversaire, c'est-à-dire un charisme indéniable où se mêlaient jeunesse, charme et talent oratoire, sans vulgarité ni préciosité. Avec la méticulosité du chirurgien usant de son bistouri, elle démolissait les régimes précédents, leurs lacunes en matière de maintien de l'ordre, leur incapacité à gérer la crise sanitaire qui avait dévasté la planète et fait des milliers de morts en France, deux ans auparavant, leur laxisme à l'égard de l'immigration, leur incompétence à mettre la France d'aplomb, leur aplatissement devant l'Allemagne, l'ineptie d'une politique industrielle qui n'offrait pour toute perspective que le chômage de masse. Elle affichait des slogans simples et efficaces : la France aux Français, augmentation du SMIC, non à la soumission européenne, non à la PMA, deux fois non à la GPA et un « oui-mais » ambigu à l'avortement. Les seuls électeurs qu'elle jugeait inutile de convaincre étaient les Verts, un terrain glissant et peu rentable électoralement. Trop contradictoires, les Français !

Dès qu'on leur proposait la moindre taxe écologique, ils poussaient des cris d'orfraie et trouvaient dans le même temps que les gouvernements n'en faisaient pas assez pour assurer l'avenir de la planète. La candidate avait délibérément abandonné l'écologie à l'extrême gauche de Malingaud. Comme s'il y avait entre eux un accord implicite. Le matin à Marseille, l'après-midi à Strasbourg, le soir à Lille, elle était partout. Jamais fatiguée, s'attardant après chaque réunion auprès de militants sollicitant selfies et photos dédicacées, Charlotte galvanisée survolait la campagne à un rythme infernal au point que Berlau finit par s'en inquiéter auprès de son fidèle Francis Rocher.

— Tu t'angoisses pour rien, s'agaça Rocher alors qu'il l'accompagnait dans les studios de France 2 pour une dernière interview.

À quatre jours de l'élection, la France avait retrouvé un semblant de calme et retenait son souffle. Le premier tour n'était pas encore joué, mais les Français semblaient déjà se frotter les mains à l'idée du duel annoncé. Contrairement à Rocher, Berlau continuait de penser que les plaques tectoniques de cette élection ne jouaient pas en sa faveur. Et si les Français allaient faire le grand saut devant lequel ils reculaient depuis tant d'années ? se dit-il avec une grimace d'effroi qui n'avait pas échappé à Rocher. La voiture était bloquée depuis un bon moment sur le pont Mirabeau. Pour distraire le candidat, son ami l'entraîna brièvement sur le terrain préféré des Parisiens, les embouteillages devenus insupportables depuis que la Ville se piquait de faire de grands travaux.

Mais Berlau n'avait pas la tête à disserter sur les fantaisies de la mairie de Paris et il répéta tout haut ce qu'il venait d'imaginer.

— Et si Despenoux gagnait l'élection ?

— C'est impossible, s'énerva Rocher. Les Français ne sont pas assez fous pour se jeter dans les bras de l'extrême droite.

— Fous, non, mais désespérés, peut-être. Ils ne croient plus en rien sinon aux balivernes de Despenoux et de Malingaud. Enfin Francis, la violence de cette campagne ne t'a pas échappé. Ce n'est pas normal. Et ce n'est pas bon signe.

Francis se contenta de hausser les épaules. Son ami était à bout. Rocher espérait seulement que cela ne se verrait pas trop à l'écran. Ils venaient d'arriver au studio. Le président de France Télévisions et ses adjoints les attendaient comme d'habitude dans le hall. La vue de ces huiles trop aimables arracha un sourire à Berlau, le premier de la journée.

Ce dimanche de premier tour, les terrasses de café étaient bondées et les retours de week-end s'annonçaient difficiles pour tous ceux qui avaient décidé de s'aérer à la campagne. C'était le dernier dimanche d'avril et le premier de vrai beau temps. Les Français qui avaient pris la poudre d'escampette pour goûter au soleil ne semblaient guère pressés de s'enfermer dans un isoloir. Au point qu'à midi c'est le ministre de l'Intérieur lui-même qui donna les médiocres chiffres de participation pour appeler les électeurs à voter. La campagne avait-elle été trop dure ? les enjeux trop manichéens ? Toujours est-il que l'appel de Morena ne fut guère entendu. Pour la première fois à l'occasion d'une présidentielle moins des deux tiers des inscrits avaient pris le chemin des urnes. François Berlau qui avait fait le tour des bureaux de vote, dans un quartier qui lui était habituellement favorable, avait constaté ce désastre démocratique dès la fin d'après-midi.

C'est mal parti, se dit-il en rejoignant son QG près de la porte Dauphine. Il était plus de 18 heures et ça n'était pas l'attroupement habituel des soirées électorales. Des applaudissements maigrelets, mêlés aux cris hostiles de militants LFD qui rejoignaient le siège de campagne de Charlotte Despenoux, la soirée s'annonçait difficile, plus eau gazeuse que champagne. Dès 18 h 30, les premières estimations qui circulaient dans les états-majors confirmaient le mauvais pressentiment de Berlau.

35 % pour l'ancien président contre 28 % à Despenoux. Malingaud s'en sortait plus que bien à 17 % et, comme prévu, Lassry y avait laissé sa chemise présidentielle à moins de 12 %.

Berlau-Despenoux, Despenoux-Berlau… les commentateurs s'épuisaient déjà à imaginer la suite, Francis Rocher également.

— Je suis surpris qu'elle ait à ce point écrasé Lassry.

— Oui, c'est beaucoup, se contenta de répondre Berlau. Mais tu sais très bien ce qui lui vaut ce score. L'exploitation des peurs, le terrorisme islamique, le SMIC, tout cela n'est pas sérieux, mais visiblement ça fonctionne.

Au siège du LFD, le bon score de Charlotte avait dopé le moral des militants venus nombreux applaudir leur chef de file. Dans un discours sobre et bref, Despenoux tempéra les enthousiasmes en rappelant que c'était déjà la troisième fois que le parti accédait au second tour et que les deux précédents avaient été sèchement perdus. Elle appela chacun à reprendre dès le lendemain son bâton de pèlerin pour convaincre une majorité de Français que donner à Berlau une seconde chance n'avait aucun sens. Et conclut avec perfidie : «J'espère que cette fois il n'y aurait pas de doute sur les financements de campagne de mon concurrent.»

L'allusion à l'opération de déstabilisation qui avait foudroyé Berlau cinq ans plus tôt était un méchant coup bas dont elle connaissait l'efficacité. Il y avait encore des Français qui étaient persuadés que le financement de la première campagne de Berlau par les Iraniens n'était pas une manipulation conçue par une officine de la CIA mais une réalité. Et Charlotte venait de dire clairement qu'elle entendait en jouer pour faire la différence.

Plus froide encore qu'à l'accoutumée, elle s'éclipsa sans attendre les félicitations pas toujours sincères de tous ceux qui volaient en masse au secours d'une victoire désormais possible. Elle avait mieux à faire. S'enfermant seule dans son bureau, elle composa le numéro de portable de Malingaud. Le leader d'extrême gauche le lui avait donné à l'occasion d'une rencontre imprévue et très médiatisée dans le train Paris-Marseille.

— Je vous le donne. On ne sait jamais ! lui avait-il dit en souriant.

À la première sonnerie, Malingaud décrocha. Charlotte commença par le féliciter pour son succès, puis, avec une sorte de légèreté, elle lui fit remarquer, comme si elle le découvrait à l'instant, qu'il y avait beaucoup de points communs dans leurs programmes, une grande convergence de vues non seulement en matière sociale, mais également en politique étrangère et sur l'Europe. Elle ne parla pas d'immigration, inutile d'évoquer les sujets qui fâchent. Malingaud, vaguement surpris par cet appel, ne comprenait pas vraiment où elle voulait en venir mais trouvait son geste sympathique. Jusqu'au moment où Charlotte, abandonnant les périphrases et les minauderies qui n'étaient pas dans sa nature, décida d'abattre ses cartes.

— Enfin, dit-elle, vous êtes d'accord avec moi : pour le second tour, on va jouer le « tout sauf Berlau ». Le capitalisme, le libéralisme, l'Europe, l'argent, les inégalités, il est temps de sortir de ce cycle infernal non ?

Malingaud, pourtant fort en gueule et habitué des coups politiques, resta quelques secondes sans voix, se disant qu'elle ne manquait pas d'aplomb. Mais, dans son for intérieur, il n'était pas loin de penser la même chose et, reprenant ses esprits, lui confia qu'il n'avait pas l'intention d'appeler à voter pour l'ancien président. Ses électeurs étaient assez grands pour choisir. S'il ne les imaginait pas voter massivement pour Despenoux, il ne les pensait pas prêts à donner leurs voix au chantre du libéralisme. De toute façon il était de mauvaise humeur et enrageait de n'avoir obtenu que la troisième place. Alors, se dit-il, que chacun se débrouille.

La campagne reprit. Berlau passa à la vitesse supérieure et fit des concessions jugées impossibles quinze jours plus tôt. Il renonça à la baisse du nombre des fonctionnaires d'abord envisagée, parla davantage de service public et de l'obligation faite aux jeunes médecins d'exécuter une sorte de service civique de deux ans. Charlotte, elle, axa sa campagne sur les inégalités, sur la lutte contre les fraudeurs fiscaux, contre la mondialisation, les GAFA et ajouta un zeste d'écologie à son discours.

Il était temps que la campagne se termine. Les quelques jours d'accalmie qui avaient précédé le premier tour n'avaient pas refroidi les esprits. Et les résultats encore moins. L'entre-deux-tours prit les allures d'un face-à-face mortel. Les candidats multipliaient les meetings et leurs soutiens, les manifestations violentes. Le 1er mai, les partisans de François Berlau avaient appelé à un immense sitting parisien qui dégénéra en une véritable guerre de rue. Les militants LFD avaient infiltré en nombre la foule de ceux qui scandaient : « Le fascisme ne passera pas » en répondant par leur slogan favori de l'extrême droite : « On est chez nous. » Les CRS pourtant nombreux furent rapidement débordés, reculant sous les coups assenés par les manifestants des deux camps. Et c'est seulement à la nuit tombée que chacun retrouvant un semblant de calme put compter ses blessés. Plusieurs centaines dont de nombreux policiers. Paris n'était plus qu'une sirène hurlante. Le président Lassry, lui-même piteusement éliminé quelques jours auparavant, avait fait la tournée des hôpitaux pour prendre la mesure de cette sinistre journée. Devant les grilles de la Pitié-Salpêtrière, il en appela à la raison de chacun pour éviter que se reproduise une telle catastrophe indigne de la démocratie française.

Le lendemain, la France s'était réveillée stupéfaite et un peu honteuse d'elle-même. Les deux candidats avaient appelé leurs soutiens au respect de l'adversaire, mot qui semblait avoir disparu du dictionnaire depuis le début de cette folle campagne. Il était temps de retrouver le chemin de la république et de ses rites démocratiques. Ce que Berlau et Despenoux s'employèrent à faire à l'occasion du débat de l'entre-deux-tours.

9.

Les rédactions ne bruissaient que des rumeurs concernant le choix des présentateurs. Les journalistes de TF1 et de France 2 n'avaient plus la cote et leurs noms avaient été relégués au bas de la liste des possibles au profit de leurs confrères des chaînes d'info. Le CSA qui pour l'occasion était le grand ordonnateur des cérémonies avait décidé que cette fois, il y aurait trois animateurs, deux hommes et une femme. Trouver les deux intervieweurs masculins fut facile. François Berlau qui n'avait pas été ménagé par la presse cinq ans auparavant fit savoir qu'il ne récuserait personne et qu'il choisirait tout simplement les premiers de la liste à la condition que ce soit par ordre alphabétique. Charlotte Despenoux acquiesça. Ainsi furent désignés le présentateur du matin d'une chaîne d'info et celui du week-end de la 2. Pour l'animatrice, ce fut plus compliqué. Ce ne pouvait être ni Esther Marin ni Édith Lapassade, puisque la première était la compagne du candidat socialiste malheureux et la seconde celle de l'intellectuel révolutionnaire qui avait obtenu 2 % au soir du premier tour.

C'est alors que le président du CSA, un brin provocateur, pensa à Blanche Dubois. Blanche, l'ex-grande reporteure de *L'Univers* qui avait provoqué la foudre en enquêtant sur le prétendu financement iranien de la précédente campagne de Berlau, avait été l'un des principaux artisans de sa chute. Après tout, réfléchit tout haut le patron de l'instance audiovisuelle, si l'on excepte cet accident de parcours c'était une formidable journaliste.

— Qu'est-elle devenue ? demanda-t-il à son directeur de cabinet.

— Grande reporteure au *Journal de Genève*, répondit le collaborateur qui trouvait malgré tout que cette idée n'était pas forcément la plus opportune.

— Eh bien, moi, s'entêta le président du CSA, je trouve l'idée très bonne et si Berlau accepte ça aura de la gueule non ? Appelez d'abord Blanche et voyez ensuite avec Berlau.

Le directeur de cabinet qui connaissait Blanche Dubois depuis Sciences Po et regrettait son exil forcé appela son ancienne condisciple. Blanche ne s'attendait pas à une telle proposition. Elle était partante, bien sûr, mais douta tout aussitôt que l'ancien président réponde positivement. Le nom de Blanche fut malgré tout proposé à Berlau. Surpris par cette proposition incongrue, le candidat marqua un temps d'arrêt avant de confirmer la position de principe qu'il avait adoptée. « Je m'en tiens à ce que j'ai dit, je prends les premiers dans l'ordre alphabétique. » Manière pour lui de dire que tous les journalistes se valaient. Avec D comme Dubois, Blanche était troisième. Ce serait donc l'ancienne journaliste de *L'Univers* qui l'avait pourtant crucifié en 2020. Cinq ans après, non seulement il ne lui en voulait plus mais il l'excusait presque d'avoir été à l'époque manipulée comme soixante millions de Français. Après tout c'était la CIA qui avait fabriqué la *fake news.* Pas elle.

— Formidable, réagit Claude lorsque Berlau en parla à sa femme. Dubois fera tout pour faire oublier le rôle qu'elle a joué à l'époque. Tu verras, elle sera plutôt aimable avec toi. Elle a beaucoup à se faire pardonner.

En apprenant que Berlau ne la récusait pas, Blanche prit son portable pour l'appeler et le reposa avant même d'avoir composé son numéro. Elle ne pouvait quand même pas téléphoner à l'un des deux candidats avant le débat, mais elle se dit que l'ancien président était décidément très élégant. Blanche était heureuse. Pour la première fois depuis longtemps elle allait participer de près aux dernières heures de la campagne.

Le week-end précédant le débat, tandis que la reporteure travaillait avec ses deux confrères, les équipes des candidats avaient méticuleusement mis au point la scénographie de la soirée : largeur de la table, distance entre les candidats, couleur du décor, place des caméras. Enfin, par tirage au sort, il avait été décidé que François Berlau conclurait le débat tandis que Charlotte serait la première à prendre la parole. L'ancien président de la République avait de l'expérience, Charlotte Despenoux n'en avait pas. Tiendrait-elle le coup face à Berlau ? Serait-elle plus habile que son oncle Catalan qui s'était fait étriller cinq ans auparavant par Lassry, pourtant lui-même piètre débatteur ?

Lorsqu'ils prirent place tous deux face à face, les animateurs, et Blanche plus encore, furent frappés par l'assurance de la jeune candidate qui ne semblait guère intimidée à l'idée que plus de vingt millions de téléspectateurs avaient les yeux fixés sur elle. Tailleur bleu sombre, chemisier en soie grège, elle avait hésité avant de coiffer ses cheveux en un chignon strict pour apparaître finalement chevelure tombante sur les épaules. Dans sa loge, ses plus fidèles avaient désapprouvé ce choix. Trop décontractée, trop jeune, trop top model, pas assez sérieux pour une joute présidentielle, mais aucun des dirigeants LFD n'avait finalement osé dire quoi que ce soit. Elle n'avait pas non plus sollicité les permanents du parti pour lui fournir arguments et dossiers. À la veille du tour décisif, Charlotte n'avait en réalité qu'une peur, c'est que son mouvement éclate à l'heure du rassemblement. La France D'abord était non seulement le parti de la droite extrême, mais également celui d'une droite identitaire antisémite et raciste. Elle était assise sur une poudrière et elle le savait. Son oncle Sylvain Catalan avait beau lui répéter que, de tout temps, le parti avait porté en son sein des extrémistes plus extrémistes que les extrémistes, et que lui, Catalan, avait toujours su les réduire ou les exclure, elle s'inquiétait de ces batailles idéologiques doublées de violentes guerres des ego.

Pour éviter d'avoir à trancher ces conflits mortifères, Charlotte avait décidé de préparer le débat en dehors du bunker avec quelques hauts fonctionnaires et une petite dizaine de décideurs discrets auxquels s'étaient joints des grands patrons proches de La France D'abord ainsi que deux ou trois militaires à la retraite. Luigi, de son côté, s'était installé au QG de la candidate dès le lendemain du premier tour. Il lui servait de punching-ball, jouant le rôle de Berlau lui renvoyant les arguments de l'ancien président.

Dès ses premières phrases du débat, Charlotte montra qu'elle était totalement maîtresse d'elle-même. À la surprise de tous avec une habileté redoutable, elle commença par rendre à Berlau un hommage qu'il n'attendait pas et qui le prit à contre-pied.

— Je ne peux pas m'empêcher, monsieur Berlau, d'éprouver pour vous comme tous les Français en ce moment une vraie sympathie. Je vous le dis, la façon dont vous avez été attaqué, abattu par une campagne indigne organisée depuis l'étranger, l'élégance avec laquelle vous avez su prendre vos distances, tout cela mérite le respect et j'en ai profondément pour vous.

Berlau interdit ne s'attendait pas à une telle déclaration. Il sourit vaguement, s'apprêta presque à l'en remercier, perdant du coup le fil de ce qu'il voulait dire et qu'il avait pourtant longuement répété avec Claude. Mais Charlotte poursuivait déjà.

— Cela c'était il y a cinq ans et en cinq ans pendant que vous vous remettiez de vos émotions à Hollywood, monsieur Berlau, oui à Hollywood, la France a changé. L'Europe a changé. Le monde aussi, allant de mal en pis, malgré le violent rappel à l'ordre qu'a constitué il y a deux ans à peine l'effroyable épidémie qui a dévasté nos nations. Il est devenu plus que jamais celui des inégalités et du libéralisme sans contrôle. Ce monde des grands groupes internationaux laissés totalement libres d'imposer leurs choix et de liquider les travailleurs pour accroître leurs bénéfices, ce monde des exilés fiscaux qui ne paient pas d'impôts chez nous, ce monde de la Commission européenne et de ses lobbies. Ce monde-là nous n'en voulons plus. Je vous le dis monsieur Berlau, vous n'avez peut-être pas été financé par les Iraniens, mais c'est pire, en soutenant ce monde vous faites le jeu des ultrariches et vous vous fichez pas mal du sort de nos compatriotes.

Blanche Dubois, habituée de ces joutes, avait compris que Berlau avait été déstabilisé dès les premiers mots de Charlotte par sa gentillesse affectée bientôt suivie d'une cruauté inouïe. L'introduction de l'ancien président, du coup, fut complètement ratée. La voix pas toujours très audible, il semblait sur la défensive, comme brutalement rappelé au souvenir de ce qui avait été pour lui un drame indépassable. Il ne pouvait s'empêcher de penser aux heures épouvantables qu'il avait traversées. À sa démission, au malheur de sa femme et de ses filles. Tout à coup, ce débat avec Despenoux lui parut presque dérisoire. Quel était son intérêt de replonger dans ce monde politique qui avait été si dur pour lui et pour sa famille ? Ce duel était bien la preuve qu'il y avait quelque chose de pourri dans la vie publique. Les Français avaient voté largement pour cette candidate populiste, inconnue ou presque six mois plus tôt, qui proposait au pays un saut dans l'aventure, qui allait faire de la France la brebis galeuse de l'Europe. Et il fut inexistant jusqu'à la fin, comme dégoûté à l'idée d'être opposé devant des millions de téléspectateurs à ce que représentait Charlotte : des mensonges, des promesses sociales intenables, ses valeurs foulées aux pieds. Elle avait fait campagne sur ces thèmes au premier tour et laissé loin derrière Malingaud et Lassry. Pourquoi finalement ne serait-il pas lui la dernière de ses victimes ? Dévoré comme une proie facile. À cet instant Blanche vit qu'il la cherchait du regard avant de lever les yeux au ciel. Il semblait lui dire : Que voulez-vous que je fasse contre elle ?

François Berlau se leva aux dernières notes du générique. Il alla chercher sa femme restée dans le public et quitta le studio sans même saluer les présidents de chaîne. Dans la voiture qui les ramenait de Saint-Denis à Paris, Claude s'était dit que la noirceur de cette nuit sans lune et sans étoiles était un signe prémonitoire. Elle avait compris : les coups portés à son mari par Charlotte avec sa fausse gentillesse, le désarroi de François, son envie de tout plaquer, son incapacité après les épreuves subies à en affronter de nouvelles. Elle lui prit la main, et n'y croyant pas elle-même, chercha malgré tout à le rassurer une dernière fois.

— Ça n'a pas d'importance, ce débat. Les jeux sont faits : tu seras élu dimanche. La France ne peut pas voter pour cette fille, avec son air d'ange trahi par la dureté du regard. Elle fait peur, je t'assure.

François la regarda sans répondre. Il dit à peine quelques phrases avant de se coucher. Et dormit comme une masse.

Le lendemain matin, les sondages allaient tous dans le même sens. Charlotte Despenoux avait écrasé Berlau lors du débat et faisait maintenant jeu égal avec l'ancien président. Quatre jours les séparaient du vote. François n'avait plus envie de se battre, la tendance n'était pas en sa faveur et il savait qu'elle ne s'inverserait plus.

À 20 heures, ce dimanche 4 mai 2025 les résultats furent serrés mais sans appel :

Charlotte Despenoux : 50,3 %
François Berlau : 49,7 %.

10.

La France s'était immobilisée comme statufiée. Avant que par centaines de milliers les uns descendent dans les rues manifester leur joie sans égard ni respect pour les autres qui avaient eu quelques minutes plus tôt l'étrange sentiment de basculer dans le vide. Pour tous ce fut un séisme.

À l'Élysée, le secrétaire général prit dès 20 heures, contact avec l'entourage de Charlotte, tandis que le président Lassry appela à titre personnel François Berlau pour saluer son combat perdu. Le président sortant semblait sincèrement désolé et proposa à son éphémère prédécesseur de le rencontrer sans tarder.

L'après-midi, le préfet de police avait envoyé, chez chacun des deux candidats, un commissaire chargé d'organiser leur service d'ordre en cas de victoire. Mais les policiers avaient été vite éconduits. Berlau n'y croyait déjà plus et trouvait la proposition inutile. Quant à Despenoux, elle non plus n'était plus sûre de rien. L'après-20 heures lui paraissait si loin qu'elle s'était dit qu'elle improviserait si nécessaire. Comme la plupart des Français, elle avait décidé de profiter de cette journée printanière pour jouir d'un soleil d'autant plus bienvenu qu'il lui avait cruellement fait défaut tout au long de cette campagne sombre et violente. Luigi l'avait rejointe à Saint-Maur et ce dimanche elle avait choisi de le passer seule avec lui. La veille, elle avait saisi l'opportunité d'un goûter d'anniversaire organisé par un camarade de maternelle de son fils pour l'éloigner quelques heures. Charlotte savait que cette journée pas comme les autres serait difficile et elle avait préféré mettre Alexandre à l'abri : qu'elle gagne ou qu'elle perde, autant ne pas lui imposer la fièvre de ce jour et, plus encore, l'angoisse de sa mère. Charlotte redoutait cette attente, l'agitation des dirigeants et des militants au bunker, les coups de téléphone des journalistes, des sondeurs, des amis, des ennemis.

Habituellement les jeux sont faits dès 18 h 30, mais cette fois l'écart de voix était si serré qu'il fallut attendre jusqu'à l'ultime minute pour que les instituts se décident enfin à livrer leurs estimations. Toutes allaient dans le même sens. Elle était élue. De justesse, mais élue.

Comme des millions de Français, Luigi attendit de voir apparaître le visage de sa maîtresse sur l'écran pour exploser enfin. Lorsqu'il se retourna pour la prendre dans ses bras, elle était en larmes. Elle l'embrassa avec la fougue des amants séparés, pressentant que leurs moments d'intimité seraient désormais rares. Et sans doute rapidement impossibles. Comment échapper aux paparazzis et plus encore éviter les portables et les déversoirs à rumeurs que sont les réseaux sociaux ?

Quelle histoire, tout de même ! Depuis 2002, vingt-trois ans que les candidats de La France D'abord, parfois en tête, très souvent deuxièmes, se heurtaient à un plafond de verre plus solide qu'un mur de béton. Bien sûr, depuis vingt ans, le tabou avait été écorné. Des municipalités étaient tombées du côté de l'extrême droite, La France D'abord était déjà présente dans les conseils municipaux et régionaux, mais même les plus optimistes au parti ne croyaient pas possible un pareil tremblement de terre.

Et voilà que la présidence de la République venait de basculer. Charlotte avait la tête qui tournait, submergée par un flot d'images de campagne où l'enthousiasme des uns s'était souvent heurté à la violence des autres. Quelle aventure ! dit-elle dans un souffle en se blottissant contre son amant. Elle savait que la muraille Berlau n'était pas infranchissable, mais pendant toute la campagne elle avait été partagée entre le doute et l'espoir qu'une majorité de Français finiraient par se dire qu'il n'y avait pas de fumée sans feu. Que la *fake news* qui avait abattu l'ancien président l'envelopperait jusqu'au bout d'un voile fatal.

Elle, elle avait surfé sur toutes les peurs, tous les malheurs, tous les malaises d'un peuple qui ne croyait plus en sa classe politique, qui préférait tenter l'aventure de l'extrême droite plutôt que de continuer de croire aux slogans d'une droite et d'une gauche discréditées par des promesses jamais honorées. Quelle place avait tenu, dans ce choix, le fait qu'elle soit jeune, qu'elle soit une femme et ait tenu un langage de fermeté sur les questions morales et sociétales ? Elle n'en savait rien et au fond s'en moquait. La question était affaire de politologues et du pain bénit pour les chaînes d'info. Charlotte ne se faisait pas d'illusions : c'était sur la question de l'immigration qu'elle avait gagné l'élection. Sur ce sujet, comme sur celui de la laïcité, des banlieues, du shit et des mosquées, les autres candidats ne s'étaient guère exprimés, la laissant s'aventurer seule sur cette autoroute gagnante.

Son oncle l'appelait.

Où était-il ? Que pensait-il ? se demanda-t-elle, imaginant un instant le désarroi de Sylvain Catalan. De toute façon, il pense ce qu'il veut, je m'en moque, se dit-elle tout aussitôt. La jeune femme n'avait pas d'états d'âme : après tout, ça n'était pas elle, mais la justice qui avait mis son oncle hors jeu. En revanche, elle avait vite compris qu'il serait urgent de mettre de l'ordre dans cette pétaudière qu'était son parti, où entre anciens militants, fidèles du grand-père, amis de Catalan, cadres récents et élus de terrain, les querelles étaient inépuisables.

Elle décrocha et parla la première.

— Où es-tu ? demanda-t-elle d'un ton enjoué.

Sylvain avait sa voix des mauvais jours.

— Nom de nom, qu'est-ce que tu fais ? Il faut que tu viennes maintenant, c'est la fête au bunker, tu ne vas quand même pas t'enfermer chez toi ce soir avec ton Italien !

Puisque Sylvain parlait sur ce ton, elle adopta le même et sa réponse fut sèche et agacée.

— Tu as raison, j'ai préféré attendre les résultats seule avec Luigi, mais ne t'inquiète pas, j'arrive.

Et elle raccrocha en se disant que tout Sylvain Catalan qu'il était il devrait désormais avoir un autre ton. Il n'y avait qu'une présidente et c'était elle !

Elle se changea et choisit un tailleur pantalon noir qui l'amincissait encore. La jeune femme qui s'occupait d'Alexandre avait ramené l'enfant vers 19 heures. Il dormait déjà au moment où sa mère endossait son premier habit présidentiel. Et c'était bien ainsi. Charlotte s'était dit qu'il serait toujours temps de lui dire qu'il allait désormais vivre dans une prison qui n'était dorée que pour les grands, surveillé de près par une escouade de policiers et de gendarmes. Sa vie, à lui aussi, allait changer : l'école, les copains, et même sa mère.

Au moment de partir, elle fit comprendre à Luigi qu'il était inopportun de l'accompagner. Elle avait fait campagne en femme seule, célibataire, mère de famille et fière de l'être, ce qui avait donné au vieux mouvement de son oncle une modernité inattendue. Ça n'était pas le moment d'arriver avec ce jeune homme séduisant, comme si elle revenait d'un week-end à Florence.

— Je te laisse, dit Luigi, ressentant son embarras avant même qu'elle ne l'exprime. Je prends demain matin l'avion de 7 heures pour Rome. Cela nous laissera encore quelques heures. Profite de cette soirée, tu n'en auras peut-être plus jamais d'aussi heureuse.

— Je te remercie, mais je ne rentre tout de même pas au carmel !

Venant, d'elle, qui avait affiché sa foi catholique tout au long de la campagne, la phrase ne manquait pas de sel. Luigi ne releva pas.

— Qui sait ? répliqua-t-il sans humour, lui qui connaissait mieux qu'elle les contraintes du pouvoir.

Au bunker, Sylvain l'accueillit dans un état second. Elle ne savait pas à quoi attribuer cette fébrilité, ni celle de la plupart des dirigeants LFD déjà arrivés. Heureux ou inquiets d'avoir enfin gagné ? Heureux ou inquiets de voir triompher leur candidate, qu'après tout, ils ne connaissaient pas, ou si peu ? Charlotte n'ignorait pas qu'au moment de sa nomination certains amis de son oncle, qui s'étaient sentis évincés, avaient prononcé quelques phrases aimables du genre : « On ne va pas se laisser pisser sur les godasses par une gamine. » Charlotte avait souri mais s'était juré de ne pas oublier.

En parcourant les bureaux du bunker, elle eut un mot pour chacun, les secrétaires d'abord, qui avaient été taillables et corvéables à merci, les élus locaux qui pour certains feraient des ministres acceptables, les membres de la direction du parti qu'elle prit soin de remercier même si elle jugeait la plupart médiocres. Elle était radieuse avec ses longs cheveux blonds coiffant un visage presque angélique, à la fois oiseau tombé du nid et maîtresse femme qui, en quatre mois à peine, avait culbuté la politique française. Les caméras, qui la suivaient partout, l'obligeaient à garder aux lèvres le sourire mécanique qu'elle arborait depuis le début de la campagne. Ce soir-là, le sourire n'était pas factice.

« Mes amis, commença-t-elle… dans un brouhaha qui cessa dès ses premières paroles, nous avons gagné. Ajoutant, sous les cris mille fois scandés de "Despenoux présidente", "Despenoux présidente" : « Nous avons gagné parce que nous sommes les meilleurs. Je vous remercie pour votre soutien indéfectible depuis que cette campagne a débuté. Et je ne peux commencer sans saluer avec une immense affection Sylvain Catalan. Il a lutté sans réserve, pendant tant d'années, pour que son mouvement, votre mouvement, La France D'abord, devienne ce qu'il est devenu : celui derrière lequel se retrouvent aujourd'hui une majorité de Français. Les juges ont décidé de l'abattre opportunément quelques semaines avant la campagne présidentielle, il a montré, par sa droiture, par sa détermination qu'il plaçait au-dessus de toute amertume légitime le bien commun. En s'effaçant comme il l'a fait, loyalement, sincèrement, il a su résister à l'indignation qu'ont suscitée en lui, comme en nous tous, la justice française et surtout l'usage qui en était fait par nos ennemis, de gauche et de droite.

Aujourd'hui, nous savons ce que nous avons à faire. Vous pouvez compter sur moi, je le ferai avec détermination, en me consacrant jour et nuit aux Français, à la nation, à la patrie.

Oui, la France est un vieux pays, attaché à ses racines, à son histoire, à tout ce qui a fait sa force. Mais il n'y a pas de fatalité du déclin. Tout est réuni au contraire pour qu'il s'agisse, avec cette élection, d'une « renaissance ». J'y suis prête et je sais que vous l'êtes aussi.

Oui, je vous promets de réserver les moyens de l'État à nos pauvres, avant de les donner à la terre entière. Oui, je lutterai, avec vous, pour une immigration zéro, pour que nos frontières redeviennent infranchissables, pour une laïcité sans faille, ennemie du communautarisme, pour une sécurité renforcée et punitive. »

À ces mots, la salve d'applaudissements l'empêcha de parler pendant plusieurs minutes. Il fallait conclure. Elle le fit avec cette phrase de Gramsci qu'elle citait fréquemment :

« Toute victoire politique passe d'abord par la victoire des esprits. Nous avons gagné le pouvoir parce que nous avons aussi gagné cette bataille-là. »

Pas un mot pour son adversaire battu, pas une allusion non plus à sa courte victoire. Cela, c'était pour les dirigeants du passé, qui se félicitaient réciproquement avant de s'entretuer. Elle n'avait jamais aimé Berlau et sa démocratie centriste. Elle jugeait inutile, et vaguement ridicule, de lui rendre un hommage hypocrite.

Charlotte resta encore quelques minutes avant de rentrer à Saint-Maur, pressée de quitter une atmosphère dont la teneur en alcool avait fortement progressé depuis son arrivée.

Luigi ne l'attendait pas si tôt.

— Tu as été formidable, très à l'aise, et aussi très belle. Je suis fier de toi, dit-il en la serrant dans ses bras.

Luigi avait envie de faire l'amour, Charlotte le sentit mais ne répondit pas à son amant. Il était tard, la fatigue de la campagne lui revenait tout à coup comme un boomerang. Elle n'avait plus envie de rien sinon de dormir. Tant pis pour Luigi. De toute façon, Dieu sait quand ils se retrouveraient.

Dehors, dès 20 heures, devant le QG et partout en France, le ciel s'était embruni et n'avait pas attendu le couchant pour afficher des couleurs de feu. À Marseille, où une scène avait été montée à la hâte sur le Vieux Port, les échos des orchestres de rock identitaire avaient envahi la ville dans un concert de décibels jusqu'au petit matin, tandis que prudemment les habitants des quartiers nord étaient restés chez eux. Cette nuit-là, la cité de Pagnol avait perdu sa foule multicolore pour se couvrir d'un masque blanc-brun. À Paris, les Champs-Élysées s'étaient noyés dans une marée noire de drapeaux arborant la croix celtique. Le pavé parisien avait tout connu, le sang des communards, les bottes des croix-de-feu et celles des nazis, 68 et des centaines de manifs, mais cette déferlante-là, jamais. « On est chez nous » était scandé et chanté sur tous les tons jusque sous les fenêtres de l'Élysée, devenu depuis ce dimanche 20 heures la propriété de La France D'abord. Ce soir-là, une France exultait, l'autre étouffait, la Seine indifférente au tumulte passait son chemin devant une tour Eiffel obstinément éteinte, comme si elle portait déjà le deuil de la démocratie. Paris la bourgeoise n'aimait pas ce tintamarre, et face aux Champs-Élysées, devenus otages et emblèmes du nouveau pouvoir, le reste de la capitale avait ostensiblement refusé d'allumer ses lampions.

50,3 contre 49,7, deux France irréductibles que Despenoux allait devoir apaiser sous peine que le fleuve ne prenne la couleur du sang. Déjà cette nuit-là, ici et là, la haine des uns s'était heurtée à la révolte des autres. Au Trocadéro, un groupe de jeunes gens qui sortait du QG de Berlau avait été pris à partie par des vainqueurs du jour passablement éméchés. L'ancien président défait avait quitté sous bonne escorte et quelques applaudissements vite étouffés ses locaux, désormais inutiles, derniers témoins d'une seconde mise à mort qu'il pressentait depuis son débat raté. Dès 19 heures, dans le bureau qui devait être celui de la reconquête où il s'était enfermé avec Claude et son fidèle Rocher, il avait compris que l'échec était inévitable. Les ordinateurs crachaient des résultats incertains jusqu'au moment où chacun put lire sur l'écran que l'impensable s'était produit. Cinq minutes avant 20 heures, les derniers doutes étaient levés.

Avec la mine sombre d'un médecin s'adressant à la famille du défunt, le patron de l'institut de sondage qui travaillait pour Berlau prit Rocher par le bras.

— C'est fini !

— Comment ça, c'est fini ? interrogea l'ancien secrétaire général, le cœur au bord des lèvres.

— Elle a gagné. Avec 300 000 voix d'écart, mais elle a gagné. Charlotte Despenoux est présidente de la République.

Les mots étaient inutiles, le visage blême de Rocher parlait pour lui. François avait compris.

— J'ai perdu ?

— Les chiffres peuvent encore se tromper. Attendons l'annonce officielle des résultats.

— Tu sais bien que non.

En un instant, Claude qui avait pris la main glacée de son mari revoyait le film : Mon Dieu, se dit-elle, avoir supporté une première fois la honte, s'être exilé, avoir retrouvé une sorte d'équilibre, puis avoir basculé à nouveau, la tête la première, dans la politique, et tout ça, pour ça ? Pour être battu aujourd'hui, de cette façon, par cette femme et par l'extrême droite ! Décidément la France n'aimait pas son mari…

Sur les écrans, les chaînes repassaient en boucle les résultats et la photo de l'élue. La France avait désormais le visage de cette beauté trompeuse. Depuis 20 heures, le diable s'était habillé en Prada…

Les compagnons de la première heure avaient rejoint le bureau de Berlau. Les yeux rougis et silencieux, chacun attendait un mot du candidat, mais François ne disait rien, comme s'il n'était plus qu'un corps vide, une enveloppe sans contenu. Le temps était suspendu, plus rien n'existait, sauf le visage de Charlotte Despenoux qui occupait les écrans et qui, à cet instant, n'était rien d'autre que le visage de sa propre mort politique. Qu'avait-il fait ou pas fait pour en arriver là ? Comment avait-il pu oublier l'acharnement dont il avait été la victime expiatoire cinq ans plus tôt ? La rédemption n'existe que dans la Bible ou dans les contes pour enfants.

Il sentit les lèvres de Claude effleurer sa main, il l'entendit lui murmurer que le moment était venu de parler. Et très vite la dynamique des mots l'emporta sur la sidération, la colère et l'abattement. Il prit la plume et coucha à la hâte sur le papier sa vision d'une France livrée à l'extrême droite. Despenoux, écrivait-il, était plus dangereuse que son oncle. Son charme et son talent masquaient une ligne politique plus dure encore. Cette femme, derrière sa foi catholique, était un sabre plus qu'un goupillon.

À 20 h 10, il se leva lourdement, tendit la main à Claude et, dans un souffle, lui demanda pardon avant d'entrer dans ce qui aurait dû être ce soir une salle des fêtes.

Les télévisions l'attendaient.

> «J'ai perdu ce soir. L'écart entre Mme Despenoux et moi est étroit certes, mais elle a gagné. Je prends donc acte de ma défaite.»

Et il continua sans un mot de félicitations pour la nouvelle élue.

> «J'espère que les Français ne regretteront pas le chemin qu'ils ont choisi de prendre.»

Dans la salle, il perçut quelques sanglots étouffés et il lui sembla voir une foule de visages plus pâles encore que le sien. Du coup, une irrésistible volonté lui fit dire ces quelques mots qu'il n'avait pas préparés :

> «Je n'ai qu'une chose à vous dire. Je me battrai.»

Il tourna les talons sans même attendre la fin des applaudissements.

11.

Lorsque Charlotte Despenoux franchit seule le porche de la cour d'honneur, sa voiture escortée par les motos de la police nationale, elle ne fut pas vraiment surprise. Cent fois, pendant ces quelques jours à attendre, elle avait visionné les cérémonies d'investiture de ses prédécesseurs. Elle se plia au protocole avec plus de plaisir qu'elle ne l'aurait cru, en foulant pour la première fois le tapis rouge qui déroulait son ruban du porche au perron. Après tout, elle était la première femme à passer en revue, dans la cour d'honneur, les gardes républicains sabre au clair. Et elle se sourit intérieurement.

Elle s'était dit que, pour cette cérémonie d'investiture, elle et Lassry n'auraient rien à se dire et elle avait raison. Le président sortant était pressé de partir et remplir les silences était manifestement pour lui une souffrance. Charlotte se rappela que Mitterrand, qui avait le sens de la dérision, avait profité de cet entretien convenu pour demander à Chirac qui lui succédait de surveiller ses canards dans les bassins élyséens. Mais Lassry, qui n'avait pas la moindre requête à faire, se contenta de meubler en expliquant que, contrairement à la légende, ce n'était pas lui mais les militaires qui remettraient à la présidente les codes nucléaires.

Inutile et ennuyeux pour les deux, l'ancien et la nouvelle firent durer l'entretien juste assez de temps pour que les journalistes massés dans la cour n'éditorialisent pas sur la brièveté de la rencontre.

Les invités, c'est-à-dire le ban et l'arrière ban de l'extrême droite qui piétinaient la moquette avec la délectation provocante des vainqueurs du moment, l'attendaient depuis plus d'une heure. Il était temps de leur parler et d'annoncer à la France encore stupéfaite et inquiète l'avènement d'un avenir différent.

La salle des fêtes de l'Élysée avait été modernisée. Une moquette gris clair remplaçait la précédente, rouge et beige, usée jusqu'à la corde. L'épouse de Lassry avait habillé d'habits neufs ce vieux et vaste salon, construit en 1889, qui avait vu passer tant et tant de présidents de la République. Les tapisseries rouge et or avaient, elles aussi, été changées. L'ensemble ressemblait plus à un show-room pour architectes d'intérieur qu'à une salle d'apparat. Despenoux, qui y pénétrait pour la première fois, regretta la splendeur d'antan. Elle avait espéré un lieu surchargé et solennel, elle découvrit un immense salon huppé du XVIe arrondissement.

Elle entra d'un pas décidé, tandis que la garde républicaine interprétait un extrait de *Werther*, clin d'œil à Charlotte, l'héroïne de Goethe et de Massenet. Durand-Corbel la suivait à quelques pas, accompagné de Jules Perrot, le futur secrétaire général. Celui-ci, portant beau, le cheveu brun sagement coiffé, la trentaine épanouie, avait failli quitter le mouvement, déçu par la médiocrité de ceux qui l'entouraient, mais il était resté et s'en félicitait désormais.

Dans un coin, près de l'entrée, adossé à une colonne, à demi caché, Sylvain Catalan essuyait des larmes. En le découvrant ainsi, Charlotte se demanda s'il pleurait de joie ou d'amertume, mais elle ne dit rien et se contenta de l'embrasser.

Elle s'aperçut vite qu'elle ne connaissait pas grand monde et se dit que ça n'était pas plus mal. C'était exactement le monde dont elle ne voulait plus : des cadres trop âgés, peu de femmes, et des élus agités, rougis par la victoire. Autour de Kevin Macchini, qui l'avait beaucoup aidée pendant la campagne, mettant à son service, avec élégance, sa voix de stentor et son éloquence, on pouvait compter les jeunes sur les doigts d'une main. Charlotte leur adressa un sourire et se promit de faire rapidement souffler un vent frais et nouveau sur le parti. Le président du Conseil constitutionnel, lui, n'était pas à la fête. Il devait à François Berlau sa nomination six ans auparavant et aurait préféré être au pôle Nord plutôt que de proclamer l'élection de cette présidente-là. Le grand chancelier de la Légion d'honneur, quant à lui, avait refusé de remettre à l'élue le collier de grand maître. C'est un membre du conseil qui le lui remit discrètement avant son entrée dans la salle des fêtes. Dans l'euphorie de cette journée, l'incident était passé inaperçu.

Et le moment était venu pour Charlotte de parler. La jeune présidente le savait : tout ce qu'elle dirait serait passé au peigne fin, analysé, disséqué, et pas seulement en France.

Sa voix, sourde au début, prit peu à peu de l'assurance :

> « Messieurs les présidents, mesdames, messieurs, en ce jour où je prends la responsabilité d'assumer la plus haute charge de l'État, je me sens dépositaire d'une espérance. Celle de rendre à la France la place qui doit être la sienne, dans son intégrité et sa souveraineté. Celle de faire des Français des citoyens à part entière, fiers de leur pays, de leurs représentants et de leur présidente. »

Contrairement à ses prédécesseurs, qui avaient souligné leur volonté d'être le président de tous les Français, Charlotte avait décidé de parler cash et d'opposer d'emblée la France du peuple à celle des élites.

> « D'autres que moi ont parlé de fracture sociale, celle qui sépare le peuple d'une intelligentsia parfois décalée, qui, sous prétexte de fidélité aux valeurs essentielles de la République, en dévoie le plus souvent le sens et les finalités.
>
> Cette fracture, continua-t-elle, nous sommes, contrairement à ceux qui en ont tant parlé sans jamais rien faire, les seuls à être en capacité de la réduire. Je vous promets qu'avec moi le monde de la finance n'aura pas son couvert à l'Élysée.

Je vous promets qu'avec moi, il n'y aura ni technocratie économique, ni ce pseudo-progressisme qui affaiblit les institutions et la nation. C'est un grand compromis patriotique que je m'engage à présenter aux Françaises et aux Français. Un nouveau conservatisme qui entend garder en héritage tout ce qui a fait la France au cours des siècles, sa civilisation, ses mœurs et ses coutumes. L'identité de la France sera affirmée haut et fort. Son fondement, la famille, sera protégé et tout ce qui porte atteinte à la filiation naturelle sera désormais interdit. Nous favoriserons la natalité et les familles nombreuses pour faire barrage au grand basculement démographique. La seule règle en matière de flux migratoire sera l'immigration zéro. Les origines chrétiennes de la France seront réaffirmées, et je déclare aujourd'hui la guerre à cet islamisme radical qui pourrit nos banlieues.

Le grand remplacement n'est pas un mythe ou le fruit du cerveau fatigué de quelques intellectuels paranoïaques. C'est un défi que nous lancent les peuples d'outre-Méditerranée qui connaissent une démographie galopante. Le compte à rebours a commencé. Je ne laisserai pas les pseudo-humanistes développer leurs théories fumeuses qui prônent l'ouverture à tous les vents de notre cher pays, au point qu'un jour nous pourrions devenir minoritaires sur la terre de nos ancêtres. Savent-ils, ces tenants d'une France sans frontières, que le grand remplacement dont ils feraient le lit s'accompagnerait d'un grand ensauvagement ? J'opposerai toujours au droit des minorités notre droit fondamental à la priorité de notre culture.

À la France du vide, dont nous héritons, nous substituerons la France des territoires et de leurs terroirs.

Le peuple m'a confié un mandat. Je le remplirai. La France ne veut pas mourir, le peuple Français ne veut pas renoncer. Je ne les décevrai pas. Vive la France !

Chacun remarqua la disparition volontaire du traditionnel « Vive la République ». Charlotte avait annoncé la couleur : la liberté, l'égalité, et la fraternité n'étaient pas son credo.

En passant en revue les troupes sur la terrasse côté parc, elle ressentit une sorte d'ivresse. En se penchant vers Durand-Corbel, elle lui glissa dans un murmure exalté : « Puissions-nous apporter aux Français un peu de cette grandeur. »

Depuis l'aube, l'Élysée avait pris des allures de Fort Knox. Un groupuscule d'extrême gauche avait promis de faire à sa manière la fête à Despenoux. Ils étaient peu nombreux mais suffisamment entraînés pour créer un désordre inopportun. Du coup, le ministère de l'Intérieur avait décrété la rue du Faubourg-Saint-Honoré zone interdite, de la place Beauvau à la rue Royale, et les invités présidentiels devaient traverser un triple cordon de CRS et de gendarmes, plus sûrement entraînés à repousser les intrus qu'à jouer les hôtesses d'accueil, avant d'accéder enfin au palais. Le soleil avait beau se jouer des casques des policiers et les faire briller de mille feux, l'ambiance n'avait rien de festif, d'autant que mis à part le ballet des voitures qui déposaient sans s'attarder les chanceux autorisés à assister à la grand-messe, Paris n'avait fait aucun effort pour faire de ce jour une journée de fête. Il y avait bien quelques militants LFD qui avaient tenté de s'approcher de l'Élysée pour applaudir la nouvelle élue, mais ils avaient été repoussés sans la moindre aménité par des CRS qui n'avaient pas encore appris à faire la différence entre les gauchistes et les autres.

L'après-midi, les Champs-Élysées étaient aussi vides que par un dimanche de pluie. Découragés par l'armada policière, les Parisiens ne s'étaient pas déplacés et Charlotte, lorsqu'elle déposa une gerbe aux pieds du Soldat inconnu, donnait plutôt l'image d'une passante esseulée que de la présidente investie depuis une poignée d'heures. L'aller et retour sur la plus belle avenue du monde n'avait pas duré quinze minutes et la traditionnelle visite à l'Hôtel de Ville à peine plus. Despenoux s'était d'autant moins attardée qu'elle n'y comptait pratiquement que des ennemis ; d'un seul regard, elle avait compris que la droite et les élus se réclamant de Berlau étaient à l'unisson des Parisiens qui n'avaient pas voté pour elle. Boudeurs et en colère.

Sur les plateaux de télévision, à l'exception de quelques thuriféraires, engagés et peu crédibles, la plupart des éditorialistes avaient dénoncé les propos du matin en affirmant que ce n'était pas un discours de président mais un langage de guerrier, pas un discours d'unité mais un appel à la division.

À Matignon, Étienne Durand-Corbel avait expédié la passation de pouvoir avec le Premier ministre de Lassry.

— Bon courage, dit le sortant, un ancien compagnon de Durand-Corbel qui n'avait jamais compris quel chemin avait conduit cet ancien gaulliste social à devenir le fer de lance de La France D'abord.

— Je n'en manque pas, lui répondit le nouveau chef du gouvernement sur un ton excluant toute complicité.

Les photos sur le perron expédiées, ne restaient que la curiosité et la crainte de ces fidèles de l'ancien Premier ministre qui, une fois leurs cartons faits et les archives détruites, allaient partir avec le sentiment détestable que l'irréparable s'était accompli. Lors du pot d'adieu qui avait eu lieu le matin même, la discussion avait été vive entre ceux qui pensaient que Despenoux n'était qu'une louve de papier et ceux qui l'imaginaient en tigresse indomptable. En tous les cas, dans cette jungle-là, ils savaient qu'ils n'avaient pas leur place.

Le lendemain, Étienne Durand-Corbel était à l'Élysée. Au menu du petit déjeuner, la composition du gouvernement.

— Faites vite, lui dit Charlotte. Épargons-nous la comédie imbécile de nos prédécesseurs qui faisaient lanterner les journalistes jusqu'à pas d'heure. Et, surtout, montrez que nous, nous savons ce que nous voulons.

Comme toujours, la présidente avait fait semblant de laisser son Premier ministre à la manœuvre, alors que tout, en définitive, allait se jouer à l'Élysée. D'autant que Durand-Corbel avait peu d'amis, beaucoup de ses proches l'ayant quitté, lui reprochant de s'être séparé de tous ceux qui auraient pu lui faire de l'ombre.

— Pour le ministère de l'Intérieur, lui dit Despenoux, sur un ton qui n'appelait aucune réplique, ce sera Pierre Mazaudet. Il vient de chez Lassry, mais il m'a rejointe au bon moment. C'est un animateur de campagne hors pair et un homme d'ordre. Il est respecté des policiers. J'ai d'ailleurs décidé de renommer ce ministère ministère de la Police et de l'Ordre public. Les syndicats de police y seront très certainement sensibles et j'entends que les Français saisissent ainsi quelle est notre priorité.

Durand-Corbel comprenant qu'il n'avait pas le choix afficha un enthousiasme affecté, persuadé que Mazaudet serait plus un rival qu'un allié.

Après deux ou trois allers et retours entre Matignon et l'Élysée, le gouvernement que la présidente avait voulu restreint était constitué. Le lendemain, à l'heure où les canards du parc commençaient à cancaner, les journalistes se bousculaient déjà dans la cour de l'Élysée. Ils n'eurent pas à attendre. Jules Perrot, le jeune secrétaire général, d'une voix mal assurée, lut avec un ennui qu'il ne cachait pas vraiment la liste des membres de ce premier gouvernement Despenoux qui n'avait qu'une mission : gagner les législatives.

Aux Affaires économiques, Charlotte avait choisi la plus jeune de ses récentes recrues. Jacques Vignal n'avait que vingt-quatre ans et déjà une éloquence de bateleur. La langue bien pendue, la voix sonore, il avait fait une campagne aux côtés de Charlotte, qui lui ressemblait : tout d'une pièce, il ne s'embarrassait pas de nuances. Peu lui importaient la pertinence ou la véracité de ses affirmations, l'essentiel pour lui était d'assener ses messages sans se préoccuper de leur rapport avec la vérité ! C'est votre version, avait-il pris l'habitude de répondre aux journalistes qui opposaient à ses affirmations la citation exacte d'un texte qu'il vilipendait. S'y connaissait-il en économie ? Pas vraiment ! Mais la politique désormais devait l'emporter sur l'économie.

Charlotte avait côtoyé à l'Assemblée nationale un brillant avocat à la faconde certaine, Albert Tissier, qui, après une brillante carrière au barreau – et une adhésion au Parti socialiste quelques années auparavant –, s'était brutalement rangé derrière la bannière de Catalan, courant les plateaux pour distiller la bonne parole. Un visage rond, une longue mèche grise qu'il relevait souvent en arrière, il prétendait s'être « beaucoup emmerdé » dans l'hémicycle, où il n'avait pu faire entendre sa voix qu'à de rares occasions. Un garde des Sceaux idéal, s'était dit la présidente. Avocat, talentueux et convaincu, quoi de mieux pour affronter ces magistrats gauchistes qui pourchassaient le LFD depuis toujours ! Au budget, Roland de Saint-Hubert, lui aussi, était un homme de confiance de Charlotte Despenoux. Il avait une grande culture générale, ce qui n'avait pas beaucoup d'utilité à ce poste, mais il y avait à Bercy suffisamment de hauts fonctionnaires prêts à servir le nouveau pouvoir pour que le ministre soit protégé de ses lacunes. Pour protéger le ministre de ses lacunes, le choix présidentiel s'était porté sur Stéphane Briand. Ce fils de militant CGT, maire d'une petite ville de l'Est, s'était fait remarquer par la présidente alors qu'il pratiquait avec succès le « communisme municipal » ou comme on disait dans le Nord « le socialisme de la becquée ». Avec lui, il n'était pas question d'idéologie, mais de voirie et de ronds-points, de crèches et de maisons de retraite et plus encore de baisses d'impôts. L'œil clair sous des sourcils fournis, le menton volontaire et le front dégarni, Briand était populaire. Suffisant pour convaincre Despenoux. Enfin, au ministère de l'Information, Richard Bidard. Cette nomination était prévisible et n'avait surpris aucun des journalistes qui tentaient de s'y retrouver dans ce fatras de noms inconnus ou presque. Longtemps défenseur patenté des droits de l'homme, Richard Bidard avait eu un parcours en zigzag. Il avait longtemps défendu la liberté de la presse et le secret professionnel des journalistes. Refusant toute étiquette et ne voulant garder que la sienne, sa décision de se muer en compagnon de route de Charlotte Despenoux avait paru incompréhensible à ses anciens camarades, qui pourtant connaissaient bien le personnage « à l'ego exagérément enflé ». Maire, lui aussi, d'une ville moyenne qui fut longtemps le plus beau fleuron d'un Midi rouge passé avec armes et bagages à l'extrême droite,

Bidard se voulait un rempart contre l'immigration, et l'adversaire d'un islam « conquérant et agressif ».

L'essentiel était dit et les gouttes tièdes d'un orage annoncé avaient précipité la fin de cet exercice ennuyeux.

En remontant dans son bureau, Perrot s'était promis que, la prochaine fois, un communiqué suffirait. Dans la pièce voisine, Charlotte Despenoux avait suivi sa prestation d'un œil discret, plus intéressée par les bavardages de son fils qui n'avait pas encore compris qu'on ne dérangeait pas la présidente sans se faire annoncer. Après tout ce n'était que sa mère ! Montant quatre à quatre le grand escalier, suivi de son briard, il était entré dans le bureau et avait sauté au cou de la présidente sous le regard surpris et vaguement inquiet des huissiers peu habitués à ce genre d'incartades enfantines. Loin de s'agacer de cette irruption imprévue, Charlotte prolongea ce moment en organisant un déjeuner impromptu dans le bureau présidentiel avec le seul homme dont elle avait accepté qu'il puisse à tout moment perturber son agenda. Elle n'était pas encore habituée au silence du palais, troublé seulement par le crissement des pneus sur les graviers de la cour. Voir Alexandre courir dans les couloirs ou jouer avec son chien dans le jardin, comme s'il était encore à Saint-Maur, la rassurait.

Cet après-midi-là, deuxième jour de l'après, fut consacré à l'après-vente de la composition du gouvernement. Le Premier ministre Durand-Corbel avait été l'invité du 20 heures de TF1, Mazaudet devait aller sur France 2. Despenoux, qui n'aimait rien moins que l'improvisation, les avait obligés à répéter leur prestation dans son bureau. Les deux avaient ainsi expérimenté sans tarder la face autoritaire et vite désagréable de leur nouvelle patronne. Charlotte pouvait être odieuse et le tout nouveau ministre de la Police en eut confirmation le soir même. Plusieurs milliers de jeunes gens, militants des anciens partis défaits, s'étaient rassemblés spontanément aux abords du Panthéon et de la Sorbonne pour protester contre les annonces élyséennes du matin et dénoncer ce gouvernement sombrement monocolore. Mazaudet, plutôt content de sa prestation, était encore dans les studios de TF1, lorsqu'on le prévint que la présidente était en ligne. Sa brutalité le saisit à froid. Il s'attendait à des félicitations, il eut sa première dégelée.

— Qu'est-ce que tu fabriques ? Il y a quelques centaines de connards qui foutent le bordel au quartier Latin et toi tu te pavanes à la télé !

Jamais on ne lui avait parlé sur ce ton. Et il répondit sur le même :

— Écoute, je ne peux pas être au four et au moulin. J'étais à la télévision, je te le rappelle, pour assurer ton service après-vente.

— Très bien, mais maintenant occupe-toi de cette manif, dit-elle sur un ton radouci.

En fait, il y avait foule place du Panthéon, une foule bariolée, multicolore et plutôt bon enfant, même si les slogans scandés contre le nouveau gouvernement n'avaient rien d'aimable. Mais enfin, pas de quoi fouetter un manifestant, d'autant que, mêlés aux jeunes gens, il y avait beaucoup de politiques de l'ancien monde qui avaient oublié depuis leurs années de fac ce qu'était l'odeur des lacrymogènes. Rien d'inquiétant pour les forces de police qui s'étaient faites jusqu'alors discrètes. Mais, après l'appel de Despenoux, Mazaudet avait bien compris qu'il devait s'exécuter et faire en sorte que cette manif cesse au plus vite. Contrairement au préfet de police qui jusqu'alors, n'ayant reçu aucun ordre, avait donné consigne aux CRS de se faire aussi transparents que possible. Il n'y avait que quelques cars dans les rues voisines, et les policiers semblaient d'humeur plutôt badine. Jusqu'à ce que le préfet reçoive un coup de téléphone du nouveau ministre qui ne laissait guère de doute sur ses intentions belliqueuses.

Mazaudet qui avait encore dans les tympans les cris de Charlotte ne s'embarrassa pas de propos protocolaires avec le préfet.

— Qu'est-ce que vous foutez, Santini, nom de Dieu ? Vous attendez quoi ? Que la Sorbonne soit occupée ? Que le quartier Latin flambe ?

— Nous n'en sommes pas là, monsieur le ministre, risqua le préfet. Il est urgent d'attendre, d'autant que la situation est parfaitement sous contrôle. Croyez-moi, j'ai l'habitude.

— Vous n'avez l'habitude de rien, monsieur le préfet, et vous n'êtes pas seul à décider, ordonnez la dispersion immédiate de la manifestation. Je vous rappelle que votre rôle est de faire respecter la personne de la présidente de la République.

— Elle ne me paraît pas menacée, monsieur le ministre.

— C'est votre avis, ce n'est pas le mien. Vous évacuez, point final.

Une demi-heure plus tard, les policiers remontaient la rue Soufflot. Devant eux ne se dressaient que des jeunes, étudiants pour la plupart. Les politiques et les militants s'étaient regroupés sur la place du Panthéon.

Devant les premières rangées, un officier de police hurla dans son porte-voix : « Cette manifestation est interdite, nous vous demandons d'y mettre fin. Ordre d'évacuation. »

Des hurlements et quelques rires lui répondirent.

— Qu'est-ce qui te prend, mon vieux, vint lui dire, provocant, un jeune homme aux cheveux ébouriffés. C'est la Sorbonne, on est ici chez nous, on ne veut de mal à personne, sauf à ces crétins du gouvernement. Et on ne va pas les attaquer aujourd'hui, ricana-t-il en lui tournant le dos.

Le policier recula et répéta son ordre d'évacuation.

— Je répète, dit-il, tandis que ses hommes le regardaient, encore peu mobilisés. C'est un ordre d'évacuation.

— Tu parles, confia le jeune homme ébouriffé à sa voisine, tu les vois intervenir contre Berlau, qui est au pied du Panthéon ? On ne risque rien.

Il n'avait pas encore achevé sa phrase que le démenti arriva, violent et bref. En ordre serré, les policiers remontèrent la rue. D'abord incrédules, les jeunes finirent par reculer. Pas assez vite. La première grenade de désencerclement lancée, beaucoup d'autres suivirent. Au Panthéon, François Berlau, entouré de parlementaires, se retrouva face à une haie de casques noirs qui avait noyé la rue Soufflot dans un raz-de-marée de gaz lacrymogènes.

L'ancien président était au premier rang. Il suffoqua. D'autres avec lui. Ils tentèrent de gagner la mairie du Ve arrondissement, fermée à cette heure-là. François Berlau n'eut que le temps de gagner la rue Lhomond, tandis que fuyaient les derniers manifestants coursés par les CRS dans les rues adjacentes.

— On se retrouvera, cria le jeune ébouriffé aux policiers, avant d'entraîner ses troupes dans une retraite en désordre.

Un peu plus tard, les yeux rougis, Berlau retrouva Claude. Celle-ci, devant sa télévision, se rongeait les sangs.

— Mon Dieu, lui dit-elle, ça ne fait que commencer.

Berlau répéta ces mots d'une voix étranglée :

— Oui, ça ne fait que commencer. Et tu vas voir après les législatives !

Pour le Premier ministre fraîchement nommé, ces législatives étaient décisives. Si la présidente n'avait pas de majorité, tout ou presque était à refaire. Il avait choisi de faire campagne en train. Quatre ou cinq arrêts par jour et un meeting chaque soir. L'abondance d'étapes et l'accueil enthousiaste réservé à Durand-Corbel comblaient sur les écrans l'apathie d'une France encore sous le choc. L'élection de Despenoux avait pulvérisé la droite et réduit à presque rien la gauche. Lassry, qui n'avait pas attendu le résultat de ce nouveau scrutin pour s'installer en Suisse, avait laissé derrière lui quelques grognards fourbus et démotivés.

Quant à Berlau, qui avait tenté de rassembler le centre et la gauche, il régnait sur un camp hétéroclite et divisé. Il y avait là des étudiants qui détestaient à peu près autant le fascisme sournois de la présidente que les postures souvent guignolesques de Malingaud, des militants socialistes qui n'avaient pas renoncé à prêcher dans leur désert idéologique et des écologistes qui pensaient pouvoir sauver la planète en culbutant l'économie mondialisée.

Mais ceux-là n'étaient restés que les figurants d'un théâtre qui jouait à guichet fermé une pièce écrite par Despenoux et Durand-Corbel d'un côté, Malingaud de l'autre.

Le leader d'extrême gauche était en grande forme. En parcourant la France, il disait comprendre ces déshérités du Nord, ces chômeurs de l'Est et ces retraités du Midi qui avaient voté Despenoux. Tribun sans égal, érudit populaire et populiste, il s'employa tout au long de ces semaines à convaincre une majorité d'entre eux que, Despenoux élue, il était le seul à pouvoir éviter à la France le règne sans partage d'une présidente d'autant plus dangereuse qu'elle avançait masquée. Ce fut brillant mais totalement raté.

Juin 2025 avait confirmé le mois de mai. Le pays, divisé et perverti, avait envoyé à l'Assemblée une majorité d'extrême droite, 290 députés LFD. Malingaud, avec ses 150 parlementaires, avait perdu son pari. La victoire était courte mais l'essentiel était acquis. Charlotte avait sa majorité.

Après s'être attardée longuement dans les jardins avec ses ministres les plus proches, profitant de la douceur de ce joli mois de juin, elle remonta fière et heureuse dans ses appartements. Elle avait donné rendez-vous dès 8 heures à Durand-Corbel pour décider de la formation de son deuxième gouvernement et envisager d'éventuelles alliances. Le Premier ministre penchait pour un accord avec la droite, mais Charlotte avait déjà fait son choix. Il fallait s'entendre avec Malingaud.

En se glissant dans ses draps, elle se promit d'appeler le leader de la Gauche forte aux premières heures de la matinée et elle s'endormit d'autant plus vite qu'elle avait bu au-delà du raisonnable. Pas pour très longtemps. Le jour n'était pas encore venu que Charlotte fut réveillée en sursaut. L'explosion était si proche qu'elle eut le sentiment un instant que les murs du palais n'allaient pas y résister. En réalité rien n'avait bougé, pourtant Despenoux n'avait pas rêvé. Il s'agissait bien d'une explosion.

12.

Les riverains des Champs-Élysées avaient été sérieusement secoués. Les gyrophares des voitures de police et les sirènes de pompiers avaient pris dès l'aube le relais des klaxons et des lampions à peine éteints. Le cœur de la capitale généralement silencieux à cette heure matinale était paralysé par un embouteillage inhabituel et le ciel de Paris, encombré de fumées noires, n'avait pas vu le jour se lever. Depuis 6 heures du matin, le quartier était bouclé, les cars de CRS restés en nombre aux abords de la Concorde et de Marigny bloquaient désormais l'accès à l'avenue Montaigne et au carrefour de l'Alma. Des curieux descendus des immeubles les plus proches, qui avaient revêtu à la hâte des tenues improbables, étaient refoulés sans ménagement par les forces de l'ordre. Du restaurant visé où se mêlaient touristes et habitués du quartier, il ne restait rien ou presque. La rue Marbeuf était jonchée de débris et plusieurs voitures brûlaient encore. Le préfet de police, Robert Santini, lui non plus, n'avait pas beaucoup dormi, il s'était pourtant couché d'autant plus satisfait que la soirée électorale avait été plutôt bon enfant.

Les résultats de ces législatives semblaient avoir eu un effet anesthésiant sur tous ceux qui promettaient depuis quelques jours une nuit de feu. Les seules explosions entendues ce soir de liesse avaient été celles des pétards jetés par les milliers d'hommes et de femmes autrefois ennemis jurés et qui étaient descendus dans la rue pour faire la fête ensemble. Venu avec les enfants manifestement heureux de profiter de cette nuit sans sommeil, on s'embrassait, chantait, dansait, oubliant les différences, sans chercher à savoir d'où l'on venait et pour qui on avait voté. Avec une conviction commune : le peuple enfin allait se faire entendre.

Au Chalet, le siège de La France D'abord, la fête était moins populaire mais aussi exubérante et à coup sûr plus alcoolisée. Le parti de la présidente n'avait jamais lésiné sur le champagne et les vins fins pour fêter ses succès électoraux, mais cette fois l'événement était d'une tout autre ampleur. Charlotte Despenoux allait pouvoir mettre à exécution son programme de réconciliation nationale. Sur les pelouses qui entouraient la grande bâtisse c'était le 14 Juillet avant l'heure, un millier de personnes au moins applaudissaient frénétiquement le nom des heureux élus qui allaient franchir pour la première fois les grilles du Palais-Bourbon. Beaucoup de ceux-là avaient pris la route dès leur élection acquise pour communier avec cette nouvelle France qui s'exposait depuis 20 heures sur tous les écrans de télévision. L'élection d'extrême justesse de Charlotte avait plongé le pays dans une expectative incrédule. Un mois plus tard, ce dimanche, les législatives venaient de confirmer que les Français avaient choisi de naviguer sur des eaux inconnues. Peu après minuit, le Premier ministre Durand-Corbel, affichant un prévisible contentement de soi qui le définissait plus que de longs discours, lisse à l'extérieur, vulgaire à l'intérieur, avait fait une brève déclaration saluant la sagesse et la cohérence du peuple Français.

> « Un peuple ambitieux pour lui-même, pour ses enfants, qui a su enfin se lever pour dire non. Non à cette Europe qui chaque jour impose un peu plus sa loi à la France. Non à ces invasions migratoires successives qui depuis plus d'un demi-siècle minent notre socle commun et nos valeurs. Non à tous ceux qui depuis des dizaines d'années ont méthodiquement déconstruit ce que nous avions forgé ensemble depuis 1789. Non à tous ceux qui par leur politique droit-de-l'hommiste et prétendument humaniste ont fait le terreau du terrorisme islamiste. Avec nous, la France va rentrer chez elle. »

Et pour conclure cette déclaration de victoire en forme de déclaration de guerre, il brandit le drapeau français placé derrière lui et jura que désormais aucun autre n'aurait sa place sur les frontons de la République. Au Chalet, la salve d'applaudissements qui avait salué cette envolée finale redoubla lorsque Durand-Corbel fit son apparition une demi-heure plus tard. Accueilli par des « On est chez nous » tonitruants, le Premier ministre goûtait ce moment avec l'avidité de ceux qui ne sont sûrs de rien et surtout pas de leur sort. Après tout, Charlotte Despenoux avait désormais la majorité absolue et l'embarras du choix pour trouver le prochain locataire de Matignon.

C'est d'ailleurs ce que Blanche Dubois qui était arrivée peu avant Durand-Corbel lui fit remarquer sans détour. La reporteure qui avait repris goût à la politique depuis qu'elle avait animé le débat présidentiel avait fait le tour des QG vite désertés à l'exception de celui de Malingaud. Le rouge aux joues du leader d'extrême gauche en disait plus que de longs discours sur les espoirs du deuxième homme fort de la soirée. Malgré un échec arithmétique, Malingaud était sûr de son fait. Il attendait désormais son heure et le coup de téléphone de la présidente.

Prenant par le bras dans un geste brusque le Premier ministre, Blanche l'éloigna un instant de ses fans pour obtenir l'interview exclusive qu'il avait refusée à ses confrères. Manière pour la journaliste de rappeler qu'elle n'avait rien perdu de son professionnalisme passé.

— Alors monsieur Durand-Corbel, toujours Premier ministre, lui glissa-t-elle sur un ton plus ironique qu'interrogatif.

Pour toute réponse, le locataire de Matignon lui jeta un regard qui aurait crucifié sur place plus d'un éditorialiste. Pas Blanche qui continua, imperturbable.

— Vous étiez un alibi commode après l'élection de Despenoux, un demi d'ouverture qui devait faire illusion et apparemment ça a marché.

Trop bien peut-être. Parce que si l'on s'en tient à l'arithmétique, la présidente n'a plus besoin de vous.

Cette fois, Durand-Corbel prit la peine de répondre :

— Mais, madame Dubois, que savez-vous des rapports entre la présidente et moi ? Rien. Vous parlez pour ne rien dire. Vous vous croyez meilleure que vos confrères, mais vous êtes encore pire avec vos partis pris et votre hostilité. Ça ne vous a pas suffi d'avoir été écartée de *L'Univers* et d'en être réduite à faire des reportages sur des réserves d'animaux sauvages en Afrique du Sud pour un journal suisse ?

Durand-Corbel avait marqué un point. Mais ni l'un ni l'autre n'avait intérêt à poursuivre cette guerre d'ego et le Premier ministre accepta finalement de répondre sur le fond

— Eh bien oui, c'est exact, dit-il, presque affable, plus rien n'oblige Mme Despenoux à me renommer. Mais pourquoi renoncer à ce tandem alors que j'ai mené la campagne législative qui a conduit à une victoire historique ? Je vais dès demain mener les négociations avec la droite pour former un gouvernement d'union nationale.

— Mais, si vous voulez une véritable union nationale, ne serait-ce pas plus logique de vous tourner vers Malingaud et l'extrême gauche ?

Durand-Corbel qui ne souhaitait pas s'avancer sur ce terrain hautement inflammable se contenta de répondre par un sourire énigmatique et s'éloigna en faisant comprendre à Blanche que l'interview était terminée.

De toute façon, la journaliste en avait assez entendu. Suffisamment pour écrire un article que l'on ne trouverait nulle part ailleurs. Une fois de plus, elle avait doublé ses confrères et n'avait plus de raison de rester dans cet endroit qu'elle n'aimait pas. Pour sortir elle avait dû se frayer un chemin entre une cohorte de jeunes députés cuvant leur trop-plein d'alcool sur les pelouses tapissées de cannettes et de bouteilles vides. Les moins abîmés entonnaient l'antienne du LFD en passe de devenir l'hymne national, « On est chez nous », repris en écho de groupe en groupe et qui résonnait encore aux oreilles de Blanche alors qu'elle arrivait à sa voiture. En chemin elle avait pu vérifier que les couples se formaient, pratiquant sans vergogne l'amour en plein air comme s'ils étaient seuls au monde.

À peine rentrée chez elle, Blanche se jeta sur son ordinateur. Une heure lui suffit pour écrire son article, broder brièvement sur l'ambiance mortifère de la plupart des QG et décrire par le menu la fête que les nouveaux parvenus au pouvoir avaient organisée au siège du parti. Le papier était violent, mais ce qu'elle avait vu au Chalet ne l'était pas moins et le contraste entre le quotidien de ces millions de Français qui avaient voté pour le parti de la présidente et la débauche à laquelle elle venait d'assister lui inspira tout naturellement le titre de son papier : « L'imposture ». En tapant sur la touche envoi de son ordinateur, la journaliste s'était dit qu'elle aurait pu tout aussi bien appeler cet article « Le hold-up du siècle » ou mieux encore « Les tricheurs ». Blanche s'était juré cette nuit-là de ne plus jamais approcher ces gens sinon pour les combattre.

À 4 heures du matin elle n'avait plus sommeil. La douche qu'elle avait prise en se frottant avec une sorte de frénésie vindicative, comme si elle voulait se débarrasser des débordements de la nuit, l'avait définitivement réveillée. Presque machinalement elle composa le numéro de Paul. Elle avait envie de parler, de raconter et surtout d'entendre une voix aimée, mais au septième chiffre elle jeta rageusement le portable sur son lit. Elle venait de réaliser qu'elle n'avait plus envie de son amant. Ni de l'entendre, encore moins de l'approcher. Elle n'avait pas revu Grosjean depuis près d'un mois, lorsqu'ils s'étaient violemment disputés après que ce dernier eut accepté de devenir le numéro deux de la Crim'. Depuis elle n'était plus sûre de rien et certainement pas de sa fidélité. À plusieurs reprises déjà elle s'était dit que la proximité de Marianne Maestracci et Paul cachait sans doute autre chose que la simple complicité de deux grands flics.

Blanche s'était approchée de la fenêtre, scrutant l'évaporation de la nuit. Le jour se levait et Paul n'était déjà plus pour elle qu'une ombre transparente. Au visage de Grosjean, elle avait substitué celui de Patrick. Penchée à la balustrade, elle imaginait l'amour de sa vie, assassiné cinq ans plus tôt parce qu'il en savait trop, entrer dans son immeuble, monter quatre à quatre les trois étages comme il l'avait fait si souvent. La jeune femme s'éloigna de la fenêtre et s'allongea sur son lit en se blottissant contre un fantôme. Sous les draps ses mains glissaient sur son corps entre larmes et désir à la recherche d'émotions et d'un plaisir oubliés. En se caressant, Blanche venait de rompre définitivement avec Paul et tout ce qu'il représentait, cet ordre nouveau installé au pouvoir au prix d'un gigantesque abus de confiance.

À quelques encablures de la rue du Bac, le préfet de police n'était pas loin de penser la même chose. Le régime qui s'installait ne lui disait rien de bon. Mais enfin il avait fait le job et, de sa tour de contrôle, veillé à ce que l'ordre règne. Jusqu'à cette explosion… Lorsqu'il arriva rue Marbeuf, les pompiers n'étaient encore que des silhouettes que l'on discernait à peine à travers l'épaisse couche de fumée tourbillonnante. Explosion accidentelle ? Attentat ? La police scientifique était déjà sur place à l'affût du moindre indice qui pourrait faire pencher la balance et forger une conviction. Certes, la campagne avait été rude, mais les opposants aux deux grands partis populistes que l'on croisait plus aisément dans les beaux quartiers que dans les cités de banlieue n'étaient pas du genre à poser des bombes.

En remontant dans sa voiture, le préfet Santini vit le nom de Millerand s'afficher sur son portable.

— C'est quoi cette explosion ? interrogea l'homme de confiance du ministre de la Police, inquiet. Il faut couper court immédiatement à la thèse de l'attentat.

— Pour l'instant on n'a aucune certitude. C'est sans doute un accident, mais on ne peut pas être catégorique.

— Eh bien, pourtant, il va falloir l'être, répondit

sèchement Millerand. Mazaudet veut que vous fassiez une conférence de presse à midi. On s'en tient à la thèse de l'accident. Peu importent les conclusions des experts, c'est la version officielle et il n'y en aura pas d'autre !

— Très bien, je vais voir ce que je peux faire.

— C'est tout vu, monsieur le préfet, conclut, cassant, Millerand.

Robert Santini était un préfet de police respecté. Rigoureux et austère, il arborait son intégrité comme d'autres leur décoration au revers de leur veste. Pencher pour la thèse de l'accident, espérer que ce serait la bonne version ne voulait pas dire qu'un homme comme lui, à ce stade de l'enquête, pouvait écarter les autres possibilités.

À 9 heures, Pierre Mazaudet avait traversé la rue pour rejoindre la présidente au palais. Ce devait être un petit déjeuner joyeux au lendemain de cette victoire espérée mais incertaine. Charlotte avait invité ses compagnons de la première heure à partager les croissants et brioches faits maison avant de travailler sur la composition du gouvernement. Or l'explosion de la rue Marbeuf avait sérieusement bousculé la séance d'autocongratulations. La présidente était plus inquiète qu'elle ne voulait le laisser paraître. Accident ou attentat? Un mois après son élection et au lendemain de cette victoire législative elle ne pouvait laisser croire que le pouvoir pouvait être ainsi défié. Mazaudet, lui, était surtout agacé. Millerand l'avait déjà prévenu que l'enquête serait longue et compliquée. Pas question pour le ministre de laisser le pays dans l'incertitude. La thèse de l'accident devait être confirmée, charge au préfet Santini de donner à la presse toutes les explications nécessaires.

— Tu es sûr qu'il va s'en tenir à la cause accidentelle ? interrogea Charlotte en passant la porte du Salon doré.

— Évidemment. Tu n'imagines pas Santini désobéir, s'empressa de répondre avec une assurance non feinte Mazaudet.

— Désobéir non, mais faire preuve d'honnêteté certainement, répliqua Despenoux. Je l'ai suffisamment côtoyé durant la campagne pour vérifier qu'il était d'une rigueur frisant l'intégrisme. Et en plus je suis sûre qu'il n'est pas de notre côté. D'ailleurs je n'ai pas compris pourquoi tu l'avais gardé.

La présidente ne se trompait pas. À midi, le préfet Santini annonçait dans sa déclaration liminaire qu'il lui était impossible de dire avec précision quelle était la cause de l'explosion.

— Quel enfoiré ! s'exclama Charlotte en coupant le son de l'écran qui leur faisait face. Je t'avais dit qu'on ne pouvait pas compter sur ce type.

— Calme-toi, Charlotte, tu n'as même pas écouté la suite.

— Mais il n'y a pas de suite. Tu le vires immédiatement et tu fais toi-même une conférence de presse.

— Impossible.

— Comment impossible ?

— Je ne peux pas limoger le préfet de police sans raison. Il est apprécié des policiers, des services et de la presse. Il s'empressera de raconter qu'il a été viré pour avoir refusé de cautionner un mensonge d'État. Un mois après ton élection, et alors que tu viens de remporter les législatives, ce serait une énorme connerie. Laisse-moi faire.

Mazaudet qui avait appelé son chauffeur pour parcourir en voiture les trois cents mètres le séparant du ministère était hors de lui. À coup sûr, Robert Santini, manipulé par ses amis libéraux, avait voulu faire un coup politique et déstabiliser la présidente à peine élue.

L'orage qui couvait depuis le début de matinée venait d'éclater et, malgré l'huissier qui s'était précipité pour lui proposer un parapluie, le ministre entra dans le hall dégoulinant de pluie. Il se changea rapidement en se disant que décidément les jours ne se ressemblaient pas. Après la nuit de fête, c'était vraiment une matinée de merde !

Les experts de la police scientifique l'attendaient dans son bureau. C'étaient des policiers chevronnés, imperméables aux a priori et aux fausses évidences. Mazaudet n'avait toujours pas décoléré et il ne s'embarrassa pas d'amabilités inutiles ni de périphrases pour dire à ses interlocuteurs ce qu'il attendait d'eux : un rapport d'ici à quarante-huit heures qui confirmerait que l'explosion était due à une installation électrique non conforme et défectueuse.

— En quarante-huit heures c'est impossible ! s'exclama l'un des enquêteurs.

— « Impossible », rayez ce mot de votre vocabulaire rétorqua le ministre. Vous êtes policier et vous devez servir loyalement la présidente démocratiquement élue. Votre rôle n'est pas d'aller contre la volonté majoritaire du pays, ni de pondre un rapport qui déstabiliserait le gouvernement.

Les policiers regardèrent leurs chaussures en se disant qu'ils n'avaient d'autre choix que d'obéir ou de démissionner. Après tout, la plupart d'entre eux n'étaient pas contre cet ordre nouveau. Beaucoup avaient d'ailleurs voté LFD et s'en vantaient. Un rapport d'une dizaine de pages détaillant les installations défectueuses fut donc déposé quarante-huit heures plus tard place Beauvau. Et remis au préfet de police qui dut organiser sur-le-champ une conférence de presse. Selon ces conclusions, l'explosion avait eu lieu dans les cuisines, provoquée par une fuite de gaz.

Devant des journalistes sceptiques, Robert Santini s'exécuta. L'homme était fatigué. Harcelé de questions, il s'en était tenu à la version officielle sans y croire vraiment. Il savait, ce matin-là, que c'était la dernière fois qu'il s'adressait aux journalistes dans cet uniforme. Depuis le jour de l'explosion, son sort était scellé. Les couloirs de la préfecture ne bruissaient que du nom de son successeur. Mazaudet l'avait choisi. Le futur préfet était depuis toujours adhérent LFD et aujourd'hui l'un des plus fidèles soutiens de Charlotte Despenoux après avoir été un efficace conseiller occulte de Catalan. Bref, le ministre de la Police avait fait en sorte que l'ordre règne boulevard du Palais. Dans les quelques semaines qui suivirent, ignorant avec une arrogance méprisante les protestations, il avait exigé que la plupart des policiers syndicalistes jugés peu sûrs soient écartés. Mis à la retraite d'office, déplacés à des centaines de kilomètres de leur lieu de vie, obligés d'abandonner leur famille, nombre d'entre eux avaient préféré quitter la police. Les autres affectés à des tâches sans intérêt avaient choisi de se taire. Au lendemain de cette opération déminage, les préfets de police de Marseille et de Lyon avaient suivi le même chemin que Santini tandis qu'un peu partout en France se jouait une valse silencieuse, mais redoutablement efficace, des principaux commissaires. Millerand avait été chargé de passer au scanner le profil de tous ceux qui étaient en poste, non seulement leur appartenance syndicale ou politique, mais également leur vie personnelle. L'hécatombe tout en n'étant pas discrète fut accueillie par l'opinion avec suffisamment d'indifférence pour que Mazaudet se croie désormais tout permis. Le pays était quadrillé et la police à sa botte. Tous les grands flics étaient désormais des sympathisants connus de La France D'abord.

Seule Marianne Maestracci à la tête de la Crim' ne faisait pas partie du clan. Et son numéro deux, Paul Grosjean, non plus. Si Mazaudet s'en était inquiété, Millerand s'en était porté garant. Et puis l'épuration a ceci d'ennuyeux qu'elle met souvent sur la touche les meilleurs. La police française devait certes être aux ordres de la présidente, mais elle ne pouvait être dirigée par des incompétents uniquement placés à leur poste par la grâce d'une élection. Va donc pour Maestracci qui valait mille fois mieux que le placard doré dans lequel on l'avait enfermée pendant trois longues années.

13.

En réorganisant l'univers policier, Mazaudet pouvait se targuer d'avoir tenu la promesse faite à sa patronne. Charlotte Despenoux avait insisté, la police devait être le bras armé fidèle et combatif du quinquennat. Chose faite, même si la présidente s'était inquiétée à plusieurs reprises des agissements de l'ancien préfet de police. Elle avait sur son bureau une note confidentielle qui relevait des allées et venues et des visites suspectes chez Santini. Elle s'en était ouverte à Mazaudet, le lendemain des élections, alors qu'ils évoquaient la formation du gouvernement issu des législatives. La table en teck avait été dressée sur la terrasse face au salon des Portraits non loin du jardin privé. Dès que le temps s'y prêtait Charlotte aimait y recevoir ses visiteurs du soir. L'été s'annonçait caniculaire et, en attendant son ministre, la présidente se désolait en contemplant les feuilles de marronnier déjà roussies par le soleil. Dès le premier soir la nouvelle cheffe de l'État avait aimé ce parc conçu pour étouffer les rumeurs de la ville. Les canards y glissaient sur l'étang, manifestement indifférents au tsunami politique qui avait emporté tous ceux qui avaient occupé ces lieux avant que Charlotte ne s'y installe. Profitant de cette soirée estivale, la présidente avait abandonné la veste et jupe de rigueur pour une robe légère. Bras et jambes nus, elle portait aux pieds des ballerines noires qui de loin la faisaient ressembler à n'importe quelle jeune femme née du bon côté de la Seine. Le temps présidentiel n'avait pas encore fait son œuvre et, avec son visage lisse aux traits parfaitement réguliers, elle était lumineuse. Un visage d'ange qui en avait trompé plus d'un ! Pierre Mazaudet qui venait de la rejoindre n'était pas de ceux-là. Il avait toujours su que derrière cette douceur d'apparence se cachait une dureté que peu d'hommes auraient osé assumer. Le ministre de la Police n'allait pas tarder à le vérifier une fois encore. Partisan d'une alliance avec la droite et les amis du président Lassry, il venait plaider pour la formation d'un gouvernement d'ouverture. Pierre Mazaudet connaissait bien cette droite, dont il avait été longtemps l'un des leaders, et il savait que, pour ces gens-là, la passion de l'ordre finit toujours par l'emporter sur les angoisses financières des plus nantis. La fermeture des frontières, l'immigration zéro, la préférence nationale, une majorité de Français y était désormais favorable. La présidente avait promis le protectionnisme et la sécurité, Mazaudet était persuadé que la droite s'y rallierait le moment venu. Pendu à son téléphone ou calé sur le canapé qui faisait face à son bureau place Beauvau, le ministre de la Police avait passé sa journée à tenter de rallier cette droite KO debout, prête à saisir n'importe quelle bouée pour éviter de se noyer définitivement. En gravissant quatre à quatre les marches du perron, le ministre, pas mécontent du mauvais tour joué à ses anciens amis, s'était dit qu'il n'avait plus qu'à déposer leur tête dans l'assiette de Charlotte. Mais la présidente ne tarda pas à refroidir ses ardeurs conciliatrices.

— Pierre, si ta droite est aussi fiable que l'ancien préfet de police, ça ne va pas aller bien loin. Tu m'avais garanti la loyauté de Santini, il s'est bien moqué de toi. Parfois ta naïveté m'étonne. Ton ancien préfet a désormais tout d'un comploteur. Il passe son temps à recevoir ses anciens collègues, que tu as virés, et surtout beaucoup de flics dont certains sont encore en service.

— Mais comment peux-tu dire ça?

— J'ai mes informations et une note confidentielle.

Mazaudet était d'autant plus agacé qu'il savait très bien quelles étaient les sources de la présidente. Cette fameuse garde prétorienne qu'elle s'était constituée en dehors de toute hiérarchie policière.

— C'est ta police parallèle qui a pondu cette note?

Mazaudet était allé trop loin et Charlotte le lui dit sans ménagement.

— Il ne s'agit pas d'une police parallèle, mais d'hommes qui assurent ma sécurité beaucoup plus sûrement et fidèlement que ne le font les flics du ministère de l'Intérieur. Je t'interdis de parler de police parallèle.

— Bon, très bien, je ne dirai plus rien, répondit-il sans ironie.

Ce qui mit fin à l'incident. Et Charlotte, retrouvant le ton amical qui était habituellement le leur, détailla le contenu de cette note tout en prenant soin de ne pas la montrer à son ministre.

— L'ancien préfet de police reçoit non seulement beaucoup de flics et de hauts fonctionnaires, mais également des politiques parmi lesquels nombre de tes anciens amis.

— Tu as des noms ?

— Une bonne dizaine et tu vas être surpris, tu as eu certains d'entre eux encore au téléphone cet après-midi.

— Tu m'espionnes, dit-il dans un éclat de rire jaune.

— Je te l'ai dit, j'ai mes informations. Et il n'y a pas que des gens de droite, Berlau lui non plus n'a pas renoncé. Qu'est-ce qu'il croit celui-là ? Avec ses casseroles il est fini. Je l'ai battu, de peu, mais je l'ai battu. Tu te souviens du débat ? Laminé, le monsieur. Après ces législatives, il ne représente plus rien. Si c'est nécessaire on le lui rappellera.

— De toute façon, ces gens n'ont plus aucune influence ni pouvoir.

— Méfions-nous quand même, je sais qu'ils fricotent avec l'étranger. Ils vont essayer de trouver des alliés à l'extérieur pour nous mettre des bâtons dans les roues avec leurs machins européens, les droits de l'homme, la Cour européenne, et pourquoi pas l'OTAN. Je me méfie des Américains, d'accord Jackson était cinglé, mais pour nous ce n'était pas un ennemi. Depuis qu'ils l'ont viré, on ne peut plus compter sur leur neutralité. On s'en passera.

Le serveur en livrée s'était planté devant la porte séparant le salon des Portraits de la terrasse, manière de faire comprendre à la présidente que le dîner était servi. La nuit avait plongé depuis un bon moment déjà l'Élysée dans une pénombre que dissipaient à peine les lanternes censées éclairer la table. Charlotte aimait cette atmosphère vaguement complotiste qui lui rappelait les dizaines de nuits passées dans les jardins du Chalet à dresser la liste des compagnons dignes de l'accompagner dans son aventure élyséenne. Les coups tordus, les anathèmes jetés sur ceux dont la loyauté n'était pas jugée suffisante faisaient partie de l'ADN de La France D'abord, qui semblait ne s'épanouir que dans les règlements de comptes. Charlotte n'était jamais la dernière à détester ceux qu'elle avait aimés, tant il est vrai que, dans son parti, vie publique, vie privée et même vie familiale se télescopaient à tout instant. La présidente, plus que jamais attentive à sa silhouette et à son image qu'elle savait essentielles, picora quelques crevettes et goûta à peine la langouste préparée par les cuisines élyséennes. Mazaudet avait l'habitude de ces repas qui ne duraient guère plus d'une demi-heure, mais il ne s'y était jamais vraiment résolu et, cette fois encore, il s'était agacé intérieurement de la façon brutale dont Charlotte avait interrompu le dîner avant même qu'il n'ait achevé sa sublime assiette de fruits rouges accompagnés de sa glace au yaourt.

En moins de cinq minutes la table, élégamment dressée pour un tête-à-tête amical, se transforma en bureau sur lequel la présidente avait étalé une bonne dizaine de dossiers destinés à établir la liste des ministrables. Charlotte Despenoux n'avait confiance qu'en cet allié des moments difficiles, qui n'avait jamais douté, alors qu'elle-même avait eu parfois le sentiment de se noyer, engloutie par les vagues de la campagne. Ces deux-là étaient si proches que le soir même de son élection, la présidente élue lui avait proposé Matignon. Mais il l'avait convaincue qu'il serait plus utile place Beauvau en laissant la rue de Varenne à Durand-Corbel. Un mois plus tard, il ne leur fallut que le temps de coucher les noms sur le papier pour décider que le Premier ministre devait garder son poste et la plupart des ministres rester à leur ministère. En revanche la discussion avait été moins conviviale lorsqu'il s'était agi de définir les contours d'une future coalition d'autant plus nécessaire que la majorité parlementaire était étriquée. Malgré les mises en garde de Charlotte réitérées avant le dîner, Mazaudet avait plaidé une partie de la nuit pour un accord avec ses anciens amis de droite, mais Charlotte avait déjà fait une croix sur cette hypothèse. Et pour cause : selon elle, une sainte alliance opposée au régime s'était déjà constituée autour des anciens présidents Berlau et Lassry, réconciliés pour l'occasion.

— Crois-moi, s'exclama Charlotte en élevant la voix, tes amis ne sont que des faux-culs qui nous feront un enfant dans le dos dès qu'ils le pourront. La droite nous a toujours détestés, elle ne pense qu'à nous faire la peau. Si on les fait entrer au gouvernement, attends-toi à un coup tordu par jour.

— Écoute, je vais les voir une dernière fois et les mettre au pied du mur. C'est notre programme et rien que notre programme, ou ils signent ou ils restent à la porte.

— Si tu veux, mais ce doit être réglé dans les quarante-huit heures. Je vais annoncer à Durand-Corbel qu'il est confirmé et lui demander d'appeler Malingaud pour sonder les intentions de l'extrême gauche.

— Malingaud ? Mais qu'est-ce qu'on va faire avec ce fou furieux ? Tu me parles de mes amis peu fiables mais avec l'extrême gauche tu as intérêt à mettre ton gilet pare-balles.

— Tu te trompes, Malingaud en rêve. Et puis entre lui et nous, il y a plus de points communs qu'entre la droite et Le LFD. Après tout, regarde ce qu'il s'est passé ailleurs. Pourquoi pas chez nous ?

Charlotte avait vu juste. Les leaders de la droite que Mazaudet avait discrètement rencontrés le lendemain après-midi avaient fait des demandes si provocantes qu'elles semblaient n'avoir été évoquées que pour acter un échec programmé. La droite réduite à la portion congrue exigeait tout bonnement que la cheffe de l'État applique un programme qui avait été massivement rejeté quelques jours plus tôt. Un véritable foutage de gueule, n'avait pu s'empêcher de s'exclamer Mazaudet en rendant compte de cette négociation qui n'en avait jamais été une à la présidente.

— On leur fera payer cette arrogance le moment venu, se contenta de répondre Charlotte, qui avait déjà ouvert la porte du Conseil des ministres à l'extrême gauche.

Arrivé par une entrée discrète, Georges Malingaud avait exigé pour témoigner de cette rencontre historique d'être accompagné par deux jeunes députés qui s'étaient fait remarquer au cours de la précédente législature. L'un, Frédéric Moulin, journaliste, fort en gueule, qui ne détestait pas haranguer les militants amateurs de vidéos depuis son garage, faisait de la politique avec un art consommé de la provocation outrancière et outrageuse. L'autre, Yves Rimmens, plus policé, ancien fonctionnaire territorial dans les Hauts-de-France, avait appris à distiller avec un aplomb désarmant des contrevérités chiffrées d'autant plus efficaces qu'elles s'appuyaient sur de prétendus documents généralement introuvables. *Fake news* et réseaux sociaux étaient depuis longtemps déjà les sources nourricières de ces nouveaux ténors de la politique. Contrairement à ces deux-là, Malingaud était un habitué des lieux et c'est sans hésitation qu'il entra dans le palais par la terrasse à l'abri des regards indiscrets.

Deux heures plus tard, le vieux lion était vice-Premier ministre, Frédéric Moulin, ministre de la Population et des Affaires sociales et Yves Rimmens, ministre de la Culture populaire. Un ancien de la gauche socialiste, Cédric Masson, allait être nommé ministre de l'Identité française et l'ancienne syndicaliste Antoinette Bourdelle, haut-commissaire aux relations syndicales.

La présidente Despenoux avait gagné son pari. Pour la première fois en France, l'extrême gauche et l'extrême droite unies dans un même élan populiste allaient gouverner le pays.

L'encre de l'accord avec Malingaud à peine séchée, la présidente de la République, restée seule à son bureau, écrivit d'une traite l'allocution qu'elle prononça à 20 heures. Treize minutes pour compléter le programme déjà esquissé. Charlotte Despenoux n'annonçait rien de moins qu'une révolution institutionnelle : suppression du Sénat et création d'une chambre unique élue à la proportionnelle intégrale, suppression du Conseil constitutionnel au profit d'un Conseil de la présidence de six membres nommés par la seule volonté de la cheffe de l'État, suppression du délai d'un an pour dissoudre l'Assemblée, désormais révocable à tout moment, et pour faire bonne mesure et satisfaire l'extrême gauche création d'un Conseil des citoyens renouvelé chaque année, chargé d'évaluer l'action gouvernementale.

Sur les plateaux des chaînes d'info, la plupart des éditorialistes et quelques opposants téméraires crièrent au coup d'État. Peine perdue, dans la soirée des dizaines de milliers de militants sortis de nulle part, mais manifestement très encadrés, convergeaient vers les Champs-Élysées pour applaudir la formation de ce gouvernement et la révolution nationale annoncée. Malgré les consignes données par le ministre de la Police lui-même ce fut un festival de slogans racistes et antisémites. À l'évidence les immigrés, les juifs et tous les laissés-pour-compte de la démocratie moribonde n'avaient pas été invités à la fête et n'étaient pas bienvenus à bord de ce navire tricolore dont le seul cap était La France

D'abord. Si bien que la manifestation de soutien au front populiste bascula rapidement dans une guerre de rue qui laissa sur le pavé des centaines de blessés. La police de Mazaudet n'avait pas fait dans le détail et les Parisiens découvrirent au réveil les images, qui passaient en boucle, d'un Champ-de-Mars grillagé où se trouvaient parqués plusieurs milliers de manifestants. Une véritable prison à ciel ouvert. Par la grâce d'un tri sélectif imaginé place Beauvau, la quasi-totalité des militants LFD avait pu quitter les lieux à l'aube, sans bagages mais avec les armes de toute nature qu'ils avaient sur eux la veille, tandis que les opposants au régime étaient déférés devant la justice et désormais fichés, combattants de cette nuit de feu.

À l'Élysée, la présidente Despenoux sortait elle aussi d'une nuit sans sommeil. Charlotte n'aimait rien moins que les fêtes gâchées. Elle le dit sans détour au Premier ministre convoqué avant le Conseil qui devait se tenir en début de soirée. Durand-Corbel n'était pas de meilleure humeur, il n'avait pas apprécié que Malingaud soit nommé vice-Premier ministre, mais le moment était mal choisi pour dire quoi que ce soit et il ne dit rien. De toute façon, cette nomination était d'autant moins négociable que pour asseoir son pouvoir, Despenoux était bien décidée à mettre en œuvre une politique économique et sociale audacieuse. Il y avait urgence, le peuple voulait de l'argent. Il allait en avoir. Et vite. En cette fin d'après-midi, les murs du salon Murat où se tenait le Conseil des ministres n'avaient jamais rien vu d'aussi baroque. Malingaud, qui avait monté avec une lenteur calculée la quinzaine de marches du perron pour répondre aux sollicitations désordonnées des photographes, était assis à la gauche de la présidente tandis que Mazaudet siégeait à la droite de Charlotte. Face à la cheffe de l'État, le Premier ministre se trouvait flanqué du ministre de la Population, Frédéric Moulin, et du ministre de l'Information, Richard Bidard, promu au rang de ministre d'État. La photo faite pour rassurer le peuple était à ce point surréaliste qu'elle avait dès le lendemain déchaîné les passions à l'Assemblée. Dans les couloirs, Georges Malingaud avait dû s'expliquer avec une partie de ses propres amis qui ne lui pardonnaient pas de cautionner, par sa présence au gouvernement, la répression violente dont avaient été victimes les militants de son propre parti quarante-huit heures plus tôt. Albert Barriol et sa femme avocate tous deux réélus députés avaient été parmi les plus virulents. Barriol blême et Malingaud plus rouge encore que d'ordinaire faillirent en venir aux mains au point qu'un huissier dut intervenir pour enjoindre au vice-Premier ministre de rejoindre les bancs du gouvernement.

Durand-Corbel était déjà à la tribune. Tour à tour menaçant et cajoleur, le doigt pointé vers les oppositions coincées entre les deux extrêmes, il promit le pire à tous ceux qui se mettraient en travers de son chemin.

«Je ne laisserai personne s'opposer à la volonté et au pouvoir du peuple. Nous avons été élus démocratiquement et nous gouvernerons dans le respect de cette démocratie souhaitée par les

Français. Ça n'est pas celle d'une opposition stérile, encore moins celle d'une presse nauséabonde, produit des élites et rejetée par le vote populaire. Les Français ne veulent plus de cette presse qui croit ne pouvoir survivre que dans le dénigrement et la critique systématiques. Nous voulons une presse libérée des chaînes du capital et de ses alliés étrangers. La démocratie, ça n'est pas non plus celle des syndicats qui prétendent défendre les plus démunis et qui ne protègent que leurs privilèges. Je m'engage à ce que l'État, notre État cesse de financer ces partis, ces syndicats, cette presse qui n'ont d'autres objectifs que de nous détruire. Pourquoi serions-nous masochistes au point de tendre le glaive à ceux qui veulent nous tuer ? »

Hué par ceux qui, au centre, lui faisaient face, Durand-Corbel savourait l'effet produit et les acclamations venues des deux bords de l'hémicycle d'autant qu'après la menace, vinrent la caresse et la confirmation que le « pouvoir du peuple » allait gouverner à guichets ouverts. L'ensemble des prestations sociales serait revalorisé de 30 % et la gratuité des soins pour les seuls Français serait la règle. À chaque mesure annoncée, une salve d'applaudissements couvrait les interruptions de l'opposition qui tentait de se faire entendre.

— Avec la démagogie de vos mesures, vous allez couler le navire avant même qu'il ne sorte du port, hurla l'un d'eux.

— C'est vous qui avez coulé le pays ! s'exclama Georges Malingaud de son banc.

— On a surtout permis à la France d'échapper à la ruine promise à certains de nos voisins, rétorqua un député proche de l'ancien président Berlau assis juste derrière le vice-Premier ministre.

L'occasion pour Durand-Corbel de mettre fin au chahut qui commençait de s'installer.

« C'est vous les libéraux de tout poil, dit-il, qui depuis quarante ans avez mis la France à genoux en laissant les tricheurs frauder le fisc et s'en mettre plein les poches au détriment de millions de Français qui se sont enfoncés dans la pauvreté sans que vous leviez le petit doigt. Pire, couchés devant l'Europe apatride, vous avez laissé les multinationales gouverner à votre place, vous êtes les fossoyeurs de notre pays. Vous avez refusé de lutter contre l'immigration massive qui depuis des décennies ronge la France comme un cancer inguérissable. »

Et sous les applaudissements de l'extrême droite face à une opposition qui avait fini par se taire, médusée par une telle violence, il conclut en criant presque :

« C'est par la préférence nationale que nous permettrons à la France de se redresser économiquement et aux Français de retrouver leur dignité. Pas un centime de la République n'ira désormais à ceux qui n'ont pas la nationalité française, pas un lit d'hôpital en dehors des urgences absolues n'accueillera ceux qui n'ont pas la nationalité française, pas une place d'école ne sera attribuée à un enfant d'immigré en situation irrégulière, quant au droit du sang il sera désormais la règle et l'emportera sur le droit du sol. »

Un discours en tous points conforme à ce qu'avait promis la présidente Despenoux, mais dont Malingaud se serait bien passé. C'est en tous les cas ce qu'il s'était dit en écoutant la réponse de Barriol, désormais opposant autoproclamé à son ancien ami. Confirmant sa réputation de fort en gueule, le député resté à son banc approuva sans s'y attarder les mesures économiques pour dénoncer sans détour les propos anti-immigrés qui venaient d'être tenus et le flou entretenu sur la question européenne.

— Comment pouvez-vous fermer les frontières dans l'unique but d'empêcher les étrangers d'entrer sur notre sol et dans le même temps continuer d'accepter que nos entreprises soient écrasées par les lois d'airain qu'impose l'euro ? Nous devons sortir définitivement de ce système inique imaginé par les mondialistes.

Sur les bancs du gouvernement, Malingaud et Moulin regardaient leurs chaussures et, dans l'hémicycle, la température était devenue glaciale. À l'extrême gauche une partie des députés avaient applaudi Barriol alors que les autres gardaient un silence prudent. La scission au sein de l'ultra-gauche était actée.

À l'Élysée, consigne avait été donnée de zapper les chaînes d'info à l'heure des débats parlementaires. La plupart des écrans avaient d'ailleurs été retirés des bureaux, le secrétaire général Jules Perrot ayant décidé de couper symboliquement la présidence des influences extérieures. Au palais, Perrot était devenu en quelques semaines le véritable double de Charlotte. Adhérent dès son entrée en faculté au syndicat d'étudiants d'extrême droite, il s'était fait rapidement remarquer au siège de La France D'abord. L'oncle de Charlotte, Catalan, lui avait confié la communication, ce qui lui permit de courir les plateaux de télé, assenant avec l'aplomb de son âge les vérités du parti qui n'étaient pas forcément celles de la réalité. Mais peu importait. Il appliquait avec un art consommé la théorie du « plus c'est gros plus ça passe », son côté bourgeois, propre sur lui, plaisait aux chaînes d'info, qui faisaient leur miel de ce jeune homme qui tranchait avec les grandes gueules du parti trop vitupérantes pour être totalement crédibles. Arrivé à l'Élysée, le jeune secrétaire général avait d'emblée instauré un régime quasi militaire dans le cabinet présidentiel, loin de l'atmosphère « des copains et des coquins » qui avait longtemps été celle du Chalet. L'ordre régnait à l'Élysée comme il devait régner dans le pays. Cet après-midi-là, les vociférations parlementaires s'étaient donc comme d'habitude heurtées au verrouillage élyséen et seul le grand écran installé dans le bureau du secrétaire général avait permis à Charlotte venue le rejoindre d'entendre les premiers craquements de sa majorité. Perrot était furieux. Avec lui le vernis s'écaillait facilement et le langage châtié était vite oublié au profit d'un torrent d'injures qui clouait sur place l'interlocuteur du moment. Cette fois il n'avait personne en face et c'est devant la présidente plutôt amusée qu'il déclina ses jurons habituels.

— Ça vous fait sourire, remarqua-t-il interloqué.

— Évidemment, Jules, tu ne vas quand même pas me dire que tu n'as pas imaginé ce qui est en train de se passer. L'extrême gauche ne pouvait qu'éclater face à nous et Malingaud va exploser en vol, mais laissons-lui le temps de décoller. Pour l'instant, on a besoin de lui.

Charlotte rentra dans son bureau en appelant sur son portable le chef du protocole. Ce soir-là, elle recevait pour son premier dîner d'État le président russe qui lui avait apporté un soutien sans faille, sonnant et trébuchant, durant toute sa campagne. Cela valait bien un dîner, d'autant qu'à l'étranger Charlotte comptait par centaines ses ennemis et sur les doigts d'une main quelques rares alliés. Un isolement qui ne lui déplaisait pas. Seule contre tous ou presque, c'était pour elle l'unique rôle à sa mesure. Le dîner d'État fut à la hauteur de ses espérances. La cour du palais et le parc avaient été pour l'occasion plantés de centaines de torches qui donnaient à cette soirée un aspect quasi royal. La fine fleur de l'extrême droite et les amis de Georges Malingaud avaient foulé côte à côte le tapis rouge qui traversait la cour jusqu'à la porte d'entrée et les invités de marque de Charlotte avaient été conviés à prendre l'apéritif côté parc, tandis que les autres, moins prestigieux, attendaient déjà dans la salle des fêtes restaurée à l'ancienne. La présidente avait tenu à ce que le palais soit redécoré à l'identique de ce qu'il était du temps du comte d'Évreux, gommant la modernité qu'avaient apportée ses prédécesseurs. C'était pour elle manière de dire que sa république était la digne descendante d'une France éternelle qui n'appartenait qu'à elle-même. La soirée fut gaie et politique, les toasts ne furent pas convenus et le chef du Kremlin profita de l'occasion pour rappeler non sans arrière-pensée l'aide constante qu'il avait apportée à la candidate durant la campagne présidentielle. En veine de promesses, il assura que cette aide se poursuivrait autant que la France en exprimerait le souhait et le besoin. Le chef du Kremlin alla plus loin encore en laissant entendre qu'il encouragerait la France à distendre ses liens historiques avec les États-Unis. Le président russe avait tendu la perche à la cheffe de l'État qui ne manqua pas de s'en saisir avec une jubilation manifeste.

> « Monsieur le président, votre visite nous honore et nous réjouit. Elle nous honore parce que vous êtes le chef d'un grand peuple héritier d'une longue histoire et qui entretient depuis plus d'un siècle des liens d'amitié très profonds et très sincères avec le nôtre. Elle nous réjouit plus encore car vos propos montrent à quel point la France a trop ignoré et même délaissé l'Est au profit de l'Ouest. Je m'engage à réparer cette erreur politique et à faire avec vous le chemin qui, pourquoi pas, pourrait nous conduire à de nouvelles alliances. »

Plus qu'un pavé dans la mare, Charlotte Despenoux venait d'installer un véritable récif dans l'Atlantique. Sûre de son effet, elle avait décidé de provoquer les médias et les oppositions minoritaires, qui ne manqueraient pas de voir dans ses propos l'annonce pas même voilée d'un futur renversement des alliances y compris militaires. Elle s'attendait à un tollé qu'elle jugeait par avance médiocre et sans importance puisqu'elle avait le peuple à ses côtés. Les déclarations du Premier ministre avaient en effet été très bien accueillies par les Français. Un sondage publié par *L'Univers* indiquait que 78 % d'entre eux approuvaient les mesures annoncées par Durand-Corbel et 72 % jugeaient que la politique anti-immigration du gouvernement allait dans le bon sens. Quant à la cote de popularité de Charlotte, elle était au zénith.

En cet été 2025, les Français étaient partis en vacances les poches pleines des augmentations annoncées et immédiatement appliquées. Ce qui n'avait pas manqué de provoquer une sévère mise en garde de Bruxelles, aussitôt ignorée par la présidente française. Mieux, elle profita de l'avertissement européen pour théâtraliser à l'occasion du 14 Juillet sa volonté d'indépendance. Le défilé qu'elle présidait pour la première fois à peine terminé, elle s'adressa, de la tribune dressée place de la Concorde, à la nation dans un discours d'une rare violence à l'égard des Européens et de tous ceux qui seraient tentés d'intervenir dans les affaires de la France. Ce discours ultranationaliste avait plus qu'agréablement tinté aux oreilles du plus grand nombre et il y avait bien longtemps que les bals populaires n'avaient pas été aussi joyeux. D'autant que dans son élan réformateur et pour rassurer l'extrême gauche, la présidente avait confirmé au creux du mois d'août que, dès la rentrée 2025, un projet de loi prévoirait un retour de la retraite à soixante ans et un autre l'abaissement de la durée légale du travail hebdomadaire à trente-deux heures. En quelques mois, la présidente Despenoux offrait aux travailleurs et à tous les enfants de France ce qu'aucun syndicat ni aucun parti n'avait pu obtenir en cinquante ans de combat. Et l'automne venu, comme pour parachever l'œuvre accomplie depuis mai, le référendum réformant les institutions et donnant *de facto* les pleins pouvoirs à la présidente allait recueillir plus de 70 % de « oui ».

L'entreprise d'anesthésie générale avait parfaitement fonctionné et Charlotte Despenoux avait désormais les mains libres. Enfin presque !... Une partie de l'extrême gauche continuait de traîner les pieds, Barriol avait définitivement fait sécession, emmenant dans son sillage une petite moitié du groupe parlementaire et des dizaines de milliers de militants. À la Toussaint, plusieurs incidents avaient mis à mal la sérénité affichée par le ministre de la Police qui ne cessait d'assurer chaque semaine au Conseil des ministres que tout était sous contrôle. Des voies ferrées avaient été sabotées et deux députés LFD agressés tandis que la maison du maire d'une grande ville du Sud avait été plastiquée. Ce n'était pas la première fois que des incidents de cette nature se produisaient. Ils étaient souvent restés sans explication, telle l'explosion de la rue Marbeuf, mais cette fois, c'était différent. Pour s'assurer que la revendication ne serait pas passée sous silence par le ministère de la Police, les auteurs des sabotages avaient envoyé des messages vidéo à toutes les chaînes de télévision à l'heure même où ils les postaient sur Facebook et Instagram. Cagoulés et la voix maquillée, ils disaient faire partie de la branche armée du Front du Non.

Alors que les chaînes d'info diffusaient en boucle l'enregistrement de ce Front du Non, la présidente Despenoux avait convoqué Mazaudet et Richard Bidard, le ministre de l'Information. Le Salon jaune était à peine éclairé par une lampe posée sur le bureau présidentiel et, dans cette demi-pénombre, Charlotte semblait avoir abandonné toute retenue. « Connards », « sales cons », « enfoirés », Mazaudet et Bidard, blancs comme linge, subissaient l'ire présidentielle qui semblait avoir trouvé dans le dictionnaire des insultes une énergie inépuisable, sans savoir si ces qualificatifs leur étaient adressés ou visaient plus sûrement les journalistes qui diffusaient ces vidéos et les policiers censés ficher et mettre hors d'état de nuire les poseurs de bombes. Dans tous les cas, l'ordre de mission que leur fixa ce soir-là Despenoux était explicite. Mettre au pas les journalistes et arrêter les plus récalcitrants si nécessaire. Quant aux policiers incapables de trouver les auteurs des sabotages, ils devaient être remplacés sur-le-champ. L'orage passé, c'est sur un ton presque doucereux qu'elle s'adressa à Mazaudet, s'étonnant seulement qu'il puisse y avoir encore autant de flics incompétents.

— Incompétents, ou qui font exprès de ne pas chercher, dit-elle comme si elle se parlait à elle-même. Je croyais que tu avais fait le ménage, manifestement il reste encore de la poussière sous le tapis. Vire-moi tous ces traîne-savates. Et toi, Richard, c'est pire encore, tu as laissé prospérer dans les rédactions des bandes de gauchistes qui nous narguent à longueur de journée. Débrouille-toi comme tu veux mais je ne veux plus les entendre.

— Écoute, j'ai fait ce qu'il y avait à faire dans le service public, mais le privé et la presse écrite, c'est autre chose.

— Comment, c'est autre chose ? s'exclama Charlotte. On n'a pas pris le pouvoir pour ne pas s'en servir, on leur coupera le sifflet si c'est ce qu'ils veulent. De toute façon, c'est tout ce qu'ils méritent et pour commencer tu vas leur demander d'arrêter la diffusion de cette vidéo qui est un véritable appel au meurtre.

— Et s'ils refusent ?

— Tu leur coupes l'antenne.

— Au nom de quoi ?

— Mais au nom de la sécurité intérieure, bon Dieu. Ce sont des dangers publics, ces gens-là. Crois-moi, sur ce coup-là, on aura le peuple avec nous, je n'ai aucune inquiétude.

Richard Bidard était blême. Sans la regarder il trouva les mots qu'il ne se croyait plus capable de prononcer.

— Écoute, j'ai été journaliste pendant vingt ans, j'ai défendu mes confrères, partout où ils étaient menacés, je me suis battu pour la libération de ceux qui étaient emprisonnés, j'ai défendu les journaux qui étaient inquiétés, je sais mieux que personne comment ils fonctionnent, on ne traite pas les rédactions comme n'importe quelle entreprise.

Elles ne marcheront pas à coups d'interdictions et d'oukases.

Bidard n'avait pas feint sa colère. Comme si tout à coup il venait de prendre conscience de son terrifiant parcours au côté de Charlotte Despenoux, décidée à faire de lui le ministre de la Propagande et de la Censure. À cet instant il songea même à démissionner avant de se prendre une nouvelle volée de bois vert.

— Qu'est-ce que tu me chantes ? dit-elle avec tout le mépris qu'elle pouvait mettre dans sa voix. Avant moi tu n'étais rien, un petit journaliste de province qui cherchait désespérément à exister en dirigeant une association de minables prétentieux qui ne font des coups que pour faire parler d'eux et montrer leur gueule à la télé. Si je ne t'avais pas soutenu pour te faire élire dans ta ville, qu'est-ce que tu serais aujourd'hui ? Un médiocre scribouillard courant après les piges. J'ai fait de toi un responsable politique respecté et depuis un mois un ministre qui occupe l'un des postes les plus en vue.

— Dans ce cas, pourquoi m'as-tu supporté ? l'interrompit Richard, assommé par cette avalanche de mépris.

— Parce que, derrière tes fanfaronnades qui pourraient faire croire que tu flirtais avec la gauche, j'ai toujours su que tu étais proche de nous. Et puis tu peux être brillant et un redoutable débatteur lorsque c'est nécessaire.

Et d'une voix presque amicale et avec des mots qu'elle savait suffisamment flatteurs, elle livra l'assaut final.

— J'ai besoin de gens comme toi au parti et au gouvernement. Tu sais que nous manquons cruellement de cadres et d'orateurs. Tu les as entendus à la télévision ? À l'exception de quatre ou cinq, toujours les mêmes, ils sont à chier. J'ai besoin d'avoir une information qui nous soutienne à chaque instant. On ne peut plus laisser les médias nous dénigrer comme ils le font à longueur d'antenne, alors appelle ça comme tu veux, de la propagande, de la censure, je m'en fous. Les sabotages et les attentats prouvent que rien n'est gagné, Berlau et ses amis n'ont pas renoncé. Je sais que des réseaux d'étudiants alimentés par l'extrême gauche et les anciens copains de Malingaud se sont constitués et ont décidé de passer à l'action. Le bordel, c'est eux, j'en suis sûre.

Et, s'adressant à Mazaudet qui depuis un bon moment déjà avait prudemment choisi de se taire :

— C'est ton job, Pierre, nous avons suffisamment de flics solides pour infiltrer ces réseaux et les mettre hors d'état de nuire.

Tout était dit. Les deux ministres sonnés par ces deux heures, où Charlotte avait habilement joué de tous les registres, n'avaient plus le choix qu'entre la démission ou la soumission. Ils choisirent d'obtempérer en se disant qu'ils venaient d'assister au premier tournant du régime. Désormais la présidente était décidée à assumer un pouvoir autoritaire et sans limites. Avec deux bras armés, le ministère de la Police et celui de l'Information.

À peine sorti de l'Élysée, Bidard dicta par téléphone une note aussi brève qu'impérative notifiant à toutes les rédactions de radios et de télévisions l'interdiction de diffuser les messages de ceux qu'il appelait « les terroristes de l'intérieur ». Quelques-unes s'y soumirent sans explication, mais la plupart mentionnèrent à l'antenne l'interdiction qui leur avait été faite en dénonçant cet acte de censure. En vieux routier de la presse, Bidard ne s'attendait pas à autre chose, pourtant il s'était dit que ce mouvement de mauvaise humeur ne durerait guère. Et puis, vis-à-vis de Charlotte, il avait fait le job. Les journaux étaient sous pression et il ne doutait pas que la propagande du gouvernement allait désormais voler d'une onde à l'autre sans vergogne. Au mieux, l'affaire de quelques jours !

14.

Mazaudet, lui, n'avait pas vraiment digéré ces deux heures élyséennes et la perspective de se retrouver seul place Beauvau dans l'appartement de fonction sinistre le déprimait plus encore. Accrochés à leur téléphone, les deux ministres étaient restés plantés un moment devant le portail de l'Élysée. Tandis que Bidard dictait sa note, Mazaudet appelait la patronne de la Crim', la convoquant à son bureau le soir même. Marianne Maestracci qui enquêtait depuis plusieurs semaines sur un trafic européen de faux billets était à deux heures de route. Qu'à cela ne tienne, Mazaudet lui dit de l'attendre à 23 heures au ministère. Une pluie fine et glaciale avait obligé les deux hommes à se réfugier dans la guérite d'entrée de l'Élysée. La note rédigée par l'un, le rendez-vous fixé par l'autre, ils avaient deux heures devant eux et pas de dîner prévu. Deux heures pour débriefer autour d'un saumon grillé à l'unilatéral et d'un wok de légumes préparé à la hâte dans les cuisines du ministère de la Police. Ce qui permit à Richard Bidard de vérifier que, si les locaux de Beauvau étaient sinistres, on y mangeait toujours aussi bien. Et l'on y buvait suffisamment pour se lâcher avant la fin du repas. Les deux hommes avaient rallié tardivement La France D'abord et, si tous deux vouaient une admiration sincère à Charlotte Despenoux, c'est peu dire que l'entourage de la présidente ne trouvait aucune grâce à leurs yeux. À commencer par le secrétaire général de l'Élysée, ce Jules qui selon Mazaudet portait si bien son prénom. Un « gigolo prétentieux », disait-il, spécialiste du croc-en-jambe, qui en avait écrasé plus d'un pour se glisser dans les petits papiers de la future présidente et qui la trahirait sans doute comme beaucoup d'autres si l'occasion se présentait. Bidard, d'extrême droite par conviction mais qui n'était pas de la famille, n'avait pas été plus tendre ce soir-là avec une bonne dizaine de ministres et les dirigeants du parti, grossiers et souvent vulgaires, tel le ministre de la Justice qui par provocation semblait parfois en rajouter sur l'inculture de ses collègues. À en croire certains défroqués du parti qui venaient s'épancher dans le bureau du ministre de l'Information, la face cachée du pouvoir avait intérêt à le rester.

— Et encore, ajouta Mazaudet qui achevait de noyer le souvenir de son après-midi élyséen dans un quatrième verre de gevrey-chambertin, tu ne connais pas les pires.

— Les pires ?

— Oui bien pires que les Brillant, Tissier ou Perrot, la garde prétorienne de Despenoux.

— La garde prétorienne ?

— Une dizaine de flics qu'elle a recrutés après son élection. Cette garde prétorienne ne relève que de son pouvoir discrétionnaire. La plupart ont fait la campagne avec elle, d'autres ont été recrutés depuis sans que l'on sache qui ils sont et d'où ils viennent. Pire que le secret-défense, même le ministre de la Police que je suis n'a pas accès à leurs dossiers. Une mafia qui se coopte, et je ne serais pas étonné qu'il y ait parmi eux d'authentiques malfrats.

Mazaudet s'était arrêté là. Après tout, il n'était pas un intime de Richard Bidard qui venait de lui confirmer qu'il n'avait pas la langue dans sa poche. La garde prétorienne, c'était tabou, le simple fait de l'évoquer était déjà une forme de trahison à l'égard de Charlotte Despenoux. Le ministre de la Police passa brutalement à autre chose et proposa à Richard de parcourir le *Who's Who* des partouzeurs LFD. Certains noms étaient très connus, d'autres moins. En tout cas c'était moins dangereux et plus amusant que de s'appesantir sur les flics de la présidente.

De toute façon le dîner devait s'achever, l'huissier venait d'annoncer l'arrivée de la patronne de la Crim'. Dans la cour du ministère, la pluie fine avait fait place à une neige lourde qui donnait à l'endroit un aspect fantomatique et peu engageant. La voiture de Marianne Maestracci s'était garée au plus près de l'escalier, elle n'en arriva pas moins à demi trempée dans le salon qui jouxte le bureau du ministre. Bidard en sortait d'un pas hésitant, le visage suffisamment rouge pour qu'elle comprenne d'un seul coup d'œil que la soirée avait été copieusement arrosée. Elle salua le ministre en se demandant ce qu'il pouvait faire à cette heure tardive chez Mazaudet, mais son interrogation ne dura pas longtemps. À peine la porte refermée, Pierre joua cartes sur table et ne cacha rien du savon élyséen que Richard et lui avaient pris trois heures plus tôt.

— Je vous passe les noms d'oiseaux visant les journalistes, ça n'est pas mon problème, en revanche, j'en ai pris pour mon grade à propos de la police incapable de démanteler les réseaux d'activistes et en particulier ce Front du Non qui nous pourrit la vie. D'après nos renseignements, les trotskistes se sont alliés aux autres groupuscules d'extrême gauche pour infiltrer les facs et les entreprises. On doit mettre rapidement ces gens hors d'état de nuire si on ne veut pas que ces groupes minoritaires s'organisent en une véritable résistance intérieure. C'est d'autant plus urgent que Barriol, qui veut la peau de son ancien ami Malingaud, a pris contact avec ces groupuscules pour coordonner les actions de sabotage et organiser une riposte politique.

Marianne avait écouté le ministre sans broncher, elle n'oubliait pas que ce dernier l'avait sortie du cul-de-basse-fosse dans lequel elle pataugeait depuis trois ans, mais elle n'aimait pas le régime qu'installait progressivement Charlotte Despenoux. Et puis, surtout, elle se disait qu'elle était flic et pas la patronne d'une milice politique. Ce qu'elle tenta de faire comprendre à demi-mot à Mazaudet.

— Monsieur le ministre, je suis fière et flattée de cette marque de confiance et je n'oublie pas que je vous dois d'être là, mais je suis policière, je traque les mafieux pas les militants politiques. Ça n'est ni mon métier ni ma vocation.

— Marianne, s'exclama Mazaudet, volontairement amical, ce ne sont pas des militants politiques que je vous demande de rechercher mais des délinquants. Ce ne sont pas des résistants, mais des malfrats. Hier encore, une voie ferrée a été sabotée, la maison d'un maire plastiquée, dites-vous bien que cela relève du droit commun. Et si je veux vous confier l'enquête sur ces réseaux, c'est parce que vous êtes la meilleure. Ce que vous réussissez à faire dans la lutte contre le grand banditisme vous le ferez mieux encore pour empêcher ces gauchistes de tout poil de nuire à notre pays. Vous avez carte blanche, prenez les plus aguerris, partagez-vous le travail avec Grosjean. J'ai donné l'ordre à la DGSI de vous ouvrir ses archives, vous aurez toutes les informations que vous souhaitez. Les services ont créé un nouveau fichier « M », comme « militant » qui recense tous ceux qui ont une activité politique, syndicale ou participent de près ou de loin à une ONG. J'ai moi-même signé les autorisations qui ont permis aux renseignements d'informatiser la totalité des répertoires dont nous avons besoin. Au total, plusieurs millions de noms ont été listés avec pour chacun un chiffre qui correspond à l'intensité de leur activité militante. Fréquence des réunions, participation aux manifestations, connexions avec d'autres organisations, activités personnelles, vous trouverez tout ce dont vous avez besoin. Depuis huit mois que nous sommes là, les services n'ont pas perdu de temps et nous avons tous les instruments pour mettre fin aux agissements de ceux qui prétendent nous empêcher de faire ce pour quoi nous avons été élus. Mais ce qui nous a manqué c'est une équipe capable d'exploiter ces informations. Ficher ne suffit pas. Il faut pouvoir faire le lien entre les événements et les hommes. Et mieux encore, anticiper.

— Mais, monsieur le ministre, vous savez que nous sommes tenus par des lois qui ne nous permettent pas d'agir comme vous semblez le croire.

La réponse vint du tac au tac d'un Mazaudet faussement agacé :

— Eh bien, si le cadre n'est pas le bon, nous changerons le cadre. Si la loi n'est pas la bonne, nous changerons la loi.

Et il conclut par cette phrase qui résonnait encore aux oreilles de Marianne alors qu'elle remontait dans sa voiture :

— Et si la majorité n'est pas la bonne, nous changerons la majorité.

Dans la cour du ministère éclairé par les décorations de Noël, la neige avait fondu. Restaient avenue Marigny quelques flaques dans lesquelles se reflétaient les illuminations. Au rond-point des Champs-Élysées, d'immenses sapins avaient été installés pour fêter ce premier Noël du quinquennat Despenoux. Charlotte avait profité de la réforme constitutionnelle pour rappeler dans le préambule de la loi fondamentale que la France était d'essence chrétienne. Elle n'avait pas attendu décembre et la longue marche des Rois mages pour exiger des trente-six mille maires que dans chaque commune une crèche rappelle les racines du pays de Jeanne d'Arc. Pour faire bonne mesure et faire de cette fête religieuse une fête populaire, le gouvernement avait également débloqué plusieurs dizaines de millions qui avaient permis aux plus reculés des villages de briller de mille feux. Quant aux grandes villes elles avaient rivalisé d'imagination pour illuminer ces jours de trêve et cacher leur misère dans une forêt de sapins éphémère.

Malgré le froid et la réprobation de son chauffeur, Marianne avait ouvert la fenêtre et, penchée à la portière, le visage balayé par une bise glaciale, elle regardait amoureusement sa ville, plus éclairée qu'en plein jour et plus vide qu'à l'aube. Le contraste entre ces lumières de fête et les restaurants déserts, les salles de cinéma déjà fermées, les rares passants qui hâtaient le pas indifférents aux vitrines inutilement lumineuses avait quelque chose de dérisoire et d'angoissant. La présidente avait voulu faire croire aux Français que l'heure était à la fête après huit mois d'un quinquennat qui leur avait déjà beaucoup donné, toutefois ils voulaient plus encore. Pas seulement le pain, mais la sécurité. Le bruit des plasticages, l'écho des sabotages interdisaient la sérénité promise. Trop de désordres disséminés et multiples empêchaient l'avènement de l'ordre nouveau. Mazaudet venait clairement de confier à Marianne la mission de traquer par tous les moyens ces fauteurs de troubles. Les enquêtes, les filatures, les gardes à vue, elle savait faire, c'est l'ordinaire d'un bon flic, mais transformer la Crim' en police politique était-ce vraiment son job ?

En redescendant l'avenue Mac-Mahon enguirlandée jusqu'au mauvais goût, elle se mit à douter. Ne valait-il pas mieux arrêter les frais et renoncer à son poste plutôt que de n'être que la marionnette présentable du ministre de la Police ? En rentrant chez elle, elle réalisa qu'elle n'avait pas dîné et pas vraiment envie de faire la cuisine à minuit passé. Une boîte de conserve ferait l'affaire, qu'elle engloutit sans même prendre le temps de la réchauffer. C'était parfaitement mauvais mais suffisamment roboratif pour qu'elle passe à autre chose. Affalée sur son canapé, les pieds encore bottés sur la table basse, elle avait le choix entre s'endormir repue et vaguement nauséeuse ou appeler son vieux complice Grosjean. Paul décrocha à la première sonnerie. Il venait une fois de plus de s'engueuler avec Blanche Dubois qui lui reprochait chaque jour plus violemment que la veille d'avoir accepté de servir ce régime. Blanche avait enquêté pour son journal sur les camps de rétention pour immigrés installés dans les coins les plus reculés et les moins accessibles en France. La série de reportages était prête et serait publiée au début de la semaine suivante.

— Tu ne vas pas faire ça, avait hurlé au téléphone Paul dont la liaison avec Blanche était un secret de Polichinelle. Tu vas te griller définitivement.

— Mais je suis déjà grillée. Et depuis longtemps, alors autant que je serve à quelque chose. Heureusement qu'il y a des journaux et des télés étrangers qui acceptent de m'accueillir. Je te promets que ça va faire du bruit.

Et Blanche avait raccroché. Il n'avait pas encore reposé son portable que le nom de Marianne s'inscrivit sur l'écran.

— Tu dors ?

— Comme tu vois, lui répondit Paul mi-ironique, mi-furieux d'être appelé par la patronne au beau milieu de la nuit. Il y a une urgence ?

— Je viens d'être convoquée par Mazaudet, je voudrais t'en parler.

— Ça ne peut pas attendre demain matin ?

— Si, mais je préférerais t'en parler maintenant.

Grosjean connaissait suffisamment Marianne pour savoir qu'elle ne le lâcherait pas. Et puis c'est elle qui l'avait sorti du trou. Ça valait bien un taxi en pleine nuit.

Une demi-heure plus tard, un double expresso avalé, le nez collé à la fenêtre maculée par la neige qui tombait à nouveau, il écoutait sa patronne lui raconter par le menu sa conversation avec le ministre de la Police. Et la chasse aux prétendues terroristes de l'intérieur qu'elle était censée organiser. En se retournant pour rejoindre Maestracci sur l'un des deux canapés disposés de part et d'autre d'une immense table basse, il jeta un regard circulaire sur le salon élégamment et surtout richement décoré par Sandra Leblé, une styliste très en vogue depuis une dizaine d'années. Pas vraiment l'appartement d'une flic, se dit-il, fût-elle cheffe de la Crim', mais plutôt celui d'une avocate aux émoluments conséquents. À cette heure de la nuit, l'éclairage tamisé donnait à la pièce une atmosphère qui incitait plus à la conversation galante qu'au rapport de police. Mais Marianne était à mille lieues des réflexions de Paul. Le confort bourgeois qui était le sien n'était pour elle qu'un héritage banal et sans importance. Sa famille avait de l'argent, la belle affaire, sinon que cela lui avait permis de vivre avec son salaire de flic sans connaître les fins de mois difficiles de la plupart de ses collègues. Un élément de liberté, en somme, qui lui permettait cette nuit-là d'avoir des états d'âme et d'en faire part à Grosjean. Avait-elle le droit d'entraîner les enquêteurs de la brigade criminelle sur les chemins minés de l'inquisition politique ? Sous couvert d'enquêter sur des délits ou des crimes de droit commun, Mazaudet lui demandait ni plus ni moins que de braquer les projecteurs de la police sur tous ceux qui de près ou de loin avaient une activité militante ou associative.

— D'ailleurs, dès demain, nous commencerons par les associations de pêcheurs à la ligne, conclut-elle avec un petit rire cynique.

Paul n'était pas d'humeur à plaisanter. D'abord il commençait à avoir sommeil et puis les interrogations existentielles de Marianne lui rappelaient un peu trop les reproches de Blanche qu'il avait dû subir une heure plus tôt. La journaliste plus sa patronne, ça commençait à faire beaucoup.

— Écoute, Marianne, il faut savoir ce que tu veux parce que à force de régler des comptes avec toi-même, tu vas finir par te prendre les pieds dans le tapis. Cela fait moins d'un an que tu as été nommée à la tête de la Crim' par Mazaudet. Tu n'es pas née de la dernière pluie et encore moins une enfant de chœur, tu savais qui est Mazaudet et quel gouvernement tu allais servir. Alors ne joue pas aujourd'hui la pucelle effarouchée. Si tu jettes l'éponge, je ne veux même pas imaginer qui ils mettront à ta place. On peut faire ce qu'on a à faire sans se conduire comme des salopards.

— Justement, je n'en suis pas sûre.

— Mais si. Crois-moi. Ou alors tu démissionnes et tu rejoins ceux que tu es censée surveiller.

— Tu déconnes !

— À moitié. C'est peut-être ce que nous ferons un jour, mais certainement pas cette nuit. Sur ce, je vais me coucher et tu ferais bien d'en faire autant.

Grosjean habitait à l'autre bout de Paris et avec cette fichue neige qui avait transformé les rues en pistes skiables, il mit près d'une heure pour rentrer chez lui. De l'entrée, il aperçut la lumière rouge du téléphone fixe qui ne cessait de clignoter. C'était de plus en plus rare. Un peu surpris il appuya sur la touche pour écouter la voix robotisée : « Vous avez deux messages. »

« Aujourd'hui 1 h 20... »

C'est moi. Finalement les Suisses ont décidé de publier mon enquête sur les camps de rétention dès demain et les quatre jours suivants. Tu ne vas pas être déçu du voyage. Salut !

« Aujourd'hui 2 h 50... »

Paul, c'est Marianne. Tu as raison. Dès demain on réunit l'équipe et on commence les recherches. Concernant le sabotage de la voie ferrée Limoges-Paris, j'ai retrouvé les procès-verbaux des actes de malveillance qui ont été commis depuis la rentrée. Plus d'une dizaine et toujours le même mode opératoire. Des rails sciés au milieu de nulle part. À chaque fois les auteurs posent cagoulés, scie à métaux à la main et publient leur photo sur Facebook. Vues par des dizaines de milliers d'abonnés. Il faut com-

mencer par là, remonter les IP et les croiser avec nos fichiers. À demain, bonne nuit.

Grosjean se précipita sur le site du journal de Genève, mais, précautionneux, les Suisses avaient choisi de ne rien écrire avant la sortie papier. C'était une bombe et elle devait exploser à l'heure choisie, 8 heures du matin.

Blanche n'avait pas menti. La première publication était déjà prometteuse, les suivantes furent plus ravageuses encore. Pour la journaliste, c'était le résultat de trois mois d'un travail commencé par la recherche des sociétés de ménage employées par l'État. Il y en avait plusieurs dizaines, elle repéra vite celles qui intervenaient sur les sites sensibles, entreprises stratégiques, bâtiments publics, ministères et certains camps d'internement baptisés pudiquement centres d'accueil. La société AVS employait plus de deux mille hommes et femmes de ménage. Blanche n'eut aucune difficulté à se faire embaucher. Elle était encore jeune, célibataire, de nationalité française et acceptait de travailler en province si nécessaire. Le profil idéal pour décrocher le sésame dont elle avait besoin pour enquêter sur ces centres d'accueil. Pour commencer, on lui avait proposé un CDD de trois mois avec à la clé un salaire qui n'était pas ridicule. Premier job, quinze jours de remplacement dans un bâtiment administratif à Strasbourg, puis un mois dans une préfecture du centre de la France, avant d'intégrer enfin l'équipe de nettoyage qui intervenait dans un de ces discrets centres de rétention, niché au pied d'une colline près d'Eygurande en Corrèze. Les six cent cinquante habitants de ce village sans histoires ignoraient tout du camp installé à moins d'une dizaine de kilomètres. Ils savaient juste que des baraquements en bois avaient été construits à la hâte l'été précédent avant que le gel et la neige l'isolent du reste de la région. Blanche avait appris qu'il existait en France une dizaine de camps de ce type. Installés sur des sites difficilement repérables, construits au cœur de forêts peu fréquentées, fermés par de hauts grillages parsemés de miradors, ils étaient aussi impénétrables que les prisons les mieux protégées. Officiellement, ces centres de rétention, dont la localisation était l'un des secrets les mieux gardés de la République, n'accueillaient les immigrés en situation irrégulière que quelques semaines avant qu'ils ne soient renvoyés dans leur pays. Mais, dans ce camp planté au fin fond de ce bout de forêt corrézienne, Blanche découvrit une réalité bien différente. À Eygurande, ils étaient plus de dix mille parqués depuis plus de six mois. Les familles avaient été séparées. D'immenses dortoirs pour les hommes, plusieurs dizaines de salles, pas de douches, des lavoirs à l'ancienne qui déversaient une eau jaunâtre. Les femmes étaient un peu mieux loties. Elles n'avaient pas été séparées de leurs enfants et leurs dortoirs avaient gardé des proportions humaines, même si les conditions d'hygiène n'étaient guère meilleures. Des douches avaient été aménagées, pas assez nombreuses pour assurer une toilette quotidienne. Bref ces centres d'accueil n'étaient rien d'autre que des camps d'internement et de déportation provisoire, où les pensionnaires faute d'organisation et de moyens de rapatriement suffisants séjournaient plusieurs mois. À la une du journal, le premier article était illustré par une photo prise par Blanche. On y voyait une dizaine d'enfants jouer au foot avec un ballon crevé au milieu des ordures avec ce titre accusateur : « Les camps de la honte »

Comme prévu, l'enquête fit l'effet d'une bombe. À l'étranger, les chaînes de télévision et les journaux diffusèrent de larges extraits des reportages de Blanche au point que le haut-commissariat aux droits de l'homme de l'ONU s'émut et demanda des comptes au gouvernement français. Mais c'est évidemment à Paris que l'enquête de la journaliste fit le plus de vagues. Des chaînes d'info bravant les menaces du ministère de l'Information tentèrent à leur tour d'enquêter sur ces camps. Interdites d'accès, elles ne purent recueillir que quelques rares témoignages d'habitants et de voisins qui à visage caché disaient avoir eu de vagues échos de ce qui se passait dans ces centres. Mais faute d'images et malgré le tollé provoqué par ce qui restait de l'opposition à l'Assemblée, Durand-Corbel n'eut pas besoin de beaucoup de temps pour circonscrire l'incendie. La France n'était pas mûre pour se révolter. Pis, elle était dans sa grande majorité prête à accepter cette tragique dérive présentée par Cédric Masson, le ministre de l'Identité française, comme la preuve d'une promesse tenue. Pour Masson, ces camps n'étaient qu'un lieu de transit, l'instrument indispensable de cette politique d'immigration zéro promise par Charlotte Despenoux. Près d'un an après l'élection présidentielle, plusieurs sondages diffusés par des radios complaisantes avaient d'ailleurs indiqué qu'une très large majorité de Français, 74 %, approuvait le gouvernement dans sa lutte contre l'immigration même s'ils étaient plus réservés à l'égard de ces camps d'internement. Pourquoi pas ? disaient-ils, à condition que ce ne soit que transitoire et respectueux des hommes et des femmes qui y séjournaient. Et puis de toute façon ils avaient la tête ailleurs, la fin d'année approchait, l'heure était à la fête.

Pour son premier Noël à l'Élysée, Charlotte avait vu grand et pas seulement pour son fils Alexandre qui semblait parfois croire que l'immense sapin dressé dans la salle des fêtes n'était là que pour lui. Non, celui-là, il était fait pour les enfants de France, comme aimait à les appeler la présidente. Plusieurs centaines d'entre eux avaient été invités à l'arbre de Noël de l'Élysée. Une semaine de fête et des milliers de cadeaux distribués, dont les images avaient été abondamment diffusées par les télévisions, invitées à mettre en scène la joie et la reconnaissance des petits et des grands. La salle des fêtes n'était pas la seule pièce à s'être transformée en immense hotte du père Noël, chaque salon avait son sapin et ses décorations. Ultime provocation présidentielle : pour accueillir les visiteurs élyséens, une gigantesque crèche occupait le hall du palais.

La crise provoquée par la publication des reportages de Blanche Dubois semblait déjà loin à l'heure où se tenait le dernier Conseil des ministres de cette année 2025. C'est tout juste si la présidente souriante et particulièrement détendue avait remarqué les visages fermés des ministres d'extrême gauche. Brossant à grands traits les étapes de cette première année, marquée par un soutien populaire massif, Charlotte Despenoux prit grand soin de féliciter pour le travail accompli chacun des ministres se réjouissant au passage que le vice-Premier ministre Georges Malingaud et ses amis aient accepté de participer à une coalition qui devait garantir à la France un futur sans nuages. Le Conseil terminé, elle retint à sa table Durand-Corbel, Mazaudet, Richard Bidard, et le ministre de l'Identité française Cédric Masson. Exceptionnellement pour ce déjeuner, Charlotte avait invité ses ministres les plus proches dans ses appartements privés. Une façon de montrer à ces compagnons de la première heure qu'ils n'étaient pas seulement de la famille, mais qu'ils étaient sa famille. À sa manière, le fils de la présidente, Alexandre, l'avait confirmé en venant boire avec eux un jus de fruits à l'heure de l'apéritif. Charlotte Despenoux triomphait.

— Qui aurait pu imaginer il y a seulement un an que nous serions ici aujourd'hui pour fêter Noël? demanda-t-elle avec un large sourire. 2025 restera comme une grande date dans notre histoire. Mes amis, vous pourrez dire : «J'y étais.»

Et Charlotte d'inviter ses ministres à lever leur verre à 2026 qui, avait-elle promis, serait un millésime meilleur encore.

— Loin de moi l'idée de gâcher ce moment, lui répondit Durand-Corbel. Merci à vous madame la présidente de nous avoir donné votre confiance, j'ai malgré tout le sentiment que tous nos collègues ministres ne partagent pas votre enthousiasme. Les reportages de Blanche Dubois ont provoqué des débats très violents au sein de l'extrême gauche.

— Rien d'étonnant, Étienne, répondit Charlotte sur un ton faussement badin qui masquait mal son irritation. Une partie des troupes de Malingaud l'a lâché dès la formation du gouvernement et, selon mes informations, beaucoup d'entre eux fricotent avec les jeunes gauchistes qui seraient à l'origine de la plupart des sabotages ferroviaires.

— En l'occurrence, il ne s'agit pas de Barriol et de ses amis, renchérit Mazaudet, mais de Malingaud lui-même et de plusieurs ministres du gouvernement, notamment Moulin et Rimmens. Je t'ai d'ailleurs toujours dit que ces gens n'étaient pas fiables. En réalité, ils ont pris le train en marche pour faire passer leur programme, mais ils continuent de défendre une politique migratoire à l'opposé de ce que veulent les Français et surtout en totale contradiction avec notre politique.

— Et alors qu'est-ce que tu proposes ? s'exclama Charlotte, franchement agacée, regrettant presque l'organisation de ce déjeuner improvisé. Que je les vire ? demanda-t-elle en fixant Durand-Corbel.

— Sûrement pas, répondit le Premier ministre, mais Pierre a raison, on ne peut pas faire confiance à ces gens qui n'ont rien à voir avec nous. À la première opportunité il faudra provoquer des élections, ce sera l'occasion de s'en débarrasser.

— Je ne peux dissoudre sans une véritable raison. Il faudra faire avec d'ici là, conclut la présidente en mettant fin précipitamment à ce déjeuner qui devait être une fête et qui ne l'amusait plus du tout.

À trois kilomètres à vol d'oiseau et quelques semaines plus tard s'était jouée une scène à peine différente. Blanche Dubois avait demandé à Grosjean de passer la voir chez elle rue du Bac. En finir une fois pour toutes. Leur déchéance commune au lendemain de la démission de Berlau en avait fait des amants d'opportunité. Ils s'étaient aimés pour s'oublier et oublier. Mais, en acceptant de jouer le jeu de Maestracci et de Mazaudet, Paul était passé sur l'autre rive au risque de se perdre dans des marécages nauséabonds. Blanche ne voulait pas de cette vie et plus de cet homme qui désormais incarnait tout ce qu'elle détestait. Ce jour-là, elle chercha les mots pour tuer et leur dispute prit les allures d'une mise à mort. Depuis des semaines elle avait planté ses banderilles, l'agressant et se dérobant chaque fois qu'il tentait un geste tendre. Elle l'acheva en lui promettant l'enfer au bout de la collaboration. Le mot était lâché. Pour Blanche, servir ce pouvoir c'était en accepter les forfaitures passées et les turpitudes à venir. La dague était si acérée et les coups si précis que le grand flic mit genou à terre avant même d'esquisser une riposte. Ils s'étaient déjà tout dit. À Paul qui avait souvent plaidé qu'il valait mieux contrôler de l'intérieur qu'assister impuissant à la montée des périls, Blanche répondait « résistance ». Par les mots et pourquoi pas par les armes. Les deux étaient devenus irréconciliables. La scène avait duré à peine une demi-heure, ils étaient debout dans ce salon que Blanche avait redécoré cinq ans plus tôt pour effacer le souvenir d'une passion assassinée.

Regardant fixement la jeune femme, Grosjean n'avait baissé les yeux que pour tourner les talons et claquer la porte sans un mot. Les adieux n'ont guère de sens dans une telle situation.

À peine assis dans le taxi, avant même que Paul donne l'adresse du 36, le chauffeur l'avait interpellé tout excité.

— Je vous reconnais, je vous ai vu à la télé avec la commissaire Maestracci. Elle est comment dans la vie, cette femme ? Parce que à la télé, elle n'a pas l'air commode. Et comme s'il avait oublié à qui il avait affaire : Vous me direz, c'est normal elle est flic !

Paul, vaguement surpris, n'eut pas le temps de répondre, le chauffeur qui n'avait toujours pas démarré se tourna à nouveau vers lui pour lui demander ce qu'il pensait de l'accident.

— Quel accident ? interrogea Grosjean qui n'était pas d'humeur à bavarder.

— Bah ! l'accident de la ministre.

— De la ministre ? sursauta Paul.

— Oui… Enfin de la haut-commissaire aux relations syndicales. Ils viennent de l'annoncer à la radio.

Grosjean sortit de sa poche son portable qui était sur silencieux. Sous les salves de Blanche, il ne l'avait même pas senti vibrer. L'écran affichait autant d'alertes qu'il pouvait en contenir. Du *Point*, du *Figaro*, des chaînes d'info, la liste était longue complétée par plusieurs sms dont ceux de Marianne.

Où es-tu ? Bourdelle s'est fait renverser en sortant de l'Assemblée, Place du palais-Bourbon. Pronostic vital engagé. L'accident est pour le moins suspect, je t'attends.

Le chauffeur de taxi, plutôt content de son effet, avait enfin démarré. Le téléphone de Paul vibra à nouveau, cette fois il décrocha.

— C'est Marianne, t'es où ? Bon sang ! Je t'ai appelé il y a plus d'un quart d'heure.

Paul ne s'étendit pas sur sa visite rue du Bac et enchaîna sans explications.

— J'avais un rendez-vous urgent.

— Blanche ?

— Oui, Blanche. C'est fini. Et j'ai pris une sacrée dégelée à cause de toi.

— On s'en fout, ça n'est pas mon problème. Bourdelle est dans un sale état, tu es là dans combien de temps ?

Un quart d'heure plus tard, le taxi se garait devant l'immeuble de la Crim' lorsque le téléphone de Paul Grosjean sonna à nouveau.

— C'est Marianne, Antoinette Bourdelle est morte !

15.

La place du Palais-Bourbon portait encore les traces de l'accident. Antoinette Bourdelle avait saigné abondamment en se fracassant la tête sur l'un des plots qui fixent les chaînes au centre du rond-point. Le macadam n'avait pas encore été nettoyé par les services de la voirie, il avait plu, la rue était glissante mais ça n'expliquait pas la trajectoire de la voiture et encore moins la violence du choc. Les premiers enquêteurs arrivés sur place n'avaient pas mis longtemps à conclure que le chauffeur s'était déporté sur sa gauche pour heurter la haut-commissaire. Aucun doute, elle avait été renversée volontairement. Ce n'était pas un accident.

Bourdelle venait de passer la matinée à l'Assemblée. Nommée après les élections législatives de juin 2025, elle avait été choisie par Charlotte Despenoux pour organiser les relations syndicats-gouvernement. Son passé parlait pour elle. Antoinette avait longtemps dirigé un syndicat où se croisaient militants de droite et d'extrême gauche. À la présidentielle, ces derniers avaient soutenu Malingaud tandis que la majorité des adhérents votait pour la droite libérale. Depuis l'élection de Berlau en 2018, elle avait abandonné toutes ses responsabilités syndicales pour créer son cabinet de consultant et conseiller les grands patrons. C'est d'ailleurs l'un d'entre eux, proche de La France D'abord, qui lui avait fait rencontrer plusieurs collaborateurs de Catalan.

L'oncle de Charlotte écarté, Despenoux avait souhaité la voir à la veille du second tour de la présidentielle. C'était au lendemain du grand débat, la candidate était sur un petit nuage, elle avait écrasé Berlau et ne doutait plus guère de son succès. Il flottait comme un air de victoire sur la villa où devait avoir lieu le rendez-vous. Antoinette Bourdelle était arrivée à la nuit tombante, conduisant elle-même sa voiture pour éviter une indiscrétion toujours possible. Charlotte avait fait préparer une table dans le jardin qui exhalait des odeurs de rose et de jasmin. Elle était en robe légère, le hâle de son visage et de ses bras contrastait avec la blancheur délicate de ses jambes habituellement cachées par un pantalon qui lui servait d'uniforme de campagne. Antoinette était déjà installée sur la terrasse quand elle vit apparaître pour la première fois en chair et en os celle qui quelques jours plus tard serait la première femme à gravir les marches du palais. En la voyant descendre le perron souriante et gracieuse, l'ancienne syndicaliste ne put s'empêcher d'éprouver un sentiment d'admiration devant cette beauté trompeuse.

Le courant était très vite passé entre les deux femmes. D'entrée, Charlotte avait habilement joué de toute la flatterie dont elle était capable.

— Je suis sûre que nous pourrons travailler ensemble à la reconstruction du syndicalisme en France. Je connais votre parcours et je ne vous demande pas de le renier. Mais je sais que, la première, vous avez compris que les syndicats ne sont plus que des coquilles vides dont l'unique objectif est de faire vivre grand train quelques dizaines d'apparatchiks. Ces syndicalistes, costume cravate, ont abandonné les travailleurs depuis belle lurette, au point que ces derniers ont rejoint en masse nos organisations. C'est eux qui vont nous porter au pouvoir, ces oubliés de la gauche engluée dans ses contradictions idéologiques.

Bourdelle regardait cette jeune femme qu'elle n'avait connue jusqu'alors qu'à travers un écran plat, elle était la même devant elle, capable de passer, en quelques secondes, d'une douceur sincère à une violence non feinte. Charlotte, bourgeoise catholique, biberonnée à la soupe acide de l'extrême droite, était l'exact négatif de ce qu'était l'ancienne militante, et voilà qu'aujourd'hui Antoinette se surprenait à applaudir ce qu'elle venait d'entendre. Repensant à ses années de combat, elle ne se retint pas pour rappeler à Despenoux ses amitiés passées.

— Vous savez, j'ai encore beaucoup d'amis à gauche. Si j'accepte de faire un bout de chemin avec vous, je vais devoir affronter leur mépris.

— Plus que ça, renchérit Charlotte, vous aurez affaire à de la haine. Mais qu'importe, vous croyez que, moi, je vis depuis des années dans un monde de bisounours ? Au sein de mon parti, je sers de punching-ball à ceux qui me reprochent d'avoir des faiblesses coupables pour la droite libérale et ceux qui me trouvent déjà trop extrémiste. Entre les conflits de personnes, les querelles d'ego et le machisme de tous, ça n'est pas un panier de crabes que je traîne derrière moi, mais une réserve de boas destructeurs. Je ne suis pas encore élue qu'ils veulent déjà ma place. Mais Antoinette – vous permettez que je vous appelle Antoinette – ça n'est pas l'essentiel. L'essentiel est de croire à ce qu'on fait et surtout de savoir ce que l'on veut, or je sais que, toutes les deux, nous voulons la même chose. Un syndicalisme efficace, qui défende entreprise par entreprise les intérêts des travailleurs, sans idéologie partisane. Chaque corporation devra défendre ses intérêts en signant une charte d'adhésion rappelant notre volonté de défendre la France contre une mondialisation envahissante et anonyme. Une France qui produit français et qui appartient aux Français.

Tout était dit. D'ailleurs, avant même d'arriver à la villa, Antoinette savait à quoi s'en tenir, les deux femmes se levèrent en même temps, la fraîcheur qui tombait les incita à considérer qu'il était inutile de prolonger l'entretien. Bourdelle n'attendit pas de se trouver sur le pas de la porte pour donner sa réponse, c'était oui. À une seule condition, que ce ne soit pas dans un gouvernement composé uniquement de hiérarques LFD. Promesse tenue, Charlotte attendit les législatives et la nomma dans le second gouvernement Durand-Corbel avec les amis de Malingaud.

Depuis cinq ans déjà, Antoinette avait quitté le pavillon qu'elle occupait avec son mari à

Champigny pour un appartement cossu rue Daguerre dans le XIVe arrondissement, mais le couple n'avait pas complètement rompu avec ses amitiés passées, même si beaucoup des anciens collègues de l'ex-syndicaliste n'ignoraient rien de ses nouvelles relations professionnelles qui flirtaient ouvertement avec La France D'abord. Du coup, les débats étaient animés, passionnés et parfois violents dans ces cent quarante mètres carrés élégamment décorés, renvoyant à une histoire déjà très ancienne les meubles en formica et les chaises bon marché qui avaient longtemps servi de décor aux réunions enfumées de Champigny.

À trois jours des législatives, dans un ultime dîner qui s'était terminé dans les insultes, elle avait compris que ses amis ne lui feraient pas de cadeaux. Son mari avait dû intervenir pour éviter que ça dégénère et que cessent les propos injurieux et menaçants.

— Nos camarades ne te laisseront pas faire, dit l'un d'entre eux, le visage rouge de colère. Tu sais ce que l'on fait des traîtres, ajouta-t-il en la pointant du doigt comme s'il tenait un Beretta neuf millimètres. Dès demain je réunirai nos amis, il y a beaucoup de jeunes qui nous ont rejoints, des étudiants de l'UNEF, des militants des anciens partis de gauche et même des soutiens de Berlau. Ils vont te faire vivre l'enfer, je te préviens, conclut-il en entraînant ses amis vers la porte.

Antoinette et son mari partirent le lendemain matin passer la fin de semaine dans leur maison de campagne, une vieille bâtisse périgourdine que le couple restaurait depuis une dizaine d'années.

Elle avait suffisamment pesté contre les opérateurs téléphoniques qui semblaient ignorer ce coin perdu de Dordogne pour y trouver cette fois quelque avantage. Pas de portable, pas d'appel pour troubler ces heures entre parenthèses. Antoinette avait passé la soirée à revisiter son passé syndical, qui lui paraissait déjà si lointain, pour conclure que le futur s'annonçait plus excitant que ces années militantes. Des années, pour qui ? pour quoi ? Pour des camarades qui l'avaient oubliée aussi vite qu'ils l'avaient encensée dans le feu des luttes. Au syndicat comme ailleurs le compagnonnage s'achevait souvent dans un sauve-qui-peut final et le chacun pour soi. Que de perte de temps, d'énergie, entre les fausses promesses des politiques et l'ingratitude des militants.

Contemplant le ciel périgourdin piqué de mille étoiles, elle se blottit contre son compagnon des bons et des mauvais jours, le seul qui ne l'avait jamais lâchée, l'approuvant quand il le fallait, contestant ses choix quand c'était nécessaire, et formula ce qu'elle n'osait s'avouer depuis sa rencontre avec Charlotte Despenoux.

— Pour la première fois depuis longtemps, je crois que je suis sûre de mon chemin.

— Vraiment ?

— Oui, Despenoux sent le peuple. Elle fera plus pour les travailleurs dans les mois qui viennent que moi en trente ans de batailles où nous passions notre temps à faire de nos demi-échecs des victoires. Nous marchions au pas, elle va nous emmener au galop. C'est pour ça que j'ai décidé de la suivre, même si j'en prends plein la figure.

Antoinette ne croyait pas si bien dire. Après une nuit où elle avait retrouvé des gestes et des mots oubliés depuis longtemps, elle ne résista pas même le temps d'un petit déjeuner aux vibrations de son portable. Il lui avait suffi de s'enfoncer dans la forêt toute proche pour écouter ses messages et découvrir sur les sentiers où s'entrelaçaient chênes verts, pins maritimes et châtaigniers la violence de ceux qui lui promettaient la mort. Et il n'y avait pas que les messages ou les sms. Avant même qu'elle soit nommée, la rumeur de son ralliement avait incendié la Toile. Des milliers de tweets, souvent menaçants, toujours insultants étaient d'autant plus « likés » et retweetés qu'ils lui promettaient une disparition rapide et violente. Internet avait déjà bâti ses bûchers et assurait qu'elle en serait la première victime. Beaucoup auraient jeté l'éponge devant un tel déchaînement de haine et de promesses virales aussi funestes. Antoinette Bourdelle y trouva au contraire une raison supplémentaire de jouer la carte Despenoux. Puisque la gauche ne voyait plus en elle qu'une traîtresse et une collabo, elle allait démontrer que ce régime était sans doute plus socialiste que les multiples gouvernements sociaux-démocrates qui avaient occupé les palais de la République depuis 1981 et plus protecteur que les libéraux au pouvoir depuis plus longtemps encore. Avec les amis de Georges Malingaud qui siégeaient au gouvernement à ses côtés, elle fit de ces mois ministériels un festival pyrotechnique où chaque fusée tirée visait à détruire un peu plus les syndicats existants. Les patrons étaient fermement invités à négocier avec les syndicats maison des accords d'entreprise dont le but était de promouvoir l'avancement au mérite. Antoinette défendant sa politique affirmait que seul le syndicalisme corporatiste était moderne, promettant aux autres une décomposition rapide et définitive. Le matin de son accident la haut-commissaire avait défendu devant la commission des lois de l'Assemblée le projet reprenant la promesse de la présidente de supprimer les aides et subventions d'État aux centrales syndicales. « Plus un sou public pour ces gauchistes », avait dit Charlotte Despenoux en Conseil des ministres. Ce qui avait provoqué un sérieux incident avec Malingaud et les ministres d'extrême gauche.

— Vous ne pensez pas faire ça ? s'était exclamé le vice-Premier ministre.

— Et qui m'en empêcherait ? avait rétorqué la présidente sur le ton de la provocation. Vos amis qui vous ont déjà quitté et qui nous vouent aux gémonies chaque matin à la radio ? À quoi servez-vous finalement ? Je ne peux pas ouvrir ma télévision sans entendre l'un d'entre eux, Barriol par exemple, m'insulter et vous traîner dans la boue. Pourquoi voulez-vous que l'argent des Français finance des syndicats qui soutiennent ces gens-là ? Antoinette va faire voter ce texte et nous ferons la même chose avec les partis politiques. Fin du financement public et fin de cette attitude masochiste des pseudo-démocrates qui ont trouvé normal pendant des décennies de se faire tirer dessus comme des lapins par des gens gavés à l'argent public.

La colère de la présidente n'était pas feinte. Chacun comprit ce jour-là que l'alliance des extrêmes ne durerait plus très longtemps. Les échos du clash parvinrent jusqu'à l'Assemblée et Antoinette dut affronter à son tour la bronca des amis de Barriol, qui profitèrent de l'occasion pour accuser Malingaud d'être le fossoyeur de la démocratie après avoir cédé à une compromission historique. Seul le vote des députés LFD en faveur de la suppression des aides mit fin au chahut, mais Antoinette avait vérifié des heures durant qu'une majorité aussi réduite à l'Assemblée ne permettrait pas à la présidente de gouverner durablement. Aujourd'hui les lois syndicales, demain l'immigration ou l'Europe, la coalition n'y résisterait sans doute pas. C'est ce qu'elle était en train de dire à Charlotte Despenoux alors qu'elle traversait la place, le téléphone collé à l'oreille. La conversation fut interrompue brutalement sans que la présidente en saisisse la raison. Le portable était resté décroché et Charlotte finit par comprendre en entendant les hurlements des passants et les sirènes de police. Elle se précipita dans le bureau du secrétaire général et appela Mazaudet. Le ministre était déjà au courant de l'accident et attendait des informations plus précises. Il rappela quelques minutes plus tard, la voix blanche :

— Madame la présidente, ça n'est pas un accident, les premiers procès-verbaux sont formels, c'est un homicide volontaire.

Jules Perrot qui avait entendu la conversation prit Charlotte par le bras et l'entraîna dans le bureau présidentiel. Une fois la porte fermée, il regarda fixement la présidente et dit tout haut ce qu'elle pensait déjà.

— Ce n'est pas un homicide volontaire, c'est un assassinat politique.

— Oui, répéta-t-elle mécaniquement, un assassinat politique. Que Mazaudet vienne immédiatement et convoquez le préfet de police. Jules, je ferai une déclaration ce soir à 20 heures. Faites prévenir les chaînes. Je veux toutes les chaînes.

À la Crim', Marianne Maestracci et Paul Grosjean avaient déjà débriefé les circonstances de l'attentat. La voiture qui avait renversé Antoinette Bourdelle était garée dans une rue proche de la place. Sur les vidéos des caméras de surveillance, l'heure indiquait qu'elle avait stationné pendant plus d'une demi-heure, mais évidemment impossible d'identifier quoi que ce soit, les plaques d'immatriculation étaient fausses et le conducteur à moitié caché par de larges lunettes de soleil et une casquette à visière longue. La voiture avait démarré au signal d'un complice attablé dans un café tout proche. La Twingo noire avait heurté Antoinette Bourdelle à plus de quatre-vingts kilomètres heure, avant de s'enfuir par la rue de l'Université et de se perdre dans les embouteillages de l'esplanade des Invalides. La silhouette du chauffeur laissait penser qu'il s'agissait d'un homme jeune et peu corpulent.

Plus prudents que l'Élysée, les deux policiers avaient pris le temps d'enquêter sur la vie privée et l'entourage d'Antoinette Bourdelle avant de conclure au crime politique. Le mari de la haut-commissaire qui n'avait rien à cacher raconta par le menu un quotidien sans histoires, celui d'un cadre dirigeant d'une entreprise automobile et de sa femme devenue étoile filante depuis qu'elle était entrée au gouvernement. Une maison de campagne abandonnée et des soirées qui commençaient rarement avant 22 heures. Pas d'enfants et une famille qui s'était progressivement éloignée de ce couple trop occupé pour s'intéresser à d'autres qu'à eux-mêmes. Rien que de très ordinaire et qui avait rapidement permis à Marianne et Paul de conclure que ce n'était sans doute pas du côté de la vie privée qu'il fallait chercher. En revanche, la profusion des insultes et des menaces sur les réseaux sociaux, les coups de téléphone anonymes et les tags sur l'immeuble de la rue Daguerre, enfin ces anciennes amitiés solidifiées en bloc de haine, autant d'éléments qui avaient conduit la patronne de la Crim' à s'intéresser à quelques-unes de ces organisations qui, sous couvert d'un sigle syndical ou politique, appelaient à combattre le pouvoir par tous les moyens.

Maestracci et Grosjean s'étaient partagé le travail. Paul épluchait les blogs publiés sur Facebook, Marianne à la tête d'une équipe d'une dizaine d'enquêteurs avait entrepris de lire les milliers de tweets qui depuis des semaines prenaient pour cible la haut-commissaire. Certains auteurs étaient déjà fichés. Militants politiques d'extrême gauche, ils assumaient leur opposition et tweetaient à visage découvert, mais pour quelques-uns aisément identifiables, des milliers d'autres s'étaient réfugiés derrière un anonymat commode pour vider leurs sacs de détestation.

Des dizaines de milliers de tweets avaient ainsi été passés au scanner de la Crim' à la recherche des adresses IP, infaillibles sésames qui avaient permis d'identifier la majorité de ceux qui n'avaient pas pris la précaution de se réfugier dans des adresses relais à Hong Kong ou ailleurs.

16.

Une semaine déjà s'était écoulée depuis l'attentat qui avait coûté la vie à Antoinette Bourdelle et, depuis huit jours, quarante-sept millions d'électeurs savaient qu'ils allaient devoir revoter. Loin des campagnes précédentes, celle-là avait commencé dans une indifférence que reflétaient les derniers sondages. Ils témoignaient d'une France rassasiée par les mesures prises depuis près d'un an en faveur des plus modestes et des classes moyennes. Il y avait bien eu les articles de Blanche Dubois sur ces camps de la honte dans lesquels étaient parqués des milliers d'immigrés, mais la réaction n'avait pas dépassé le cercle restreint des intellectuels et des partis d'opposition. La France anesthésiée et les Français gavés jusqu'à l'indigestion au discours d'autosatisfaction nationaliste ne demandaient qu'à profiter de cet hiver, calfeutrés au coin du feu. Une semaine plus tôt, sur un ton grave mais assuré, presque serein malgré la mort de la haut-commissaire, la présidente Despenoux avait pris prétexte de ce crime pour dissoudre l'Assemblée nationale. Voilà des semaines qu'elle y pensait.

L'union populiste avait tenu presque un an, le temps d'apaiser les inquiétudes et de rassurer une France qui lui avait fait la courte échelle plus par dépit et dégoût des autres que par amour. Sa popularité était au zénith, *exit* Malingaud et ses états d'âme. Il suffisait seulement de choisir l'heure et de trouver le prétexte. À l'instant même où elle avait appris l'assassinat de Bourdelle, elle avait compris que le moment était venu et l'occasion toute trouvée. Elle n'en dit rien, pas même au fidèle Perrot, chargé de vérifier que l'ensemble des chaînes parlerait d'une même voix à 20 heures, celle de Charlotte.

« Mes chers compatriotes,

La France ce soir est blessée. Elle souffre de la mort de l'une des meilleures d'entre nous. La haut-commissaire aux solidarités syndicales a été tuée ce matin dans un accident de la circulation alors qu'elle venait de mener à bien une tâche difficile à l'Assemblée nationale. Très vite, les policiers sont arrivés à la conclusion qu'il ne s'agissait pas d'un accident mais d'un crime. Un lâche attentat qui a taché de son sang notre drapeau. Je vous demande ce soir d'effacer cette ignominie en me donnant les moyens politiques de mettre fin définitivement aux agissements de ces hommes et de ces femmes, peu nombreux certes, mais mortellement dangereux, qui veulent nous empêcher de construire ensemble la France de demain, une France qui n'appartiendra qu'à vous mes chers compatriotes. D'ici un mois, vous serez appelés à voter à nouveau pour donner à l'Assemblée nationale le visage du renouveau patriotique.

Vive la France. »

À peine le discours achevé, six minutes plus tard, dans un geste théâtral soigneusement calculé, elle se fit apporter le décret de dissolution qu'elle signa face caméras. Le Conseil des ministres exceptionnellement réuni le lendemain fixa la date. Les élections auraient lieu à la proportionnelle adoptée l'automne passé, le dimanche 22 février 2026.

Huit jours… la torpeur dans laquelle s'étaient lovés les Français avait duré une semaine. Le temps d'enterrer Antoinette Bourdelle avec beaucoup de fleurs et peu d'émotion, le temps pour les partis d'opposition de fourbir les quelques armes qu'il leur restait pour se battre contre l'insolente popularité de la présidente. Le centre libéral proche de l'ancien président Berlau savait la partie perdue, et la droite de l'ex-président Lassry semblait avoir renoncé avant même de se battre. Seuls restaient Malingaud et ses derniers soutiens pour s'opposer à la toute-puissance annoncée de La France D'abord. Loin de faire campagne ensemble, les deux partis de la coalition s'affrontèrent sur les estrades et s'opposèrent de plus en plus ouvertement, Malingaud allant jusqu'à reprocher à la présidente l'incapacité du gouvernement et de sa police à mettre la main sur les assassins d'Antoinette Bourdelle. Non pas qu'il ait éprouvé dans le passé une amitié particulière pour son ex-collègue ministérielle, mais parce que cela lui permettait de manière très politique et perverse d'appuyer là où ça faisait mal, l'impossibilité pour Charlotte d'assurer l'ordre dont elle s'était faite la chantre.

Le télescopage de l'enquête de Maestracci et de la campagne électorale n'arrangeait pas les affaires de Despenoux. Elle s'apprêtait à le dire sans ménagement à Maestracci, mais le fidèle Jules Perrot qui trouvait que sa patronne prenait souvent des raccourcis dangereux lui rappela opportunément que c'était au ministre de la Police de s'occuper du dossier. Le secrétaire général mit un certain temps à trouver Mazaudet. Celui-ci avait accepté un déjeuner de copains avec un ancien membre de ce parti de droite, qui avait été longtemps le sien. Pour ces rendez-vous mi-amicaux, mi-politiques, le ministre avait ses habitudes dans l'arrière-salle discrète d'une brasserie proche des Grands Boulevards, réputée pour sa farandole de desserts, néanmoins la gourmandise du ministre ne résista pas à l'appel de Perrot qui l'obligea à quitter la table sans un mot d'explication pour son invité. En ouvrant la porte de la voiture, le chauffeur lui tendit un téléphone, c'était Despenoux qui hurlait à l'autre bout du fil :

— Qu'est-ce que tu fous, Pierre ? Cela fait une heure que je t'attends. Perrot ne t'a pas appelé ?

— Écoute, calme-toi, j'étais au restaurant et je travaillais pour toi.

— Sûrement pas. Si tu travaillais pour moi, tu serais déjà dans mon bureau.

À son arrivée à l'Élysée, l'huissier fit comprendre à Mazaudet que la présidente n'était pas dans le Salon doré. Le ministre de la Police le suivit sans rien dire jusqu'à la salle à manger privée où

Charlotte était attablée, une assiette de saumon fumé et un verre de chablis devant elle.

— Excuse-moi, je n'ai pas eu le temps de déjeuner. Et puis on sera mieux ici, j'ai vérifié, il n'y a pas d'oreilles indiscrètes, dit-elle sans que Mazaudet comprenne si elle était sérieuse ou si elle plaisantait, mais il reconnaissait bien là la parano de Charlotte.

— Tu veux un café ?

— Oui, et un cognac ce serait bien.

— Juste un café, pas besoin de cognac pour te chauffer les oreilles, ce que j'ai à te dire suffira. À quoi vous jouez toi et tes flics ? Maestracci, tu m'avais dit que c'était la meilleure, mais depuis qu'on a enterré cette pauvre Antoinette, rien. Pas une piste, pourtant ça n'est pas compliqué d'aller chercher du côté de ces enfoirés qui me traînent dans la boue depuis des mois.

— Maestracci et Grosjean ont épluché des milliers de blogs et de tweets. À mon avis, ils devraient rapidement identifier les coupables.

— Ça n'est pas ton avis que je veux, ce sont les salauds qui ont tué Bourdelle. Cette affaire va nous pourrir la campagne et Malingaud en profite déjà ! Mais on va lui répondre et par des actes, pas par des mots. Alors débrouille-toi avec la Crim', il me faut un coupable d'ici la fin de la semaine prochaine. Il nous reste trois semaines avant les élections, nous n'avons pas intérêt à nous rater. Il faut faire la peau de l'extrême gauche. Je ne veux plus de ces gens dans mon gouvernement, ils ne nous servent plus à rien.

La détermination de la présidente avait frappé au visage Mazaudet plus durement qu'une gifle. En contemplant les marronniers dénudés, le ministre de la Police eut un mauvais pressentiment. Ce n'était pas seulement le parc qui s'était congelé dans l'hiver, c'était le quinquennat qui semblait se gripper avant l'heure. Le faux plat de ce début de campagne n'annonçait rien de bon et certainement pas des lendemains enchantés. L'assassinat d'Antoinette Bourdelle était sans doute le fait d'un militant isolé ou d'un groupe ultraminoritaire, mais le sang versé place du Palais-Bourbon avait plus sûrement taché l'habit présidentiel qu'une élection perdue.

Arrivé place Beauvau, le ministre de la Police fit ce que font tous les ministres après avoir essuyé un savon élyséen, il convoqua dans l'heure les patrons de la Crim' pour relayer l'injonction présidentielle. Les deux flics étaient arrivés chargés d'épais dossiers contenant les fac-similés des milliers de tweets qui pouvaient conduire aux coupables. Mazaudet en parcourut quelques-uns. Inutile de les lire dans le détail ce n'étaient que copiés-collés d'injures et de menaces.

@Matricule2026 : « Tu finiras comme tous ces collabos. Avec trois balles dans la tronche. »
@Patrick le taxi : « Salope, à force de bouffer la chatte de Despenoux t'as eu ce que tu voulais mais tu l'emporteras pas au paradis des traîtres. »
@Gilles B. : « Tu pues déjà la mort pourriture. Tes anciens potes te dépiauteront jusqu'à l'os. »

D'autres moins violents n'étaient pas moins menaçants :

@Petit blaireau : « Quand on trahit il faut payer. Démissionne avant que le peuple s'en charge. »
@Syndicat des travailleurs : « Tu peux encore te regarder dans la glace ? Tu n'auras que ce que tu mérites : l'enfer ! On va te brûler à petit feu. »

Et celui-ci signé :

@Défenseur de la liberté : « Fais gaffe en traversant. »

Le plus soft, mais l'un des plus explicites. Mazaudet en avait assez lu. Twitter véhiculait rarement le meilleur et il y avait dans ces dossiers le concentré du pire. Refermant la chemise et la repoussant avec une grimace dégoûtée vers Marianne, il l'interrogea, sceptique :

— Bon, et qu'est-ce que vous allez faire de toutes ces saloperies ?

— On a une trentaine de gars sur l'affaire. La plupart des anonymes ont été identifiés. Il y a beaucoup d'étudiants et des moins jeunes, également beaucoup d'anciens membres des partis d'opposition. On en a déjà repéré un certain nombre dans les manifs.

— Les banlieues ?

— Non, de ce côté-là, calme plat. Les groupes qui nous occupent sont manipulés par Barriol, l'ancien bras droit de Malingaud. Les sabotages, les opérations coup de poing, les agressions, c'est eux. Mais il n'y a pas qu'eux, les amis de Berlau alliés aux socialistes et à ce qui reste de la droite de Lassry se sont également regroupés. Ceux-là se frottent moins au terrain ; en revanche, ils sont très présents sur Facebook. Les blogs d'opposition, c'est eux. Si certains ont pris des pseudos, la plupart signent encore de leur nom. On a suffisamment d'éléments pour les interpeller et mettre en garde à vue bon nombre d'entre eux. C'est un travail de fourmi mais on a l'habitude, l'assassin sera forcément parmi ceux que l'on va arrêter. Ce ne sont pas des habitués des interrogatoires, ils parleront, croyez-moi.

Mazaudet écoutait Maestracci en se demandant si elle bluffait pour gagner du temps ou si elle pensait vraiment trouver le coupable en lançant des filets aussi larges. Le désir qu'il avait de livrer une tête à Despenoux ne l'empêchait pas de mesurer le risque de l'opération. En pleine campagne ces arrestations risquaient de dresser une partie de l'opinion contre la présidente, il fallait faire vite et sans bavure.

— Attention à vos hommes, Maestracci, dit-il pour conclure. Interrogatoires, oui, musclés, si vous voulez, mais pas de victimes dont l'opposition s'empresserait de faire des martyrs.

La mise en garde était d'autant plus fondée que le ministre de la Police avait vu juste. L'anesthésie touchait à sa fin. Quelques jours après l'injonction faite à Marianne, la campagne s'était dépouillée de sa gangue ouatée pour basculer dans la violence devenue la marque de fabrique des combats électoraux depuis 2025. Charlotte Despenoux, qui avait fait de cette élection une affaire personnelle, en fut le premier témoin.

17.

La présidente avait choisi une ville du Sud qui avait depuis longtemps basculé dans son camp. La journée fut délicieuse, la soirée beaucoup moins. En débarquant à l'aéroport, elle avait goûté ce soleil d'hiver qu'elle aimait tant et une douceur relative juste troublée par une brise légère qui effleurait les pins parasols plantés en nombre sur la route menant jusqu'à ce restaurant-cabanon de bord de mer. Le parti de la présidente était omniprésent dans cette région et le déjeuner avec les élus fut convivial et chaleureux. Autour de la table, personne ne doutait du résultat des élections, d'autant, disait-on, que dans ce coin de Provence les électeurs de Malingaud avaient pris la poudre d'escampette et s'apprêtaient à franchir le Rubicon pour passer d'une rive à l'autre.

Le myrte apporté de Corse par un proche de Charlotte et le limoncello ayant rempli leur mission euphorisante, la tablée s'attarda, enchaînant les chants favoris des ultracatholiques et des identitaires qui accompagnaient la petite troupe. Entre ceux qui dénonçaient la « Guépéou trotskiste » et les militants qui s'en prenaient aux « flics de la pensée cachère », la joyeuse troupe s'oublia jusqu'à une heure avancée de l'après-midi dans un entre-soi qui fit chaud au cœur de la présidente. Charlotte remonta dans sa voiture ragaillardie par ce déjeuner pour parcourir la trentaine de kilomètres qui la séparait du lieu du meeting, un immense hangar, perdu au milieu de nulle part, à une grosse demi-heure de Marseille. Despenoux avait choisi l'endroit, qui pouvait accueillir plus de trente mille personnes, pour obliger la France des villes à se mélanger dans une soirée fraternelle à la France des campagnes. La réunion fut en tous points réussie, des files ininterrompues de voitures avaient rallié ce bout de campagne provençale pourtant improbable, et Charlotte galvanisa son public dans une communion qui rappelait à ceux qui connaissaient l'histoire certains meetings fascistes, enfouis dans un passé si lointain qu'il paraissait oublié. La musique, les chants, l'ambiance, tout y était.

C'eût été parfait si, la fête achevée, des groupuscules d'extrême gauche n'avaient attendu sur la route du retour les militants LFD chauffés à blanc par leur présidente et les litres de bière absorbés. Un véritable guet-apens avait mis face à face les plus extrémistes des deux camps dans une nuit de violence et laissé à terre des dizaines de blessés à coups de barre de fer et de jet de bouteille. L'un d'eux, jeune dirigeant d'un groupe identitaire spécialisé dans les expéditions punitives, gisait entre la vie et la mort sur un lit d'hôpital marseillais.

Charlotte Despenoux, qui avait dû être exfiltrée par hélicoptère jusqu'à Marignane, fustigea ces violences dès sa descente d'avion. Faisant mine d'oublier qu'il fallait être au moins deux pour s'entretuer, elle dénonça « les nervis de gauche qui ont blessé à mort l'un de nos compagnons » et appela les Français à se rassembler autour des candidats de son parti pour mettre hors d'état de nuire ceux qu'elle qualifiait d'anti-France. « Ceux, avait-elle conclu, dans une envolée incontrôlée, qui ont lâchement assassiné Antoinette Bourdelle et qui, si nous n'y prenons garde, s'en prendront à vous, à moi, à tous ceux qui défendent nos valeurs. »

Dans la voiture, elle coupa d'un geste rageur l'écran qui diffusait les images de la nuit pour téléphoner à la gouvernante et s'assurer qu'Alexandre ignorait tout de ce qui venait de se passer. L'enfant n'avait évidemment rien vu puisqu'il s'était couché bien avant que ne commencent les incidents, mais Charlotte n'en fut pas moins saisie d'une violente colère intérieure. Pas question que son fils vive dans un pays où l'ordre pourrait être ainsi bafoué. Et cette nuit-là elle se fit le serment d'éliminer tous ceux qui l'empêcheraient d'accomplir son destin. Pour elle, pour Alexandre, pour les Français.

Un coup de téléphone de Mazaudet la sortit de la demi-somnolence dans laquelle elle avait glissé. Il était plus de 4 heures du matin et le ministre de la Police n'avait pas quitté la salle de crise installée place Beauvau pour gérer les violences de la nuit. La présidente l'accueillit froidement.

— Une fois de plus, ta police n'a pas été brillante. Tu aurais quand même pu m'éviter ce foutoir.

Mazaudet se garda de répondre, comprenant que Charlotte n'en avait pas fini.

— Mais bon, j'ai retourné la situation. Le camarade blessé, tu le connais ?

— Non, je sais qu'il fait partie d'une fraction du LFD qui nous emmerde. Trop violent. Il faudra se méfier d'eux et d'un certain nombre de tes pseudo-compagnons qui à la direction du parti agitent ces groupes en sous-main. Fais attention, Charlotte, tu n'as pas que des amis de la Police.

— Tu crois que je ne le sais pas ? Pourquoi penses-tu que je tiens tant à ma garde personnelle ?

— Ah oui, ta garde prétorienne, répondit en grognant Mazaudet.

— Bon, enfin, ça n'est pas le sujet. Ce que je voulais te dire c'est que ce blessé parmi les nôtres tombe à pic. On va en faire un martyr, victime de ces groupes d'opposition et de leurs bras armés gauchistes. Tu as entendu ? J'ai déjà commencé.

— Oui. Mais ça n'est pas pour cela que je t'appelle. J'ai une bonne nouvelle, Maestracci a identifié le petit groupe gauchiste auquel appartient sans doute l'assassin d'Antoinette. Ils ont fait suffisamment de conneries pour qu'un juge les mette en examen et les envoie en détention provisoire. Marianne m'assure que ça suffira pour isoler le ou les coupables, c'est l'affaire de quelques jours.

— Finalement, la journée n'a pas été si mauvaise, se contenta de répondre la présidente en raccrochant.

Le petit groupe en question était composé d'une cinquantaine de jeunes gens adhérents à l'UNEF, à l'ex-Parti socialiste et à la mouvance écologiste.

C'est d'ailleurs un ancien dirigeant du PS, trotskiste dans une autre vie, qui était à l'origine de ce groupe et de nombreux autres disséminés en France. Chacun fonctionnait sans savoir ce que faisaient les autres, mais tous étaient aguerris aux opérations violentes qui avaient créé suffisamment de désordre pour interdire à Despenoux et Mazaudet de se présenter en garants de l'ordre rétabli. Le ministre de la Police avait dit vrai. Une dizaine de ces militants devaient être mis en examen dans la journée.

Celui qui semblait être le leader n'avait pas vingt ans. Brillant, Gilles B. était en deuxième année de médecine, mais il n'avait guère mis les pieds à la fac depuis la rentrée 2025, respirant plus fréquemment les odeurs de lacrymogène que celles des labos. Dans une famille d'enseignants, militants de gauche, il avait été longtemps plus rêveur qu'activiste. Plus vert que les Verts, il préférait la marche en forêt et les abeilles butinant la rosée du matin aux manifestations citadines. Dans la maison de campagne de ses parents, il avait assisté à l'autodestruction des hiérarques du PS. « Très peu pour moi », s'était dit Gilles un soir où les disputes avaient pris un tour plus aigre que d'habitude. Jusqu'à ce mois de mai 2025 où s'était produit l'impensable. Pour le jeune homme et nombre de ses camarades, le fascisme n'était jusqu'alors qu'un concept abstrait relevant d'une histoire si ancienne qu'elle en était devenue aussi ennuyeuse que l'étaient ses arrières grands-parents racontant leurs guerres. Et puis voilà que l'État policier s'était invité à leur table, au point que les parents de Gilles avaient pensé quitter la France. Mais pour aller où ? L'air européen n'était guère plus serein, et l'Angleterre comme l'Amérique se débattaient dans leurs contradictions. Quitte à se battre et à refuser l'inacceptable, autant regarder la bête dans les yeux. Dans la famille B., ce fut le plus doux, celui qui n'avait jamais voulu faire comme ses parents et battre le pavé parisien, qui le premier refusa de se laisser bercer d'illusions. Un an plus tard, ils étaient des milliers à avoir pris les chemins escarpés d'une semi-clandestinité. Et c'était lui qui se retrouvait ce matin d'hiver dans les bureaux du 36, rue du Bastion.

Marianne avait la mine fatiguée de ses équipes qui payaient au prix fort quinze jours de nuits sans sommeil. La patronne de la Crim' était sûre de son coup, la Twingo noire qui avait pris la fuite était bien la voiture du jeune homme. Les caméras de surveillance avaient permis de relever les mêmes rayures sur le pare-chocs arrière et un éclat identique en haut à droite du pare-brise. Comme beaucoup de ses camarades, Gilles était depuis longtemps fiché, déjà interpellé à plusieurs reprises et auteur de nombreuses menaces à l'encontre de la haut-commissaire.

La pièce dans laquelle Maestracci interrogeait le jeune homme était lumineuse. Rien à voir avec les salles d'interrogatoire crasseuses du quai des Orfèvres. Gilles était beau, il avait un visage d'ange, la voix douce et sereine et la policière habituée aux malfrats arrogants et souvent menaçants eut tout à coup un sentiment d'irréalité. Elle ne doutait pas de la culpabilité du garçon mais ne pouvait s'empêcher d'éprouver une forme de tendresse pour ce jeune homme qui aurait pu être son jeune frère.

L'étudiant ne lui avait pas rendu la tâche facile. Loin d'avouer, il avait affirmé que sa voiture avait été volée la veille de l'attentat. Mais, sans alibi pour le jour même, sa défense était d'autant plus faible qu'il avait reconnu avoir activement participé à d'autres opérations commando.

L'explosion de la rue Marbeuf, c'était lui et deux de ses camarades ! Huit mois après la conférence de l'ancien préfet qui avait soutenu, contraint, la thèse de l'accident, Maestracci tenait enfin la vérité sur cette affaire. En d'autres temps, la manipulation aurait provoqué la démission du ministre de la Police, mais, avec Despenoux au pouvoir et une presse qui ne posait plus guère de questions, l'affaire fut vite oubliée.

Malgré ces dénégations, Gilles B. avait été mis en examen pour homicide volontaire et son nom jeté en pâture aux journalistes trop contents de raconter l'histoire de ce jeune homme bien sous tous rapports, fils d'universitaires et converti au terrorisme ordinaire. L'étudiant allait passer des années en prison pour un crime qu'il niait avoir commis. Mais qu'importe, sa photo était partout, à la une des quotidiens, en ouverture des journaux télévisés, et les radios multipliaient les enquêtes sur ces réseaux protéiformes qui s'étaient constitués un peu partout dans le pays.

Ce fut le Premier ministre lui-même qui fit la conférence de presse pour annoncer l'arrestation du meurtrier d'Antoinette Bourdelle et pour assurer que désormais le combat contre les saboteurs de l'ombre ne s'achèverait que lorsque tous seraient mis hors d'état de nuire.

Le Premier ministre avait dit vrai. Dès le lendemain de son intervention, des centaines de gendarmes quadrillaient le territoire pour interpeller à l'aube tous ceux qui avaient déjà eu maille à partir avec la police. Certains avaient été placés en résidence surveillée, mais la plupart avaient rejoint ceux qui croupissaient déjà en prison sans avoir été jugés. Les murs de la Santé avaient souvent hébergé des politiques condamnés pour des malversations de droit commun, pourtant c'était la première fois depuis les années noires du siècle d'avant que les prisons françaises se muaient en prisons politiques.

Il restait deux Conseils des ministres avant le rendez-vous électoral décisif de la fin février. Georges Malingaud était de plus en plus nerveux. Après avoir salué pour la forme l'arrestation de Gilles B., qui lui retirait l'argument de l'impuissance gouvernementale, il prit vivement à partie en pleine réunion ministérielle Durand-Corbel et Mazaudet, dénonçant une répression aveugle qui visait exclusivement des hommes et des femmes qu'il avait souvent côtoyés dans le passé.

— Vous piétinez sans scrupule les lois de la République, votre justice n'est pas la mienne, vous refermez les portes de vos prisons sur des militants qui se battent pour leurs droits et leur liberté. Vous vous apprêtez à étrangler les syndicats qui ne sont pas à votre botte, vous matraquez et étouffez sous vos gaz ceux qui assistent à mes meetings, mais jusqu'où voulez-vous aller ?

Charlotte Despenoux, livide, s'était efforcée d'encaisser la charge sans broncher. Fixant Malingaud elle se contenta de lâcher :

— J'ai bien entendu le procès que vous venez de nous faire. Eh bien, comme dans une cour d'assises, c'est le peuple qui tranchera.

Le soir même, Georges Malingaud était à Strasbourg. Celui qui était encore vice-Premier ministre avait réuni ses troupes dans un restaurant installé au cœur de la Petite France. Les canaux étaient déserts. Trop froid pour y flâner. En revanche, la salle de la taverne qui avait été aménagée pour la soirée était surchauffée. Et pas seulement parce que la température devait avoisiner les trente degrés. Malingaud avait choisi Strasbourg pour dénoncer l'incohérence de la politique européenne du gouvernement. « Un pied dedans, un pied dehors, on ne peut que se casser la figure. » Mais plus encore, c'était la politique anti-immigrés du pouvoir qu'il était venu dénoncer dans la capitale alsacienne.

« Cette France rabougrie, repliée sur elle-même n'est pas la nôtre. On prétend protéger les Français, en réalité on installe un racisme d'État », avait conclu Malingaud dans une envolée préparée et conçue pour être rediffusée sans arrêt par les chaînes d'info. L'effet était garanti mais les conséquences furent imprévues ! Nombre des anciens amis du leader d'extrême gauche avaient ironisé sur la conversion tardive de Malingaud. « Voilà que le vice-Premier ministre a trouvé son chemin de Damas, avait cruellement répliqué Barriol, mais la route du repentir va être longue. Nous n'oublierons pas de sitôt que c'est lui qui a trahi nos électeurs en collaborant avec l'infréquentable. La répression policière, il peut aujourd'hui la dénoncer, toutefois il a laissé faire depuis près d'un an. La répression syndicale, il était au Conseil des ministres quand Antoinette Bourdelle a fait approuver les textes, même chose pour les lois anti-immigrés et la mise en coupe réglée de la presse. » Et de conclure méchamment : « Malingaud finira dans les poubelles de l'histoire. Kerenski de Despenoux, il aura tout juste servi de marchepied à ce gouvernement qui n'a plus besoin de lui pour installer un pouvoir sans partage. »

À quelques jours de l'élection, l'attaque était restée sans réponse. Malingaud, qui alternait depuis toujours coups de gueule et coups de blues, avait jeté l'éponge. Loin de provoquer une révolte populaire et libératrice, ses diatribes à contretemps étaient tombées dans une indifférence générale. Abandonnant la campagne et ses amis il était parti sans laisser d'adresse. Certains le disaient en Amérique latine, d'autres en Russie. Il était tout simplement chez lui, humant les odeurs familières du Gers qui savait si bien protéger ses enfants des intrus. Et c'est dans sa maison enveloppée par un épais brouillard d'hiver qu'il découvrit à 20 heures, comme tous les Français, le résultat des élections. Un désastre pour lui et son parti, un triomphe pour Despenoux. À elle seule, La France D'abord remportait 80 % des sièges. La première année du quinquennat avait déjà vidé les caisses, mais qu'importe les Français étaient repus et la proportionnelle avait fait le reste. La coalition était morte ce soir-là, enterrée sans fleurs ni couronnes. À peine surpris, Malingaud regardait défiler sur le petit écran installé dans sa cuisine les visages de ses tueurs, les Durand-Corbel, Mazaudet, Albert Tissier, Richard Bidard et tous les autres, ses voisins de Conseil des ministres pendant neuf mois. Ils exhalaient leur arrogance. Non seulement Georges Malingaud avait perdu la partie, mais il avait perdu la France.

Il lui restait une demi-bouteille de whisky qu'il but à même le goulot avant de passer par la salle de bains prendre sa boîte de cachets. À 22 heures, Georges Malingaud était parti se coucher sans allumer la lumière de sa chambre.

C'est la femme de ménage qui le trouva le lendemain encore habillé sur son lit. Elle ne mit pas longtemps à comprendre. Fait inhabituel, les rideaux n'étaient pas tirés et le soleil levant inondait la pièce alors que Malingaud semblait dormir d'un sommeil profond. La jeune femme s'approcha sans le toucher et appela les gendarmes.

— Je suis chez Georges Malingaud, je crois qu'il est mort.

— Il est où ?

— Sur son lit, il est tout habillé et il n'a pas bougé depuis que je suis arrivée.

Les gendarmes avaient prévenu le médecin. Pas de doute, Malingaud était mort. Et depuis plusieurs heures. La boîte de cachets était vide et la bouteille de whisky toujours abandonnée sur la table de la cuisine.

Accident ? Suicide ? Les gendarmes n'avaient pas droit à l'erreur. Au téléphone avec le ministre de la Police ils refusèrent de choisir dans l'attente des résultats de l'autopsie. Sur Twitter, le verdict était déjà tombé ! La quantité de whisky absorbée, le nombre de cachets avalés, tout était décrit en détail. Il y avait même sur Facebook la photo de Malingaud allongé sur son lit. Et les réseaux sociaux avaient tranché, c'était un suicide.

Plus prudent et plus sérieux, le médecin légiste avait mis plusieurs heures avant de signer son rapport, mais il était arrivé à la même conclusion, Malingaud avait mis fin à ses jours.

Le leader de l'extrême gauche, tour à tour craint et moqué, violent et généreux, passionné et passionnant, était parti sans un mot, noyant dans une dernière bouteille ses regrets et ses remords. À force de se vouloir à gauche, Malingaud avait tué la gauche et fini dans les bras de l'extrême droite. Ses amis, surtout les anciens, les plus nombreux, pleuraient sur toutes les chaînes une belle âme que certains disaient fourvoyée, d'autre dévoyée. Et tous regrettaient sa fin solitaire et désespérée. Barriol lui-même, l'opposant de l'intérieur après avoir été le compagnon le plus proche, réclama des obsèques nationales, bientôt suivi par tous les camarades des combats anciens. Charlotte s'était posé la question, son vice-Premier ministre avait une place à part dans son panthéon politique. Son suicide l'avait troublée, elle y voyait la preuve que la politique peut tuer plus sûrement qu'un revolver. Mais l'opinion qui venait de plébisciter la présidente n'aurait pas compris, Charlotte se contenta d'un communiqué. Malingaud fut enterré à l'ancienne, au Père-Lachaise, couvert de fleurs mais sans un mot officiel, charge à Barriol de pleurer sur sa tombe.

18.

Quelques jours plus tard, l'Assemblée nationale nouvellement élue votait à main levée la confiance au troisième gouvernement Durand-Corbel, monocolore et qui n'affichait plus son pluralisme que dans la palette des bruns. À la liste des ministres LFD qui accompagnaient Despenoux depuis son élection s'étaient joints quelques hommes de droite convaincus par Mazaudet d'abandonner le rêve insensé de reconquérir le pouvoir aux côtés de Lassry ou de Berlau, et une bonne dizaine de nouveaux venus compagnons de route de l'ultradroite identitaire. Alliés aux partis extrémistes européens, ceux-là faisaient depuis longtemps campagne avec leurs frères allemands, hollandais et autrichiens pour repeindre en blanc l'Europe débarrassée de tous ceux qui ne trouvaient pas dans les racines chrétiennes de l'Occident la source de leur appartenance.

Patrice Gorge qui n'avait jamais caché son admiration pour l'Allemagne du IIIe Reich était le plus connu de ces militants tenus jusqu'alors soigneusement écartés par Charlotte. Fidèles au grand-père de la présidente, ils avaient déjà été mis à l'ombre par l'oncle Catalan lorsqu'il s'était agi de ripoliner le parti. Mais le pouvoir désormais sans partage de l'extrême droite les avait autorisés à s'afficher sans retenue. À l'aube de cet an II du quinquennat, les masques étaient tombés. Patrice Gorge qui avait discrètement animé les campagnes de plusieurs caciques du parti avait exigé de la présidente sa part du gâteau. Le succès avait aiguisé les appétits contradictoires des frères ennemis qui cohabitaient au Chalet. Depuis son élection, Charlotte épaulée par son fidèle Mazaudet et les modérés du mouvement avait habilement joué de l'alliance avec l'extrême gauche pour tenir à l'écart les boutefeux qui, autour de Gorge, promettaient de redonner à la France un cœur pur, vierge de tout sang mêlé. Mais à force de jouer avec le feu, elle avait perdu ses contrepoisons et à contrecœur dut donner au leader identitaire le poste de vice-Premier ministre occupé il y avait peu encore par Malingaud. En cette fin mars 2026, au mépris du calendrier annonçant le début du printemps, la France allait plonger brutalement dans un hiver glacial.

Pour donner des gages aux plus extrémistes et assurer sa tranquillité politique, la présidente avait décidé de créer un ministère des Religions proposé d'abord à Mazaudet, qui s'était empressé de refuser. Les flics, le maintien de l'ordre et la sécurité l'occupaient vingt-quatre heures sur vingt-quatre, à d'autres de prendre leur part du sale boulot. Durand-Corbel, qui n'avait pas l'intention de se salir les mains dans ce dossier hautement inflammable, suggéra à Despenoux de confier le portefeuille à

Gorge. Avec un titre, mais sans attributions, le vice-Premier ministre devenait naturellement l'homme de la situation.

Plusieurs fois condamné pour des écrits racistes, il avait publié deux ans auparavant une enquête sur l'infiltration des organisations musulmanes les plus radicales dans les mosquées françaises et attaqué violemment le gouvernement de l'époque accusé de laxisme devant la montée de l'extrémisme islamiste. Les imams prêchant un islamisme de combat étaient nommément désignés et l'exécutif sommé de les expulser sans délai. Ce fut le cas pour une dizaine d'entre eux, mais les excès oratoires de Gorge, les amalgames diffamatoires que comportait sa liste s'étaient retournés contre lui, au point que les dirigeants LFD en quête de respectabilité avaient dû le désavouer. Désormais, ministre des Religions, il tenait sa revanche et les imams au bout de son fusil.

Plusieurs lois baptisées depuis « lois antimusulmanes » avaient été votées dans la foulée. Non sans difficulté. Avant d'être adoptées au Parlement elles avaient été l'occasion d'une empoignade qui n'avait rien de feutré entre Charlotte et Gorge, la première craignant qu'une politique trop ouvertement discriminatoire et raciste déchire le pays qu'elle avait réussi à rassembler dans sa grande majorité, le second affirmant que lui et ses amis n'étaient pas là pour faire de la figuration mais pour tenir la promesse faite de rendre la France aux Français. D'un côté Durand-Corbel, Mazaudet, Bidard et les ministres de la première heure, de l'autre les extrémistes de l'extrême droite qui entendaient pousser leurs pions en déplaçant la guerre habituellement réservée au huis clos du Chalet dans l'enceinte élyséenne. Ce jour-là, la présidente obtint que Gorge adoucisse les textes, mais autour de la table du Conseil chacun avait bien compris que le loup était entré dans la bergerie gouvernementale.

Le débat avait d'ailleurs connu son immédiate réplique au Palais-Bourbon puisqu'une partie des députés LFD avait ostensiblement boudé les séances tandis que restaient seuls à leurs bancs ceux venus exhaler leur haine des Arabes et applaudir Gorge qui, à la tribune, avait dicté les règles destinées à devenir le droit commun des musulmans en France.

> « Les Arabes, leurs rites et leur confession ne sont pas les bienvenus chez nous, s'exclama-t-il dès le début de son discours avec une brutalité inouïe, nous les respectons, les aimons même, pour leur culture et leur histoire, mais chez eux. La France est prête à s'associer au développement des pays arabes, mais elle dit à tous ceux qui vivent sur notre sol, à ceux qui ont notre nationalité : votre devoir est de vous assimiler et d'accepter nos modes de vie en abandonnant les vôtres. Si vous êtes français, vivez comme des Français. Désormais il sera interdit sous peine de prison de porter un vêtement indiquant votre religion. Les entreprises qui l'accepteraient seront passibles de lourdes amendes. Ni burqa, ni voile, ni même foulard. J'en appelle au civisme de chaque citoyen, si vous constatez qu'un musulman

ou une musulmane est en infraction avec ces lois signalez-le. J'ajoute que le culte de la religion musulmane n'est pas interdit, mais trop de mosquées financées par des ennemis de la France ne sont que des repaires de terroristes qui veulent détruire les fondements millénaires de notre pays. Les imams qui enseignent et pratiquent un islam intégriste seront expulsés et leur lieu de culte fermé. La liste que j'avais moi-même établie sera réactualisée. Sur les deux mille trois cents mosquées, plus de la moitié devront être fermées. »

Et Gorge conclut avec une dernière saillie en forme de provocation :

— Je ne doute pas que nos amis musulmans comprennent que ces mesures sont prises dans leur intérêt, pour éviter qu'ils soient victimes de la colère légitime du peuple.

Pour la forme, les rares députés d'opposition se levèrent en assurant que le fascisme ne passerait pas, mais le nouvel homme fort du gouvernement n'en avait que faire, pas plus qu'il ne fut troublé par l'abstention d'une partie de la majorité LFD.

L'Élysée était volontairement resté en retrait pendant le débat, d'autant plus discret que le ministre de la Police avait prévenu Charlotte, l'apathie apparente des banlieues ne résisterait pas aux premières expulsions. Pour éviter les incidents, des milliers de gendarmes avaient été déployés partout où les Frères musulmans avaient essaimé. Mauvais calcul ! Commencées dans la nuit du 13 au 14 juillet 2026 par des attaques coordonnées contre les forces de l'ordre assurant la protection des bals populaires, les émeutes avaient pris en quelques jours un tour insurrectionnel. Des nuits de feu et de sang, des centaines de blessés, victimes d'une guerre de rues où les balles réelles s'étaient substituées aux balles en caoutchouc et aux cocktails Molotov. Dans la nuit du 22 au 23 juillet, un car de gendarmes mobiles attaqué dans une rue d'Aubervilliers s'était embrasé sans que les pompiers puissent intervenir. Au petit matin les secours avaient découvert l'horreur : neuf corps calcinés et méconnaissables. L'insurrection était en passe de devenir guerre civile depuis que des milices armées de l'extrême droite multipliaient à leur tour les exactions et les «ratonnades» contre les familles musulmanes soupçonnées de protéger des activistes islamistes.

Place Beauvau, dans la salle de crise où siégeaient en permanence les ministres de la Police et de la Défense, les murs étaient tapissés d'écrans qui permettaient de suivre en temps réel ce qui se passait sur le terrain, et la présidente y avait pris ses quartiers. C'est du bureau de Mazaudet qu'elle lança un appel au cessez-le-feu.

Dans l'allocution diffusée à 13 heures, au lendemain de cette nuit assassine, Charlotte Despenoux se démarqua ostensiblement du vice-Premier ministre en adoptant un ton rassembleur loin des propos martiaux et guerriers de Gorge. Rappelant qu'elle était la présidente de tous les Français, elle eut même des mots apaisants pour les musulmans, tout en annonçant qu'elle venait de signer un décret autorisant un recours aux forces armées.

Filmée en plan serré, le regard fixe accroché au prompteur, Charlotte savait qu'elle marchait sur un fil en affichant sa différence avec les ultras du parti tout en adoptant un langage d'autorité. Annonçant que « les forces armées seraient partout où il y avait un risque de violence », elle conclut par cette adresse :

> « Français de France, je suis votre présidente. Vous m'avez élue pour redonner à notre pays une grandeur perdue et pour vous permettre de vivre de votre travail dans la sérénité et la sécurité. Ce qui vient de se passer chez nous montre à quel point nous avions raison de prendre des mesures destinées à extirper le mal qui gangrène notre pays. Je vous le confirme solennellement, nous continuerons d'expulser les imams coupables d'enseigner un dogme hostile à nos valeurs, de fermer les mosquées, bouillons de culture de l'islamisme radical, et nous mettrons hors d'état de nuire sans haine mais sans faiblesse tous les musulmans qui refusent de s'intégrer et d'abandonner des rites et des coutumes qui heurtent notre culture. »

L'après-midi, tandis qu'un cortège impressionnant de chars et d'engins blindés se déployait sur tout le territoire, Despenoux convoqua un Conseil des ministres extraordinaire avec à l'ordre du jour l'adoption du projet préparé par le ministre de l'Identité française. Le texte rédigé par Cédric Masson tenait en une ligne : « La France décrète l'immigration zéro. » Un corps de plusieurs milliers de policiers avait été spécialement créé avec mission d'identifier et d'arrêter les clandestins dont les conditions d'hébergement s'étaient encore dégradées dans l'indifférence de la population qui détournait les yeux.

L'été 2026 ne ressemblait déjà plus à l'été précédent. Dans ce climat, au creux de la moiteur aoûtienne, deux ou trois journaux avaient tenté de faire entendre une voix qui ne chantait pas à l'unisson du chœur présidentiel. Des journalistes avaient pénétré clandestinement sur l'aéroport du Bourget et publié des reportages sur le pont aérien qui faisait décoller chaque jour plusieurs dizaines d'avions où s'entassaient les migrants reconduits dans leur pays. Le ministre de la Police et celui de l'Information n'attendaient qu'une occasion, ils venaient de la trouver. Accusés de violation du secret-défense, plusieurs de ces journalistes avaient été arrêtés chez eux, et Mazaudet avait pris prétexte d'une visite à un casernement de gendarmes mobiles pour dénoncer devant les micros qui se tendaient « une minable opération de presse qui abusait de sa liberté pour porter atteinte à l'ordre public ».

Deux grands reporteurs de *L'Univers* étaient parmi les gardés à vue. Pour le patron du journal, la coupe des abus de pouvoir était pleine depuis longtemps, Mazaudet venait de la faire déborder. Philippe Morel sortait d'une année éprouvante. Le directeur du grand quotidien avait dû faire face aux interventions de plus en plus agressives du gouvernement et de la présidente elle-même, qui l'avait menacé à plusieurs reprises de lui couper ses subventions. Morel, qui ne s'était jamais remis complètement du départ forcé de Blanche Dubois, avait tenté depuis l'arrivée de Despenoux de protéger le journal des coups de boutoir violents et répétés du ministère de l'Information. Mais, depuis l'élection de la nouvelle Assemblée et l'entrée au gouvernement de Patrice Gorge et de ses amis, il savait que le combat était perdu. Combien de temps pourrait-il encore tenir ? À plusieurs reprises, il avait songé à mettre la clé sous la porte pour rejoindre Blanche ou d'autres confrères partis travailler à l'étranger, mais jusqu'alors il y avait finalement renoncé. *L'Univers*, c'était sa vie et le symbole d'une presse libre qui jusqu'en 2025 avait tenu bon face aux pressions des pouvoirs successifs qui s'agaçaient de son indépendance. Avec Despenoux, dès le début, ce fut autre chose. Ça n'était plus seulement des interventions pressantes, mais des menaces et des manœuvres d'intimidation qui visaient directement les collaborateurs du journal.

Comme chaque année, Morel avait passé la dernière semaine de ce mois d'août 2026 au large de la Corse, hébergé sur le bateau d'un couple de journalistes américains. Ce jour-là il était en mer, à quelques encablures de Porto-Vecchio quand son adjoint resté à Paris l'appela pour l'informer que deux rédacteurs du journal avaient été arrêtés et que le ministre de l'Information voulait le voir le soir même rue de Grenelle. Le « patron » n'attendit pas de rentrer à Paris pour appeler Bidard qu'il avait connu autrefois quand ensemble ils s'étaient battus pour faire libérer deux photographes arrêtés à Pékin. Les coups de gueule de Morel étaient célèbres dans la profession, mais celui dont il gratifia le ministre, alors que celui-ci s'apprêtait à monter dans sa voiture pour aller déjeuner place Beauvau où l'attendait Mazaudet, resterait dans les annales.

— Tu n'es qu'un sombre connard, une véritable ordure. Ça durera ce que ça durera mais, je te le promets, tu le paieras un jour.

Bidard, saisi un instant par les insultes de Morel au point qu'il avait dû éloigner son téléphone pour réduire l'impact sonore du tombereau d'injures qui lui tombait dessus, répliqua vite sur le même ton :

— Méfie-toi, tu parles à un ministre, je pourrais te faire arrêter toi aussi.

— Essaie donc salopard, hurla le directeur de *L'Univers* en raccrochant.

Dans l'après-midi, il tenta de trouver un avion Figari-Paris. En vain. L'aéroport planté au milieu de nulle part avait du mal à digérer le rush de l'été et les vols étaient complets jusqu'aux premiers jours de septembre. Après des tentatives tout aussi infructueuses du côté de Bastia et d'Ajaccio, Morel décida de rentrer par le ferry jusqu'à Nice où il prit le dernier avion pour Paris. Bercé par le ronronnement des moteurs il s'endormit exténué au-dessus des Alpes et ne se réveilla qu'avec les secousses de la descente à l'approche d'Orly. En montant dans le taxi, le journaliste savait que ça n'était pas tant cette rocambolesque journée qui l'avait épuisé que la violence de l'échange avec Bidard. Sachant de quoi était capable son ancien confrère, il était persuadé que ça ne resterait pas sans suite. Conscient cette fois que c'était fini, sa décision était déjà prise quand il entendit dans la voiture le ministre annoncer avec une gourmandise satisfaite que le gouvernement avait décidé de supprimer les aides accordées à la presse. *L'Univers,* pas plus que ses confrères, ne pouvait survivre à un tel étranglement. Certains tenteraient sans doute de trouver quelques arrangements, Morel, lui, avait déjà choisi de saborder le journal. Il l'annonça le lendemain matin dans un ultime éditorial.

À nos lecteurs,

Je vous dois la vérité. Depuis toujours, le journal s'est battu pour protéger sa liberté d'enquêter et dire la réalité du pays. Non sans difficulté, mais nous avons toujours fait face. Avec les décisions du gouvernement et les pressions de plus en plus menaçantes d'un pouvoir qui n'a de cesse de réduire au silence ceux qui osent encore dénoncer ses abus, la situation est aujourd'hui intenable. La première année de la présidence Despenoux fut compliquée, mais résister dans l'honneur et la dignité nous semblait possible. Manifestement c'en est encore trop pour ceux qui n'ont d'autres objectifs que de faire taire définitivement les oppositions. Aujourd'hui ils s'attaquent à la presse en lui coupant les vivres, demain ce sera au tour des partis, des syndicats et des associations. En un an et demi, Charlotte Despenoux a tué ce que nous avions de plus précieux en commun : la démocratie. Reste un État omniprésent qui fait usage à tous propos et hors de propos de la force policière ou militaire. Les mesures sociales et économiques annoncées après l'élection ont abusé un peuple qui n'en pouvait plus des palinodies des partis traditionnels, mais aujourd'hui la France ouvre les yeux et Despenoux ne peut plus espérer tenir que par l'intimidation et la terreur. Continuer de paraître, ce serait cautionner par notre seule existence les agissements du régime. Notre devoir est désormais d'y résister et de rejoindre tous ceux qui se battent dans l'ombre pour que la France vive à l'air libre, débarrassée des oripeaux fascistes qui la défigurent aujourd'hui au point de la rendre méconnaissable. Quant à moi, j'ai choisi de rallier les rangs des dizaines de milliers d'hommes et de femmes qui ont préféré la clandestinité à la soumission. Avec une conviction : la bataille sera longue mais forcément victorieuse.

Morel avait raison. L'étouffement de la presse et la mise au pas des médias n'avaient précédé que de quelques semaines la mise à mort définitive des partis politiques. Les anciennes formations des ex-présidents Berlau et Lassry ne comptaient plus que quelques centaines d'adhérents mais leur semblant d'existence faisait encore croire à un simulacre de pluralisme. Au creux de l'hiver 2027, Charlotte Despenoux trouvait désormais inutile de laisser perdurer ces faux-semblants. La suppression des aides les avait définitivement achevés, ne laissant d'autre choix aux derniers militants que de se dissoudre dans la résignation ou se reconstituer dans la clandestinité.

Officiellement le parti de la présidente n'était pas mieux loti, mais La France D'abord avait depuis longtemps tissé une toile d'araignée enserrant dans ses fils les millions de donateurs qui, par conviction quelquefois, et par intérêt toujours, avaient choisi le camp du pouvoir. Deux ans après la présidentielle, la France vivait désormais sous le régime du parti unique. D'autant plus puissant qu'il palliait les carences de l'État. Et permettait à ses soutiens de bénéficier des meilleures écoles, des meilleures formations et les assurait en toutes circonstances de la stabilité de l'emploi. À l'été 2027, terreur et prébendes dominaient dans une France décomposée où la tyrannie des uns engendrait la révolte des autres. Donnant au monde l'image d'un pays en pleine dérive totalitaire.

À plusieurs reprises déjà, l'ONU, par la voix du haut-commissariat aux droits de l'homme s'était ému de ces embardées qui avaient fait du pays de Voltaire le mouton noir de la démocratie, mais, jusqu'alors, Maxime Charbonnau s'était abstenu de monter personnellement au créneau. L'ancien Premier ministre de François Berlau, contraint à la démission en 2020, avait été nommé à Genève un an avant l'élection de Despenoux. À l'approche de 2025, le successeur du président déchu, Pierre Lassry, avait cru habile de favoriser un proche de celui-ci pour s'attirer les sympathies de ses partisans. La manœuvre s'avéra vaine pour le chef de file de la droite républicaine, mais une excellente opération pour Charbonnau !

Installé sur les rives du lac Léman pour cinq ans, Maxime avait choisi d'emménager à quelques rues du quai Wilson où siège le haut-commissariat, dans une grande bâtisse Art déco – curieusement baptisée le Refuge – plantée au milieu d'un parc qui ressemblait étrangement au jardin de Matignon. Certains soirs, la ressemblance était d'autant plus troublante qu'on y croisait nombre de ceux qui tentaient de fuir l'espace de quelques jours ou de quelques semaines les effluves nauséabonds venus de Paris. Berlau y avait passé une bonne partie du printemps 2027 et croisé son successeur, Lassry, qui s'y était attardé au début de l'été. L'endroit était accueillant, et Jeanne, l'épouse de Charbonnau, avait aménagé une partie de la maison pour y recevoir ses hôtes de marque. Leur séjour était de durée variable. D'anciens chefs de parti ou syndicalistes, souvent accompagnés de jeunes gens étudiants ou militants, n'y passaient parfois que quelques heures, mais tous avaient le même objectif : détruire le régime de Despenoux.

Charbonnau encourageait les uns et tempérait les autres. Mister Hyde dans son jardin privé, il avait pris grand soin jusqu'à cette fin d'été 2027 de rester un Docteur Jekyll rigoureux et impartial dans son bureau de haut-commissaire, laissant à ses adjoints anglais et australiens le soin de dénoncer les dérapages du gouvernement français. Au grand dam de Blanche Dubois ! Voilà des mois que la journaliste pressait Charbonnau de sortir du silence qu'il s'était commodément imposé au nom d'un hypothétique devoir de réserve. Dès son installation à Genève, Blanche avait cherché en vain à rencontrer le haut-commissaire. Charbonnau avait mis longtemps à pardonner à l'ex-reporteure de *L'Univers* la publication de ses enquêtes dévastatrices sur la présidence Berlau. Avec l'élection de 2025, Blanche, devenue paria à Paris, s'était progressivement refait une virginité journalistique aux yeux de l'ancien Premier ministre en dévoilant notamment l'existence des camps d'internement en France. Invitée un soir du printemps 2027 au Refuge pour un dîner de réconciliation avec François Berlau, Blanche était depuis lors devenue une familière du couple. Jeanne appréciait d'autant plus la jeune femme qu'elle-même revendiquait une indépendance à laquelle elle n'avait jamais renoncé, même lorsque les portes de Matignon s'étaient lourdement refermées sur sa liberté. Femme de... ça n'était pas son truc, encore moins femme de Premier ministre. Et c'est elle qui finalement convainquit Maxime de sortir de son silence. Despenoux avait depuis longtemps dépassé les bornes de l'acceptable, pour Jeanne il était temps que son mari s'exprime enfin.

Grâce à elle, Blanche Dubois tenait enfin son scoop et elle ne fut pas déçue. Les mots étaient choisis, mais la charge violente. Charbonnau disait ne plus reconnaître son pays. Il accusait Despenoux de faire cousiner la France avec les dictatures asiatiques ou africaines les moins fréquentables. Cette fois le haut-commissaire parlait bel et bien au nom de l'ONU et cette condamnation publiée dans les colonnes du *Journal de Genève* fut immédiatement comprise comme celle de la communauté internationale.

La réplique française fut instantanée mais sans effet. Charlotte Despenoux exigea que le secrétaire général de l'ONU démente les propos du Français et le démette de ses fonctions. Ce que l'Assemblée générale refusa à une écrasante majorité.

La présidente française était désormais isolée et impuissante à faire taire les voix qui, hors des frontières, assuraient que les Français n'attendraient pas 2030 pour la bouter hors du palais.

19.

En cet automne 2027, le désordre s'était durablement installé en France. C'était le fait de clans et de groupes d'hommes et de femmes pas vraiment coordonnés mais qu'unissait une détermination identique à celle qui enflait sur les bords du lac Léman : en finir avec Despenoux. Et il ne se passait guère de nuits sans que l'écho d'une explosion se fasse entendre jusqu'aux portes de l'Élysée. La plupart du temps, il s'agissait d'attentats sans victimes, qui chaque jour ou presque rappelaient pourtant à Charlotte qu'il n'y avait plus que la police et l'armée pour lui donner l'illusion du pouvoir.

Enfermée dans son palais, la présidente recevait encore, mais ne sortait presque plus. Fini les escapades parisiennes entourée de ses partisans, fini les tournées en province, accueillie par des maires fidèles. Trop dangereux. Mazaudet avait prévenu le secrétaire général de l'Élysée : les remontées du terrain étaient exécrables. Même si les Français approuvaient la politique d'immigration zéro, même si la suppression des aides à la presse et des subventions aux partis ne les avaient guère émus, tant ils détestaient les journalistes et les politiques, la grogne n'avait cessé de s'amplifier depuis que des milliers d'associations subventionnées s'étaient vu couper les vivres. Le ministre de la Police avait pourtant alerté Charlotte.

— Quelques milliards, on peut le faire, lui avait-il dit, mais assécher la plupart de ces associations, tu n'y penses pas. Les banlieues en vivent et c'est elles qui assurent un semblant d'ordre. Ce serait une véritable déclaration de guerre.

— Pense ce que tu veux, lui avait alors rétorqué Charlotte, mais je suis sûre que lorsqu'on dira aux Français que ces subventions leur coûtent trente-quatre milliards, ils nous donneront raison.

Et elle passa outre au risque de voir à nouveau s'enflammer les cités.

Décidément, elle n'est plus à une connerie près, s'était dit Mazaudet en quittant l'Élysée, furieux contre lui-même, incapable qu'il avait été de la convaincre.

Le ministre de la Police venait de s'engouffrer dans l'avenue Montaigne lorsqu'il aperçut, attablés derrière les vitres d'un restaurant très prisé dans le quartier, Berlau et Lassry. Les deux paraissaient s'entendre comme larrons en foire. Le spectacle aurait dû le faire sourire tant il paraissait d'une autre époque, mais Mazaudet eut l'intuition qu'il n'y avait pas de quoi rire. Les deux anciens présidents, qui s'étaient croisés peu avant chez Charbonnau à Genève, étaient convenus de ce déjeuner depuis plusieurs semaines déjà. Le restaurant était autrefois fréquenté par les journalistes des radios installées dans ce très chic VIIIe arrondissement de

Paris et Lassry n'avait pu s'empêcher de souligner que l'endroit n'était pas très discret ! Mais Berlau lui avait fait valoir que depuis qu'Europe 1 et RTL avaient déménagé, plus aucune oreille indiscrète ne viendrait les déranger dans ce lieu désormais investi par les top models et les faiseurs de mode.

François avait passé l'été dans sa maison de Saint-Valéry, les pieds dans la baie de Somme, occupant la plupart de ses nuits à traquer les canards, enfermé dans une hutte de trois mètres sur trois. L'ancien président voyait beaucoup de monde mais parlait peu, persuadé qu'aucun de ses faits et gestes n'échappait à la police de Mazaudet. En entrant dans le restaurant, il avait la mine sombre et le visage fermé de ceux qui se savent suivis, tout le contraire de Lassry qui s'assit face à lui bronzé et détendu.

— Ne fais pas cette tête, dit en riant le prédécesseur de Despenoux. Ça n'est pas parce que tu fais la gueule que la France va se réveiller. Ça fait seulement deux ans et demi que Charlotte est au pouvoir et tu as vu dans quel état nous sommes. Les Français vont retourner leur veste, j'en suis sûr, c'est une question de mois. Et le pire aujourd'hui serait de répondre à la violence politique du régime par des attentats ou des sabotages. L'assassinat de Bourdelle par exemple a été une énorme erreur. Ce désordre-là renforce Despenoux et sa clique.

Berlau l'avait écouté sans broncher, se disant seulement que décidément Lassry était l'indécrottable chantre d'une droite molle, affichant l'optimisme calculé de ceux qui trouvent tous les prétextes pour ne pas s'engager. Mais, au fond, c'était de peu d'importance. François avait accepté de déjeuner avec Lassry, ça n'était pas pour se fâcher avec lui à l'heure du café, et il opta pour un ton amical, masquant du mieux qu'il pouvait son agacement.

— Pierre, je pense que tu te trompes. Si nous n'arrivons pas à nous organiser ensemble, à coordonner ces mouvements d'opposition et de résistance qui partent aujourd'hui dans tous les sens, alors tu as raison, Despenoux sera battue, virée même avant 2030 mais pas par nous. Crois-moi, ce ne sera ni à ton profit ni au mien.

— De qui alors ?

— De Gorge bien sûr. Tu ne vois pas que tout est fait pour que les admirateurs d'Hitler et de Mussolini, les adorateurs de Franco, bref les plus extrémistes des fascistes ramassent la mise. Charlotte sera sortie comme l'a été Malingaud. C'est Gorge qui alimente le désordre. Plus il mettra la France en miettes, plus il assurera être le seul à pouvoir les ramasser.

Lassry regardait autour de lui. Le restaurant grouillait d'un monde manifestement étranger et indifférent à leur présence. La France pleurait ses libertés perdues, mais ça n'empêchait pas le Paris du spectacle de continuer de faire la fête. Malgré tout, la conversation avec Berlau avait pris un tour qui n'incitait pas les deux hommes à rester plus longtemps, et c'est sur le trottoir qu'ils se promirent d'activer leurs réseaux et de constituer le moment venu un front commun. L'avenue Montaigne n'était guère plus sûre que le restaurant. De nombreux passants les avaient reconnus et lorsque l'un d'eux crut drôle de les saluer par un sonore « Tiens, des revenants ! », ils se séparèrent sans s'attarder.

Il était un peu plus de 15 heures et ni l'un ni l'autre ne pouvaient imaginer à cet instant qu'en cette fin d'après-midi d'apparence ordinaire tourneraient en boucle sur toutes les chaînes de télévision les images d'une voiture abandonnée dans un parking du XVIe.

20.

À l'heure où les deux anciens présidents sortaient du restaurant, le patron du Medef, le baron Édouard-Ernest Tablière, entrait dans le bureau de Charlotte Despenoux. Grand, bel homme, les yeux clairs sous des sourcils fournis, resté svelte à la soixantaine, il avait grande allure. Diplômé de Sciences Po et ancien élève de l'ENA, il était par sa mère l'héritier d'une famille de grands patrons français dont l'empire industriel datait de la fin du XIXe siècle. Sa puissance et son rang faisaient de lui le porte-drapeau du capitalisme français. Tablière l'assumait et ne s'en cachait pas plus sous le régime Despenoux que lorsque, vingt ans plus tôt, il affichait une opposition féroce au régime socialiste de l'époque. Tablière, qui parlait d'une voix sonore avec une pointe de préciosité dont ses imitateurs se jouaient à merveille, n'était pas homme à baisser les yeux : son éducation, son parcours, sa connaissance des milieux gouvernementaux, et surtout sa fortune lui donnaient une liberté de ton que l'élection de Despenoux et le populisme ambiant n'avaient pas fait taire. Jusqu'alors le baron et la présidente ne s'étaient rencontrés qu'une seule fois. La jeune femme l'avait invité quelques années auparavant à participer à une réunion de travail informelle sur la politique économique de La France D'abord alors que son oncle Sylvain Catalan régnait encore sur l'extrême droite française. Mais, prudent, Tablière s'était éclipsé discrètement : sa place n'était pas dans une manifestation qui ressemblait plus à un piège qu'à une journée de réflexion. Élégant malgré tout, il s'était dit prêt à discuter avec Charlotte à condition que cela reste discret. Apparemment, elle n'en avait pas éprouvé le besoin.

Trois ans plus tard, les choses étaient différentes. Elle était présidente et ne pouvait ignorer le patron des patrons alors que la France s'enfonçait dans la crise.

— Je sais que vous ne m'aimez pas beaucoup, lui dit-elle d'emblée en l'invitant à s'asseoir sur le canapé jaune qui faisait face au bureau. Nous ne sommes pas du même monde, mais nous sommes tous les deux français et nous avons tous les deux des responsabilités importantes.

— Vous, beaucoup plus que moi, rétorqua Tablière, plus agressif qu'aimable.

— Comment voyez-vous la situation ? reprit Despenoux, faisant mine de ne pas remarquer l'animosité de son interlocuteur.

— Pire que catastrophique, répondit-il du tac au tac.

Cela faisait des mois déjà que le patron du Medef mettait en garde le gouvernement contre une politique qu'il jugeait irresponsable et qu'il dénonçait avec mépris ce qu'il appelait les « hochets sociaux ». Des mois qu'il analysait les dérapages verbaux du ministre des Finances, Roland de Saint-Hubert, en pointant du doigt son inculture économique. Des mois qu'il dénonçait les déclarations vagues et creuses du jeune ministre de l'Économie, Jacques Vignal, qui n'avait jamais mis les pieds dans une entreprise. Bref, il n'allait pas se gêner avec Charlotte Despenoux qui aurait pu être sa fille !

— Catastrophique, répéta-t-il avec une violence qui sembla désarçonner un instant la présidente.

— Mais enfin, bredouilla Charlotte, les Français sont contents.

— Ils sont contents parce que ce sont des imbéciles, l'interrompit Tablière en aboyant presque. Ils ne voient pas plus loin que le bout de leur nez, comme Saint-Hubert et Vignal qui ne comprennent rien. Je vous le dis, madame la présidente, la retraite à soixante ans, l'augmentation délirante du SMIC, et toutes les mesures extravagantes que vous avez prises depuis le début de votre quinquennat ont fait du patronat français un patronat aux abois. Vous avez eu la peau des syndicats mais, croyez-moi, le corporatisme populiste que vous avez instauré est encore plus dangereux. Vous ne mesurez pas les conséquences de ce que vous avez fait.

— Je les mesure tout à fait et je m'en réjouis, répondit Charlotte, piquée au vif.

Le patron des patrons n'en continua pas moins, imperturbable :

— Vous vous en réjouissez parce que vous ne voyez pas venir la chute. La compétitivité de la France n'a jamais été brillante, mais aujourd'hui vous l'avez réduite à zéro. Que vous le vouliez ou non, la mondialisation existe. Sans nous, mais elle existe. Vous parlez, vous menacez, vous dénoncez Bruxelles, vous bombez le torse. En réalité ce sont les investisseurs que vous découragez. Ils partent ailleurs. En moins de trois ans vous avez fait de la France un désert. Autour de vous personne ne vous dit la vérité. Vous n'avez affaire qu'à des lâches et à des incompétents. Vous terrorisez tout le monde, mais moi vous ne me faites pas peur et je n'ai qu'une question à vous poser : combien de temps encore allez-vous défier la terre entière ?

À ces derniers mots, Charlotte s'était levée d'un bond.

— Je crois que nous n'avons plus rien à nous dire, articula-t-elle, menaçante.

Sans que Tablière y prenne garde, l'huissier que la présidente avait sonné était déjà devant lui.

— Si vous voulez me suivre, intima l'homme en livrée, sur un ton qui ne souffrait pas l'attente.

La rudesse de l'échange en aurait impressionné plus d'un, mais Tablière tenta de se rassurer en se disant qu'il était d'un monde dans lequel les présidents de la République ne sont que de passage tandis que les patrons ont une forme d'éternité devant eux.

Son chauffeur l'attendait, étonné de le voir sortir si vite du bureau présidentiel. Un quart d'heure à peine s'était écoulé depuis qu'il avait grimpé quatre à quatre les quinze marches du perron.

— Monsieur, lui demanda-t-il, tout va bien ?

Le patron des patrons réalisa seulement à ce moment-là qu'il devait avoir une sale gueule et qu'il y avait été sans doute un peu fort. On ne balance pas sans risque la vérité à la figure de Charlotte Despenoux. Il eut beau se dire qu'il n'en avait rien à faire, il ressentit à cet instant une forme de lassitude mêlée d'angoisse.

— À la maison, Antoine, dit-il en s'engouffrant dans la voiture.

Le gendarme en faction leva la barrière en le saluant. C'est la dernière fois que je viens ici, se dit Édouard-Ernest en lui rendant son salut.

À la sortie du palais, le chauffeur bifurqua à droite vers la rue de l'Élysée, remonta les Champs-Élysées jusqu'à l'avenue Foch et prit la contre-allée jusqu'au 34. C'est alors qu'il aperçut à vingt mètres du parking de l'immeuble un homme qui gisait face contre terre, son deux-roues couché à ses côtés. Antoine arrêta la voiture sans remarquer l'estafette garée à proximité. Il eut à peine le temps de voir le motard masqué se relever d'un bond que deux hommes armés sortis de la camionnette le firent violemment gicler de la voiture. Dans une sorte de brouillard, il distingua un troisième prendre sa place au volant et redémarrer en trombe tandis que les deux autres, assis à l'arrière de la voiture, immobilisaient son patron. La tête d'Antoine avait heurté le trottoir, il lui fallut quelques secondes pour se relever et une bonne trentaine supplémentaires pour comprendre qu'Édouard-Ernest Tablière venait d'être enlevé.

Le commissariat le plus proche n'était qu'à quelques dizaines de numéros. L'avenue Foch était déserte et, plutôt que d'appeler au secours des passants qui ne venaient pas, Antoine se traîna jusqu'à l'entrée du poste de police qui n'était autre que le bureau d'accueil de la fourrière ! Il y avait là deux flics plus habitués à gérer la mauvaise humeur de ceux dont la voiture venait d'être embarquée qu'à recueillir la plainte d'un homme ensanglanté et claudicant. Pour ces deux-là, la situation était si inhabituelle qu'ils avaient d'abord éconduit le chauffeur sans ménagement, ne voyant dans son état que le résultat d'un après-midi anormalement arrosé. Et c'est seulement lorsque ce dernier hurla devant la porte déjà verrouillée le nom de Tablière que l'un des gardiens appela le commissariat du XVIe.

Antoine attendait assis sur une chaise des années soixante dans le hall crasseux, utilisé comme sas de sécurité entre la rue et le bureau occupé par les deux flics. Furieux de se retrouver dans cet endroit peu avenant, le commissaire Martin lui fit comprendre sèchement qu'il espérait ne pas s'être dérangé pour rien.

— Qui êtes-vous ? interrogea-t-il en hurlant.

— Je suis le chauffeur de M. Tablière depuis plus de dix ans, dit-il, égrenant pour la troisième fois des noms et des mots : Élysée... Arc de triomphe... Foch... contre-allée... moto... homme allongé... des mots pas toujours compréhensibles mais suffisamment précis pour que le policier accepte enfin l'idée que le patron du Medef ait pu être enlevé. Antoine ne s'attendait pas à un ton aussi abrupt. C'étaient lui et son patron, les victimes. Et voilà qu'il était traité comme un assassin !

— Et merde, on n'avait pas besoin de ça, s'exclama le directeur de cabinet du préfet que le commissaire s'était résolu à appeler. Personne n'a rien vu ? Quelle tête il a ce chauffeur ? Après tout, c'est peut-être un mytho, à moins que ce ne soit lui qui ait fait le coup, en tous les cas gardez-le au frais, je préviens le préfet.

Revenu dans le bureau où Antoine attendait, encadré désormais par une bonne dizaine de gardiens, Martin reprit son interrogatoire en attendant le verdict des policiers qu'il avait dépêchés à l'endroit du rapt. Pour sa tranquillité, il espérait encore que tout cela n'était qu'une mauvaise blague et que Tablière allait réapparaître au bout de la contre-allée, mais il dut vite déchanter. Il ne fallut que quelques minutes aux premiers enquêteurs pour conclure qu'il s'agissait bien d'un enlèvement. Oui, on voyait nettement la marque des freins de la voiture, il y avait même une flaque d'huile provenant sans doute de la moto. Oui, il y avait des témoins, des propriétaires à leurs fenêtres, mais le rapt s'était passé si vite qu'ils n'avaient pu donner aucune indication utile. Retrouvée au premier sous-sol du parking, la voiture de Tablière avait été abandonnée au beau milieu de l'allée centrale, et des traces laissées par des semelles poussiéreuses avaient conduit les policiers jusqu'à la place 38. Un rouleau de sparadrap déchiré sur le siège arrière de la Peugeot confirmait que le baron avait bien été ficelé, garrotté et jeté sans ménagement dans une autre voiture. Pas d'empreintes sur le volant et nulle part ailleurs. Une affaire de pro. Il était temps de prévenir la famille. Et la Crim'.

21.

Le téléphone de Marianne sonnait dans le vide. La patronne était depuis la veille à Lyon où se tenait entre Rhône et Saône une réunion d'Interpol. En cette fin d'après-midi, Maestracci avait profité d'une pause pour parcourir quelques-uns des traboules les plus célèbres de la ville, ces passages qui d'un immeuble à l'autre permettaient depuis des temps très anciens à des combattants de l'ombre, les canuts au début du XIXe, les résistants au nazisme cent ans plus tard, de se battre contre l'ennemi du moment. Marianne imaginait l'héroïsme de ces anonymes, saluant intérieurement un courage qui lui faisait défaut depuis qu'elle avait accepté de travailler pour le régime de Despenoux. Maestracci était fière de son job, mais n'aimait pas ce qu'elle était devenue. À plusieurs reprises déjà, elle avait même imaginé démissionner. Son tempérament de flic et les arguments de Grosjean l'avaient emporté jusqu'à présent. Pour combien de temps ? s'était-elle demandé ce soir-là en descendant les escaliers secrets qui traversaient de part en part la vieille ville. Elle n'eut pas le temps de s'interroger plus longuement, encore moins de répondre à la question. La sonnerie de son téléphone mit fin brutalement à ses états d'âme et à ses envies d'ailleurs. Mazaudet éructait au bout du fil.

— Qu'est-ce que vous fabriquez, Maestracci ? Tablière vient d'être enlevé et on vous cherche partout. Où êtes-vous ?

— À Lyon, pour mon travail, monsieur le ministre.

— Oubliez Lyon et rentrez par le premier train, on a besoin de vous à Paris.

Mazaudet avait raccroché sans plus d'explications.

Trois heures plus tard, la commissaire Maestracci était dans le bureau de Grosjean qui jouxtait le sien au 36 de la rue du Bastion.

— Décidément, nous n'en sortirons pas. Comme si tout ce qui touche Charlotte Despenoux tournait forcément au drame, s'exclama Marianne en s'asseyant face à son numéro deux.

Pourquoi Tablière ? Il n'avait pas grand-chose à voir avec le pouvoir.

En écoutant sa patronne, Grosjean se remémora l'angoisse et les avertissements de Blanche Dubois : « Ce régime est condamné à la violence. Ces gens mentent aux Français. Lorsqu'ils l'apprendront... »

Ce n'était pas franchement le moment, mais Paul fut pris d'une bouffée de tendresse en pensant à Blanche. Leur séparation avait été violente en 2025, leurs retrouvailles dans le plus grand secret tout aussi passionnées. Blanche avait choisi de quitter la France pour exercer librement son métier, elle avait gagné au change : son quotidien le *Journal de Genève* était le plus recherché sur Internet et le plus lu en France. Un soir d'hiver 2027, Paul débarqua à Genève sans prévenir. Depuis sa rupture avec la journaliste, sa vie amoureuse était un désert, tout juste parsemé de quelques oasis sexuelles aussi passagères que clandestines. Beaucoup plus attaché à Blanche qu'il ne voulait se l'avouer, il n'avait cessé de suivre sa trace, la détestant lorsqu'il l'imaginait dans les bras d'un autre, l'aimant plus encore lorsqu'il fut certain que pas plus à Genève qu'à Paris ou en Corse elle n'avait fait de rencontre durable. Au téléphone, il eut le mea-culpa d'autant plus facile qu'il était sincère. Comme Marianne, lui aussi commençait à s'interroger sur ce que le régime de Despenoux avait fait d'eux. Blanche avait raison et il le lui dit avec suffisamment de conviction pour qu'elle accepte de le revoir. Va pour un dîner, s'était-elle dit, et peut-être plus si les affinités qu'ils s'étaient découvertes cinq ans auparavant avaient perduré malgré leur éloignement et des choix différents. C'était le cas. Blanche avait trouvé un appartement place du Bourg-de-Four, au cœur du vieux quartier, qu'un de ses confrères américains rappelé à Washington lui avait cédé. La cathédrale Saint-Pierre qui domine Genève et la Grand-Rue, qu'avait habitée Rousseau, n'avaient plus de secrets pour elle, pas plus que les nombreux restaurants qui, au détour d'étroites rues ou d'impasses, proposent aux touristes des plats chaleureux et roboratifs. C'est dans l'un de ces restaurants qu'ils avaient dîné avant que Blanche ne décide de l'emmener chez elle comme si les années de brouille étaient déjà effacées. À peine la porte refermée, Paul avait retrouvé les gestes de leur amour d'autrefois, tendres et passionnés. Blanche avait fait mine un instant de le repousser, protestant pour la forme, argumentant sans conviction mais les mots ne pouvaient dire le contraire de ce que son corps exprimait. Elle avait envie de Paul et aucune raison de se l'interdire. C'est elle qui l'entraîna dans la chambre voisine et le chevaucha sans prendre le temps de se dévêtir. À demi nue, elle avait pris un plaisir d'autant plus grand qu'elle ne l'attendait plus.

En évoquant ces images pendant que la patronne lui parlait de l'enlèvement de Tablière, Grosjean pensait qu'il était temps de dire la vérité à Marianne. Elle était aussi son amie, la seule qui connaissait tout de lui. Cacher à Maestracci sa vie amoureuse n'avait pas de sens, il s'était promis de lui en parler à la première occasion, mais ce n'était pas le moment. Marianne, loin d'imaginer les pensées de son adjoint, était en train d'écrire sur un tableau noir les maigres informations données par le chauffeur de Tablière et confirmées par les premières enquêtes. Pas d'indices, pas d'empreintes, ni sur la moto, ni dans la voiture, pas de témoins crédibles. Bref rien d'intéressant.

— On a du pain sur la planche, dit-elle en regagnant son bureau.

À peine la porte refermée, Paul se précipita sur son téléphone. Il savait que c'était une bêtise, mais il n'y résista pas. Au bout du fil, Blanche était restée sans voix en écoutant ce que lui racontait son amant, l'enlèvement de Tablière et les débuts de l'enquête qui venait de leur être confiée.

— Pourquoi lui ? demanda à son tour Blanche. Il n'était ni belliqueux ni irresponsable. Tu crois au crime crapuleux ?

— Difficile à croire. Ses papiers, ses cartes de crédit, l'argent liquide qu'il avait sur lui, on a tout retrouvé dans la voiture.

— Aucune demande de rançon ?

— Non, mais il est encore trop tôt. Personne pour l'instant, en dehors de sa famille, n'est au courant.

Lorsque Blanche raccrocha, elle continua de se poser les questions qui tournaient dans la tête des flics depuis vingt-quatre heures. D'où venait le baron lorsqu'il avait décidé de rentrer chez lui en milieu de journée ? Et pourquoi ? Sur quel dossier travaillait-il ? Dubois n'avait vu Tablière qu'une fois ou deux et elle réalisa qu'au fond elle ne savait rien de lui. Oubliant la discrétion que lui avait recommandée Grosjean, elle appela le chef de cabinet de Durand-Corbel.

— Louis, tu sais quelque chose sur l'enlèvement de Tablière ?

— Qui t'a parlé de cet enlèvement ? Il n'y a pas encore eu de communiqué sur sa disparition.

— Peu importe. À ton avis, c'est une affaire privée ou politique ? Parce qu'il faut bien reconnaître qu'il a fait cocu plus d'un mari.

— Tu as raison, mais on ne croit pas à une histoire privée. Ne l'écris pas, mais sache que Tablière avait rendez-vous avec la présidente moins d'une heure avant le rapt.

Blanche resta sans voix quelques secondes. Elle le tenait son papier. Et peu importe que Louis lui ait demandé de ne pas en parler. Chacun son métier. L'article n'avait pas besoin d'être long, la révélation qu'avant son enlèvement Tablière avait été reçu par Charlotte Despenoux était déjà en soi une petite bombe. Suffisante pour suggérer sans l'affirmer un lien éventuel entre cette visite et le rapt. Blanche avait encore un contact au service de presse de l'Élysée, une petite main qui avait échappé à l'épuration. Elle l'appela pour vérifier l'information.

— Tablière a été enlevé, Arlette, tu es au courant ?

— Je viens de l'apprendre comme tout le monde en regardant la télévision.

— Tu ne sais rien d'autre ? Parce que, paraît-il, il venait d'être reçu à l'Élysée. Tu peux me le confirmer ?

— Oui, j'ai beau ne plus servir à grand-chose ici, mon bureau donne sur la cour et je peux te dire que comme concierge c'est plutôt bien payé !

— Et alors ?

— Et alors, il est resté très peu de temps, un quart d'heure, vingt minutes tout au plus. Je me suis même dit qu'il avait l'air tourneboulé lorsque sa voiture est venue le chercher. J'ai entendu son chauffeur lui demander si ça allait. Ou quelque chose comme cela. Il m'a semblé que Tablière était passablement énervé.

— Essaie de trouver pourquoi.

Arlette promit. De toute façon Blanche en savait assez pour faire la une du journal. Elle ne mit qu'une dizaine de minutes pour arriver à son bureau et à peine plus pour écrire les trois mille signes accordés par sa rédaction en chef. Dubois raconta : la moto, le parking, l'absence totale d'indices et, cerise sur le gâteau, la visite discrète du patron des patrons à l'Élysée peu avant l'enlèvement. Sitôt écrit, sitôt publié, l'article de Blanche fut mis en ligne sans attendre la parution du quotidien, et immédiatement repris par les télévisions.

Quelques heures plus tard, Arlette rappela Blanche d'un bar proche de chez elle.

— On me dit que Tablière était venu faire part à la présidente de ses peurs. Il se disait menacé et craignait de finir comme Antoinette Bourdelle. L'entretien n'a pas duré longtemps parce que Despenoux l'a rassuré en lui promettant une protection. Apparemment elle n'a pas eu le temps de la mettre en place ! commenta la jeune femme en précisant qu'elle ne faisait que rapporter la version du secrétaire général de l'Élysée.

— Ce serait donc un groupe d'extrême gauche ? le même que celui qui a tué Bourdelle ?

— Je ne te garantis rien, je ne sais même pas si la version qu'on m'a donnée est la bonne, je te dis ce qui se dit ici. Ne m'en demande pas davantage.

C'était suffisant pour que Blanche rappelle Grosjean. Il lui confirma que la Crim' privilégiait à nouveau la piste de l'extrême gauche. Après l'arrestation du jeune écolo-gauchiste convaincu du meurtre de Bourdelle, les attentats et les sabotages avaient continué de plus belle. En fait, reconnut Paul un brin désabusé : « On patauge. Alors pour Tablière... »

La semaine suivante ne fut guère plus riche en informations. La Crim' n'avait toujours reçu aucune revendication, nulle rançon n'avait été réclamée, et les écoutes ne révélaient rien d'anormal du côté des groupuscules d'extrême gauche. Blanche elle-même n'avait pas été plus chanceuse et n'avait plus grand-chose à en dire, mais, journal oblige, elle continuait à alimenter le feuilleton et publiait régulièrement des articles sur cet enlèvement improbable et sur les réactions étranges que cela avait provoquées en France. C'était tout juste si Tablière n'était pas jugé responsable de son propre rapt. Ses collaborateurs s'interrogeaient, et les autres patrons, plus jaloux qu'admiratifs de ses réussites et de ses amours, ne disaient rien d'aimable à son égard. Son épouse elle-même paraissait plus préoccupée et meurtrie de voir étalées les infidélités de son mari à la une des journaux people qu'inquiète de son absence. L'étalage de sa vie privée lui paraissait si insupportable qu'elle n'éprouvait pas la moindre compassion.

À vrai dire, l'enquête s'était déjà perdue dans les sables d'une actualité gourmande de scoops et passée depuis belle lurette à autre chose, quand un colis envoyé à Blanche propulsa à nouveau l'affaire Tablière en tête de gondole.

Le paquet n'était pas grand et la journaliste, à qui il était adressé, le trouva un matin sur son bureau. À peine plus épais qu'une grosse boîte d'allumettes, il était soigneusement emballé. C'est seulement après avoir lu le reste de son courrier qu'elle se décida à l'ouvrir. La petite boîte était soigneusement scotchée, il fallut une bonne minute à Dubois pour qu'elle découvre enfin son contenu. Ses collègues n'oublieraient sans doute jamais le cri qu'elle poussa en dénouant le bout de tissu ensanglanté qui se trouvait à l'intérieur. La phalange était coupée net, avec un ongle maculé de sang séché et ces mots écrits en lettres majuscules : *«APRÈS BOURDELLE, TABLIÈRE. LES COLLABOS SERONT CHÂTIÉS LES UNS APRÈS LES AUTRES. APRÈS TABLIÈRE, QUI ?»* Un simple sigle en guise de signature souvent utilisé au bas des tracts distribués autour de la Sorbonne.

Blanche n'était pas femme à s'émouvoir facilement mais l'horreur de ce doigt coupé, l'idée de la souffrance infligée au baron par ses bourreaux, lui coupèrent le souffle. Pourquoi elle ? Pourquoi était-elle la destinataire de ce colis empoisonné ? Sans doute parce qu'elle était de l'autre côté de la frontière, libre de publier ce qui ne s'écrivait plus en France. Peut-être également parce que les ravisseurs pensaient qu'elle était le meilleur intermédiaire avec les enquêteurs. Et ils n'avaient pas tort. Que pouvait faire d'autre Blanche que d'appeler la Crim' ?

Après s'être assurés que la journaliste tiendrait le choc, Grosjean et Maestracci organisèrent le rapatriement du paquet. L'officier de police envoyé par Marianne ne s'attarda pas dans la capitale suisse. En fin d'après-midi, la boîte, le tissu qui avait entouré le doigt, les quelques mots adressés à Blanche, la phalange et l'ongle découpés étaient déjà en cours d'analyse à la scientifique. Les recherches n'étaient pas simples. Il fallut aux experts quelques jours malgré l'impatience manifestée par Maestracci pour qu'ils livrent leurs premières conclusions.

Au vu de ses dimensions – onze centimètres de long, sept de large et dix de hauteur – le paquet n'avait pu être glissé dans une boîte aux lettres. Il avait été pesé et envoyé de la poste de Sainte-Geneviève-des-Bois dans l'Essonne. Les policiers avaient aisément retrouvé l'employé qui avait réceptionné et acheminé le colis, mais ce dernier avait été incapable de se rappeler le visage, pas plus que la taille ou la corpulence de l'homme qui s'était présenté à son guichet. L'heure figurait sur l'emballage : 15 h 35, c'était une heure d'affluence dans cette poste principale, impossible de se souvenir de tout le monde, et les caméras de surveillance n'avaient guère été plus bavardes. Restait le doigt. La coupure était franche, effectuée avec une pince coupante et, pas de doute, c'était bien un fragment de doigt du baron Tablière. L'analyse des substances prélevées sous l'ongle n'avait pas donné de résultats. Manifestement l'homme ne s'était pas débattu. Pas le moindre ADN décelé autre que le sien.

Cela faisait une semaine que ce paquet était arrivé sur le bureau de Blanche et toujours rien. Sinon des questions que Marianne et Paul se répétaient à l'envi et répétaient à tous les enquêteurs qui travaillaient pour eux.

— Mais enfin, pourquoi Sainte-Geneviève-des-Bois ? Pourquoi l'Essonne ? Et pourquoi ce bureau de poste ? Je suppose qu'ils sont trop intelligents pour détenir Tablière dans ce département, explosa Marianne au bout du huitième jour. Ils doivent être planqués ailleurs, peut-être à l'étranger.

— Place du Marché, il y a un grand supermarché et à proximité de la poste, une banque. Si vous voulez, on va visionner les images, lui répondit un des flics, qui n'avait pas fermé l'œil depuis une semaine.

— Vous auriez pu le faire plus tôt. Grouillez-vous, c'est urgent.

Marianne s'énervait et le ministre de la Police aussi.

— Nom de Dieu, hurla Mazaudet au téléphone, vous êtes nuls à la Crim'. Quinze jours que le baron Tablière a été enlevé et vous ne savez toujours rien. C'est forcément un groupuscule d'extrême gauche non ?

— C'est ce que nous pensons, répondit Marianne qui n'en menait pas large. Tablière était menacé. Vous n'ignorez pas, monsieur le ministre que c'est pour cette raison qu'il était allé à l'Élysée.

— Évidemment, mais il nous faut autre chose que des suppositions, répondit Mazaudet en raccrochant.

Fort heureusement pour Marianne les caméras de la place du Marché avaient parlé et ce qu'elles montraient semblait enfin ouvrir une piste. Ce qu'un jeune lieutenant de la Crim', accompagné de Grosjean, était venu dire à la patronne :

— On a bien trouvé quelque chose, madame. Mais c'est peut-être sans rapport avec l'enlèvement. Voilà ce qui a été filmé entre le marché couvert et la banque qui lui fait face. Je peux ?

Il sortit une clé USB et la brancha sur l'ordinateur de Maestracci. Les caméras avaient enregistré avec un objectif grand angle les mouvements des piétons sur les trottoirs et des voitures circulant dans la rue.

— Regardez, dit le flic manifestement fier de sa trouvaille.

Il arrêta la bande sur l'image d'une voiture dont le numéro d'immatriculation était clairement identifiable.

— C'est celle de Victor Gorini.

— Gorini ! s'exclama Marianne. Incroyable ! et il était dans la voiture ? Vous en êtes sûr ?

— Son téléphone y était en tout cas. Il a borné tout prêt de la place du Marché à 15 h 45.

Marianne interrogea Grosjean du regard. Victor Gorini, le plus âgé des deux frères, lié à l'enlèvement d'Édouard-Ernest Tablière, c'était énorme.

— Convoque-le, ordonna-t-elle à son adjoint.

Il ne fallut que quelques minutes à Paul pour trouver les adresses et les numéros de téléphone des frères Gorini qui figuraient en bonne place dans les fichiers de la Crim'. Avant même qu'il ne prenne son téléphone, celui-ci se mit à vibrer sur son bureau. C'était le directeur de cabinet du préfet de police.

— Où en êtes-vous ? Le préfet s'impatiente et le ministre de la Police, je ne vous dis pas.

— Je crois qu'on tient quelque chose, mais n'allons pas trop vite c'est peut-être une fausse piste.

— Au point où on en est ! C'est quoi cette piste ?

Paul Grosjean hésita et finit par lâcher le nom des Gorini.

— Ça relèverait du grand banditisme alors ? plutôt que du politique ?

— À vrai dire, on n'en sait rien. J'allais convoquer les deux frères au moment où vous avez appelé.

Grosjean se fit communiquer le dossier des Gorini. En le parcourant il comprit que Marianne et lui venaient de s'engager sur un terrain miné. Les deux malfrats n'étaient pas seulement les parrains d'une mafia mi-corse, mi-marseillaise, ils avaient également assuré la sécurité de La France D'abord et, pour cette raison, ils avaient leurs entrées chez une bonne dizaine de ministres du gouvernement. Paul annotait le dossier de Victor et Sylvio lorsque Marianne l'appela.

— Tu es là ? J'arrive.

En la voyant entrer dans son bureau, Grosjean ne put s'empêcher de remarquer la pâleur inhabituelle de Maestrachi.

— C'est toi qui as parlé au préfet de police tout à l'heure ? lui demanda-t-elle.

— Non, c'est son directeur de cabinet qui m'a appelé pour me demander une fois de plus où nous en étions. Il a insisté, je lui ai dit que nous avions une piste.

— Tu as prononcé le nom des frères Gorini ?

— Oui, mais en disant qu'il fallait être prudent. La routine, quoi. Mais pourquoi tu me poses cette question ?

— Parce que je viens de recevoir un coup de fil du préfet qui m'a tout bonnement demandé de laisser tomber la piste Gorini. Il ne me l'a pas dit ouvertement mais j'ai compris que l'ordre venait de l'Élysée. Et pas de n'importe qui, sans doute de la présidente elle-même. Si tu avais entendu à quel point le préfet était gêné, tu aurais la même conviction que moi.

— Et Mazaudet ?

— Quoi, Mazaudet ?

— Il était au courant ?

— Je n'en sais rien.

Marianne avait oublié le ministre de la Police, mais elle réalisa à cet instant que Paul avait posé la bonne question. Quel rôle Mazaudet avait-il dans cette affaire ? Que savait-il de la piste Gorini ? Charlotte était-elle intervenue auprès de lui pour s'assurer qu'il se tairait ? Maestracci n'ignorait rien de l'amitié qui unissait le ministre de la Police à la présidente. L'avait-elle tenu au courant ou bien avait-elle pris la décision de n'en parler qu'au préfet ? Dans tous les cas, la présidente venait de prendre un risque considérable. Comment dire au jeune officier de police qui avait découvert les images de Gorini qu'il n'y avait plus rien à voir ? Impossible qu'il n'y ait pas de fuites, trop de monde était au courant. Comment expliquer cet abandon brutal ? Déjà le téléphone sonnait. C'était au tour du directeur de cabinet de Mazaudet d'appeler Grosjean.

— Où en êtes-vous ?

— Je vous passe Mme Maestracci, répondit non sans quelque lâcheté Grosjean.

Celle-ci prit l'appareil. Elle connaissait bien Millerand. Ils avaient fait Sciences Po et la fac de droit ensemble, mais leurs carrières avaient ensuite divergé. Elle choisit de dire la vérité. Après tout qu'ils se débrouillent entre eux.

— Le préfet de police vient de me demander d'abandonner une nouvelle piste que nous tenions depuis quelques jours. Elle mettait en cause Victor Gorini. Et l'ordre qui nous a été donné vient de beaucoup plus haut.

— Tu veux dire de l'Élysée ?

— Oui.

— Merde, je te rappelle.

Millerand entra en trombe dans le bureau de Mazaudet. Il était blême.

— J'ai quelque chose à te dire.

Mazaudet l'interrompit :

— Que le préfet de police a interdit à la commissaire Maestracci de convoquer Gorini ?

Millerand resta bouche bée.

— Tu le sais déjà ? Mais par qui ?

— Le préfet de police, figure-toi. Il a eu peur que cette histoire lui retombe dessus et il m'a dit la vérité.

— Qui est ?

— Que Despenoux lui a demandé d'enterrer l'hypothèse Gorini, voilà c'est tout. C'est suffisant, non ?

Les deux hommes se regardèrent en silence. Mazaudet en avait gros sur le cœur. Il était, depuis le début de son quinquennat, le meilleur soutien de Charlotte Despenoux et voilà qu'elle utilisait le préfet pour le court-circuiter et pour arrêter une enquête capitale. Mais pourquoi avait-elle fait cela ? Après l'assassinat d'Antoinette Bourdelle, l'enlèvement de Tablière avait jeté un trouble certain. Non pas que la haut-commissaire ou le patron du Medef avait inspiré aux Français la moindre compassion, mais ils s'inquiétaient du climat et du sentiment d'insécurité qui s'étaient installés dans le pays. Lui-même ne cessait d'être interpellé à ce sujet : que faisait le ministre de la Police ?

Ce que font tous les ministres, ils encaissent même lorsqu'ils n'y sont pour rien, mais Mazaudet s'était dit qu'il y avait plus grave : si c'était une histoire de banditisme, l'enquête aurait pris nécessairement un tour différent. Pourquoi Charlotte ne l'avait-elle pas voulu ? De deux choses l'une : ou elle l'avait pris pour un demeuré en imaginant qu'on pourrait lui cacher durablement cette intervention, ou elle ne lui faisait pas confiance. Dans les deux cas, c'était inacceptable.

— Je vais à l'Élysée.

— Tu es sûr ? Ne prends pas de risques dans cette affaire.

— Il ne s'agit pas de prendre des risques. Il s'agit de ne pas passer pour un con.

Et il appela son chauffeur.

À peine entré dans le bureau de Charlotte, il explosa :

— Pourquoi es-tu intervenue directement dans l'affaire Tablière ? En quoi ça te concerne ? Et arrête de me prendre pour un imbécile s'il te plaît.

Charlotte comprit tout de suite qu'elle ne s'en tirerait pas par une pirouette.

— J'ai mes raisons, et ne me parle pas sur ce ton.

— Si tu n'as plus confiance en moi, rétorqua Mazaudet, dis-le-moi, mais de grâce évite de me le faire savoir par le préfet de police.

Embarrassée, Charlotte se donna du temps pour répondre. Elle commença par assurer le ministre de son amitié et de sa reconnaissance pour le soutien qu'il lui avait toujours manifesté.

— Mais enfin, conclut-elle, c'est quand même normal que je ne te dise pas tout.

— Je ne vois qu'une seule explication, releva Mazaudet, c'est que les frères Gorini travaillent pour toi. C'est ça ?

— Disons que j'ai confiance en eux pour assurer ma sécurité immédiate.

— Et pas en moi ?

— En toi, si. Dans ta police c'est autre chose. Écoute, nous savons bien l'un et l'autre que les présidents ont souvent été trahis par leurs flics. Alors excuse-moi, mais pour ma sécurité personnelle, oui, j'ai besoin de gens proches de moi. De gens fiables.

Mazaudet en resta sans voix. Il était sidéré à l'idée que Charlotte s'imagine plus en sécurité protégée par des malfrats venus d'on ne sait où et embauchés par on ne sait qui.

— Qu'est-ce que cela veut dire ta sécurité personnelle ? Tu veux dire la défense de ta vie privée ? Tu as peur d'une photo avec ton Italien ? C'est ça, tu préfères les frères Gorini pour protéger tes escapades amoureuses.

— Oui, et alors ?

— Et alors ? Qu'est-ce que tu sais des frères Gorini ? Que sais-tu de ceux avec qui ils travaillent ? Rien ! Un jour tu vas découvrir qu'ils font leurs sales affaires dans ton dos. Tu n'auras été qu'une couverture, ma pauvre Charlotte. Si un de tes Gorini's Boys fait une connerie, c'est sur moi que ça retombera. Et je serai obligé de dire la vérité : la présidente s'est constitué une garde rapprochée, une garde prétorienne, pour se protéger de la police. C'est insensé que tu puisses me mettre dans une telle situation.

Mazaudet était hors de lui, il se tut un instant avant de lâcher ce qu'elle ne voulait pas entendre :

— Je vais démissionner.

— Il n'en est pas question, répondit Charlotte sur un ton qu'elle voulait amical.

Mazaudet démissionnaire, c'était la crise assurée. Elle imaginait déjà Gorge et l'ultradroite sabrer le champagne. Elle ne lui ferait pas ce plaisir. De son côté Mazaudet était coincé. Claquer la porte ? Il n'en avait pas vraiment envie. Il en voulait certes à Charlotte mais pas au point de s'éloigner du pouvoir.

— Une garde prétorienne, répéta-t-il comme s'il se parlait à lui-même. Si ça se sait, tu vois le bordel. Tu imagines la réaction de la police. Sans elle tu es foutue.

Il se tut, accablé à cette perspective. Puis une idée plus noire encore lui traversa l'esprit. Si la voiture des Gorini avait été repérée à quelques centaines de mètres de la poste de Sainte-Geneviève-des-Bois, la présidente savait-elle que ses « hommes de confiance » avaient trempé si peu que ce soit dans l'enlèvement du baron ? Et, dans ce cas, quel avait été son propre rôle dans cette opération rocambolesque ?

— Que s'est-il passé entre Tablière et toi ? demanda-t-il.

— Mais rien, rien du tout, qu'est-ce que tu vas chercher ?

— Tes services ont laissé entendre qu'il était venu te demander d'assurer sa protection contre les groupuscules d'extrême gauche. C'est vrai ?

Charlotte choisit de mentir. Si elle révélait au ministre de la Police que Tablière l'avait accusée d'amener la France à la catastrophe, il en aurait sans doute conclu qu'elle avait choisi de s'en débarrasser.

— Oui, c'est vrai, il se sentait menacé. C'est pourquoi lorsque j'ai appris que la Crim' se lançait sur la piste de Gorini, il m'a paru évident que Maestracci se trompait. Au fait comment la trouves-tu ?

— Une vraie pro. Je n'aurais pas agi comme tu l'as fait avec elle. Qu'on l'oblige à arrêter d'enquêter sur Gorini n'a pu que la conforter dans l'idée qu'il y avait quelque chose de louche dans tout cela. Si tu crois qu'elle va décrocher comme ça, tu te trompes.

— Tu vois bien, dit Charlotte, non sans mauvaise foi, qu'on ne peut pas faire confiance aux flics. Et s'ils n'en font qu'à leur tête, à quoi tu sers ? À quoi sert le préfet ? Mais tu as raison. Je te promets de renoncer à ce que tu appelles ma garde prétorienne. Désigne-moi des flics en qui tu as vraiment confiance.

— Tu me le jures ?

— Je te le promets.

Le ministre de la Police ne pouvait en demander davantage. Il prit congé tout en se demandant quel rôle exact les frères Gorini avaient réellement joué dans l'affaire Tablière. Depuis sa voiture, il appela Millerand qui se morfondait dans son bureau, place Beauvau.

— Tu peux être rassuré, lui dit-il. Il a fallu que je présente ma démission pour qu'elle comprenne, mais enfin elle m'a promis de mettre fin à cette foutue garde prétorienne et *exit* les frères Gorini. Toutefois je n'ai plus confiance, le préfet de police fera ce qu'il voudra, moi, je ne laisserai pas tomber la piste des malfrats. On va la reprendre, avec nos hommes.

Au même moment, à l'Élysée, Charlotte tapait sur son portable les dix chiffres du téléphone de Sylvio.

— Sylvio, dit-elle, j'ai besoin de te voir. Viens demain avec Victor, le boulet n'est pas passé loin.

Et elle s'attaqua sans tarder au rangement de ses dossiers. Sur son bureau, les parapheurs s'étaient accumulés depuis plusieurs jours, mais elle n'avança guère ce soir-là – Luigi venait de débarquer à Paris alors qu'ils ne s'étaient pas vus depuis des mois. Finalement ce qu'ils craignaient l'un et l'autre s'était produit, ils s'étaient éloignés bien plus qu'ils ne l'auraient souhaité. Voilà plusieurs jours que Charlotte attendait cette soirée pour renouer des liens qu'elle savait de plus en plus distendus.

L'Italien l'attendait déjà dans l'appartement et elle s'apprêtait à le rejoindre lorsque la sonnerie du téléphone interministériel retentit. C'était Saint-Hubert, le ministre des Finances. Il avait sa voix des mauvais jours et hurlait au téléphone : Bruxelles allait sanctionner la France. Trop de déficits et pas de réformes structurelles.

— Bruxelles m'emmerde, répondit sans ménagement Charlotte.

— C'est facile à dire, rétorqua sèchement Saint-Hubert, mais nous sommes au pied du mur.

— C'est vraiment si urgent que cela ? interrogea Charlotte presque indifférente.

— Oui, c'est urgent. La fuite des capitaux et l'expatriation des entreprises françaises nous font beaucoup de tort. Si je ne vous alerte pas, qui le fera ? D'ailleurs, j'avais cru comprendre, à ce que m'avait dit Tablière qu'il voulait vous mettre en garde.

Charlotte lui coupa la parole et, retrouvant le tutoiement qui était le sien lorsqu'ils étaient encore au Chalet, elle lui répondit avec la brutalité de l'époque :

— Ne mêle pas Tablière à nos affaires, je t'en prie, c'est déjà assez compliqué comme cela.

— Sans doute, lui répondit, imperturbable, Saint-Hubert, je te le répète, il y a péril en la demeure. Il faut oublier nos promesses et mettre de l'ordre dans les comptes.

Saint-Hubert avait été longtemps trésorier du LFD, ses compétences économiques étaient limitées, mais c'était un hobereau qui avait les pieds sur terre. Certes, il avait été de ceux qui pour plaire aux Français leur avaient promis la lune et vendu un programme économique intenable, mais il n'y croyait guère et savait désormais qu'il avait vu juste.

Charlotte, pressée de retrouver Luigi, s'impatientait de plus en plus. Pensant en avoir terminé, elle ne répondit pas à Saint-Hubert et se contenta d'une phrase mécanique et peu amène.

— C'est tout ce que tu as à me dire ? Dans ce cas je raccroche.

— Non, encore un instant. Il n'y a pas que les déficits et la fuite des capitaux, les chiffres du chômage sont très mauvais, Durand-Corbel nous mène en bateau et toi au premier chef, Charlotte. Prends garde à ce que va dire ou faire le Premier ministre. Tu sais ce que disait un de tes prédécesseurs : « Le dernier rallié est toujours le premier parti. » Crois-moi, Durand-Corbel n'est pas des nôtres. Il va nous lâcher en te faisant porter la responsabilité de son échec.

— Ça suffit, Saint-Hubert. Faites-moi grâce de vos doutes sur le Premier ministre, dit-elle en reprenant le vouvoiement présidentiel. Pour le reste, vous savez qu'il y a toujours des arrangements possibles avec Bruxelles. Débrouillez-vous.

Terminé. Elle appuya sur le bouton de déconnexion d'un geste rapide et, en sortant précipitamment de son bureau, prévint ses secrétaires qu'elle remontait dans ses appartements. Perrot, qui avait été mis au courant de la venue de l'Italien dès la fin de matinée, avait fait en sorte qu'elle ne soit dérangée sous aucun prétexte.

Luigi l'attendait. Il est toujours aussi beau, se dit Charlotte en le gratifiant d'un baiser léger. Trop léger pour que son amant ne s'en fasse pas la réflexion en remarquant la crispation des traits et une sorte de fureur pas encore éteinte dans le regard. Il l'interrogea :

— Des problèmes ?

— Oui, c'est dur. Entre un ministre des Finances qui m'explique qu'on a déjà un pied dans le vide, celui de la Police qui me soupçonne de frayer avec des malfrats et la moitié du gouvernement qui, derrière Gorge, est prête à me lâcher, comment veux-tu que j'aille bien ? Si tu ajoutes que la Crim' n'a toujours pas retrouvé le patron du Medef et qu'une majorité de Français me reproche d'être incapable de mettre fin aux sabotages et aux attentats qui se multiplient, eh bien, oui, j'avoue qu'il m'arrive de me demander combien de temps je vais pouvoir tenir.

Belini regardait cette femme qu'il avait aimée passionnément. Que restait-il de la jeune fille ambitieuse et amoureuse qu'il avait rencontrée quatre ans plus tôt ? La journée avait eu raison du maquillage de Charlotte et Luigi ne voyait que son teint gris et un regard sans éclat. Elle avait maigri et des rides nouvelles marquaient le coin de sa bouche creusée par l'amertume et la haine, qui affleuraient à chaque mot.

— Et je suis entourée de pleutres et de cons. De lâches qui, à la première difficulté venue, sonnent l'alarme et ne pensent qu'à se planquer. De salopards aussi, qui en s'en prenant à Bourdelle ou à Tablière cherchent d'abord à me déstabiliser.

Oui, décidément, elle avait changé, se disait Luigi en évitant désormais de la regarder. Ils venaient de se retrouver et voilà qu'en quelques minutes elle avait accusé tout le monde ou presque, n'épargnant qu'elle-même. Le pouvoir avait eu sur elle un effet dévastateur. L'idée de passer la nuit avec cette boule de rancœur qui accusait la terre entière était au-dessus de ses forces. Il avait faim, mais la perspective de dîner en tête à tête avec Charlotte lui était tout aussi insupportable.

Elle avait compris et elle ne sut jamais qui de lui ou d'elle avait créé l'irréparable. Tout l'après-midi, elle s'était réjouie à l'idée de le rejoindre, s'imaginant vibrant sous les caresses de cet homme qui lui avait appris la tendresse du plaisir partagé. Oubliant le dîner, ils avaient tenté l'un et l'autre dans un dernier corps à corps de simuler des retrouvailles impossibles. Ce fut banal, morose et finalement détestable. Charlotte savait comment l'amour finit. Elle comprit qu'elle ne reverrait pas celui qui définitivement n'était plus son amant. Luigi ne resta pas. Elle redescendit dans son bureau et ouvrit son portable. Il y avait huit appels en absence. Tous de Mazaudet. Il était à peine minuit et elle avait désormais la nuit devant elle. Le dernier message de son ministre de la Police était pressant. Elle le fit chercher avant même de l'avoir au téléphone. Mazaudet traversa la place pour la retrouver dans son bureau.

— Je sais que tu ne voulais pas être dérangée…

— Tu peux y aller, ça n'a plus aucune importance.

— L'information n'est pas encore publique, je l'ai eue il y a dix minutes à peine. La gendarmerie de Melun nous a prévenus que le corps de Tablière a été retrouvé dans un fossé de la départementale 39, entre Thomery et Melun.

— On est sûrs que c'est Tablière ? demanda d'une voix blanche Charlotte.

— Sans aucun doute, répondit le ministre de la Police en pensant que vraiment cette fin d'année 2027 était pourrie.

Despenoux s'était dit, de son côté, que même s'il n'y avait pas grand monde pour pleurer Tablière, les choses n'auraient pas dû tourner comme cela.

« Bourdelle, Tablière… et après ? » La menace anonyme envoyée avec le doigt coupé prenait désormais tout son sens. Despenoux n'avait peur de rien, mais la nuit fut mauvaise. Le silence du palais avait quelque chose d'angoissant, même si elle le savait plus protégé qu'une forteresse du Moyen Âge. La rue du Faubourg-Saint-Honoré avait été fermée de l'avenue Marigny à la rue Royale, les hauts murs du parc étaient hérissés de piques surmontées de barbelés et, pour éviter les tirs de snipers, les vitres avaient été blindées et les fenêtres du premier étage protégées d'épais barreaux. En trois ans de présidence, Despenoux avait fait du château de ses rêves une bâtisse cauchemardesque. Mazaudet parti, elle fut saisie d'un effroyable sentiment de solitude. Et c'est seulement à l'aube, en se glissant dans les draps d'Alexandre qui dormait profondément dans la chambre voisine, qu'elle réussit enfin à s'assoupir. Pour une heure à peine. Elle avait rendez-vous avec les frères Gorini.

Sylvio et Victor, qu'elle avait cherchés en vain dans leur refuge niçois, étaient en fait à Paris lorsqu'elle les avait appelés la veille. Charlotte n'avait jamais douté de la fidélité aveugle de Pablo Sanchez. En revanche, les Gorini restaient pour elle un mystère pas tout à fait rassurant. Elle avait toujours évité de creuser leur histoire pour ne pas avoir à connaître un passé qu'elle savait sulfureux. Les services qu'ils lui avaient rendus l'avaient convaincue que franchir la ligne rouge n'était pour eux ni un obstacle ni un problème. Et les savoir ce jour-là à Paris, alors qu'elle les pensait au bord de la Méditerranée, l'avait sérieusement troublée. Elle le leur dit sans détour, en leur intimant l'ordre de s'éloigner. Qu'avaient-ils fait au juste ? Avec eux, elle avait pris l'habitude de s'exprimer à demi-mot, prenant soin de ne jamais rien écrire et de ne les voir qu'à des heures où le palais était censé n'avoir ni yeux ni oreilles. Sa volonté de ne jamais savoir l'avait-elle entraînée à cautionner des crimes qu'elle n'avait pas vraiment voulus ?

Dans tous les cas, la porte de son bureau à peine refermée derrière les deux malfrats, elle s'était dit ce matin-là que Mazaudet avait sans doute raison. Il était temps de mettre de l'ordre dans ses affaires et de renvoyer dans leurs corps d'origine les flics de sa garde prétorienne. Sanchez la détesterait sûrement, mais ça ne durerait pas et c'était le prix à payer pour tenter de sauver son quinquennat avant qu'il ne se noie définitivement dans le sang de Tablière et d'autres crimes restés jusqu'alors impunis.

Les radios, les télévisions, la presse, réduites à ne commenter que la propagande officielle, n'étaient plus depuis longtemps une préoccupation pour la présidente, en revanche les réseaux sociaux et les journaux qui paraissaient au-delà des frontières envoyaient chaque jour des grenades dégoupillées qui minaient le régime plus sûrement que le sabotage d'une centrale électrique ou la destruction d'une voie ferrée.

Ça n'était pas seulement cette fin d'année 2027 qui était pourrie, c'était le système Despenoux qui se décomposait de l'intérieur. Et, pour éviter la putréfaction, l'extrême droite au pouvoir n'avait plus qu'une solution, la fuite en avant.

Fin de partie

22.

Quatre mois plus tard, Paris, mars 2028

À peine arrivée à l'Élysée, Charlotte Despenoux s'était enfermée dans son bureau. La présidente venait d'enterrer son seul ami. Elle pouvait enfin pleurer. Depuis qu'elle avait appris l'assassinat de Mazaudet cinq jours plus tôt, elle avait dû faire bonne figure, masquant un désarroi qu'elle n'arrivait pas à surmonter.

Prévenant un souhait qu'elle n'aurait sans doute pas formulé, Jules Perrot avait annulé tous ses rendez-vous. Saint-Hubert, qui devait la voir à 15 heures pour lui dire que la situation désastreuse à l'orée de l'hiver 2027 était plus désespérée encore à l'aube de ce printemps 2028, pouvait attendre. Charlotte Despenoux n'avait pas besoin du ministre des Finances pour lui rappeler qu'elle devait quémander à Bruxelles les centaines de milliards dont les caisses de l'État avaient besoin pour éviter la cessation de paiement. La mort de Mazaudet avait été un prétexte tragiquement bienvenu pour différer le voyage à Canossa, mais le deuil n'avait pas gommé la facture et Charlotte savait qu'elle était au pied du mur. L'humiliation s'annonçait d'autant plus cruelle que les Européens, qui la détestaient, avaient fait savoir que la France ne pourrait bénéficier de leurs largesses que si elle renonçait aux lois qui avaient fait basculer le pays de Montesquieu dans l'univers sombre d'un fascisme tricolore.

Charlotte n'avait pas faim, elle profita toutefois de ce temps suspendu pour faire dresser une table sur la terrasse chauffée par les premiers rayons printaniers. Le babillage d'Alexandre, convié à sa table, et qui n'avait que faire des prédictions des oracles de Bercy, l'avait suffisamment distraite en lui contant ses amours enfantines pour qu'elle se prépare plus apaisée aux bourrasques annoncées.

À cinq kilomètres du palais, l'immeuble investi par la Crim' quelques années auparavant brillait comme un sou neuf. À l'heure du déjeuner la plupart des bureaux étaient vides et les flics, peu pressés de se trouver à nouveau le nez collé à leur ordinateur, s'attardaient encore autour de la machine à café. Grosjean, qui les avait rejoints le temps d'une pause, venait de leur lâcher que les Gorini avaient enfin avoué le meurtre du ministre de la Police. Sans donner plus de détails et pour cause : au moment où il se jetait goulûment sur le flan qu'il venait d'extirper du distributeur, Marianne Maestracci téléphonait à l'Élysée pour informer la présidence du contenu des interrogatoires. Pas question pour Paul de dire quoi que ce soit qui puisse être encore ébruité à l'extérieur. Peine perdue, le peu qu'il avait dit avait suffi à enflammer le 36 dont les couloirs ne bruissaient plus que des aveux des deux malfrats. Cela faisait quarante-huit heures que les policiers interrogeaient séparément Sylvio et Victor, ne leur laissant que quelques heures de sommeil interrompu en pleine nuit par de nouvelles séances de questions. Jusqu'au matin du troisième jour ils n'avaient guère été prolixes, se contentant de confirmer ce qui était avéré et facilement vérifiable, c'est-à-dire leurs nombreux allers-retours entre Paris et Nice. Leur passé avait été épluché par la bonne trentaine de flics qui travaillait sur le meurtre du ministre de la Police. Marianne et Paul connaissaient leur pedigree par cœur, Sylvio, le plus grand et le plus baraqué des deux, était sorti de prison cinq ans auparavant. Condamné pour braquage à main armée, il avait écopé de dix ans de réclusion criminelle, niant son crime jusqu'au dernier jour du procès. Victor, petit et plutôt chétif, n'avait pas participé directement au cambriolage, il avait été néanmoins convaincu de complicité et condamné à cinq ans d'emprisonnement. Mais quelle que soit leur différence physique les deux avaient la même capacité de résistance et une carapace en béton.

Dans une des salles contiguës du 36 où trônaient un peu perdues une grande table en verre et quatre chaises Navy, Marianne et Paul qui interrogeaient en alternance les deux hommes s'étaient longtemps heurtés à un mur, Sylvio et Victor refusant de répondre aux questions sur leur présence régulière à Paris et la mystérieuse limousine noire qui venait les chercher tôt le matin et les raccompagnait tard le soir. Les perquisitions à Nice n'avaient livré aucun secret et à Paris, l'appartement de Sylvio sur les quais de Seine était si propre et vide qu'il ressemblait plus à un appartement témoin en attente de client qu'à un endroit habité. Quant à la maison occupée par Victor, elle ne recelait d'autres secrets que quelques lettres plus tristement salaces qu'érotiques écrites par la maîtresse du généreux cousin qui lui avait prêté cette villa plutôt cossue. Il avait fallu la ténacité des enquêteurs niçois et le témoignage d'une call-girl pour qu'enfin les patrons de la Crim' trouvent le grain de sable qui allait finir par enrayer la belle machine à mensonges soigneusement huilée par les deux frères. À Nice, l'un des amis de Sylvio qui avait juré qu'ils avaient passé la soirée ensemble avait fini par craquer quand les policiers avaient découvert qu'il avait mis à profit la porosité de la frontière italienne pour se livrer à un juteux trafic de cigarettes. Ils lui avaient mis le marché en main. La vérité contre l'oubli. L'ami en question n'avait pas résisté à la promesse d'une ardoise effacée et avait reconnu sans plus attendre que Victor l'avait sollicité pour le couvrir, lui expliquant qu'il serait ce soir-là occupé à une affaire délicate. Dans le même temps, Marianne avait entendu au 36 la prostituée dont le numéro revenait plusieurs fois sur les relevés du portable de Victor. Au détour d'un témoignage qui s'annonçait sans grand intérêt la jeune femme fit allusion à un garage que les frères, Gorini louaient boulevard Rochechouart à deux pas du square d'Anvers.

— Vous sauriez nous y emmener ? demanda Marianne.

— Je ne connais pas l'adresse exacte, mais Victor y est allé plusieurs fois lorsque nous étions ensemble. Il me demandait de l'attendre dans la voiture, jamais la même, et je l'ai vu à plusieurs reprises déposer des valises et revenir avec une grosse sacoche noire.

— Et ensuite ?

— Ensuite, on allait chez lui à Montmartre.

— Vous ne lui avez jamais demandé ce qu'il fabriquait dans ce garage ?

— Non, Victor n'est pas le genre d'homme à qui on pose des questions.

— Ça, je m'en suis rendu compte, répondit sans rire Marianne.

La jeune prostituée emmena deux des enquêteurs de la Crim' jusqu'au garage. La fouille fut rapide, il était vide ou presque. Au beau milieu trônaient deux grosses valises et au fond une malle. Ce que les policiers n'avaient pas trouvé en perquisitionnant à Nice et à Paris était là sous leurs yeux. Dans les valises il y avait une dizaine de cagoules, de multiples paires de gants, plusieurs blousons, quatre pantalons noirs de tailles différentes et six perruques. Quant à la malle elle ne contenait pas moins de huit revolvers, des Glock 26, quatre fusils-mitrailleurs Beretta M12 et plusieurs gilets pare-balles, un matériel généralement utilisé par la police. Les expertises balistiques parvenues à Paris avaient confirmé que les balles qui avaient tué Pierre Mazaudet provenaient d'armes identiques à celles trouvées dans le garage. L'arsenal découvert boulevard Rochechouart ne permettait pas de confondre les deux frères, mais, avec les témoignages des uns et les découvertes des autres, Maestracci et Grosjean avaient enfin les moyens de les faire plonger. Après deux jours et deux nuits d'interrogatoires stériles, Marianne et Paul s'attendaient à une troisième journée de dénégation outrée. Ce fut tout le contraire. Sylvio et Victor comprenant sans doute qu'ils ne sortiraient pas indemnes de la toile d'araignée policière profitèrent de l'aube pour promettre aux deux patrons de la Crim' l'orage et la foudre. Sylvio craqua le premier, racontant à Marianne le détail de l'opération conduite avec un art consommé de l'embuscade, mais c'est Victor qui provoqua un véritable séisme dans la tête des policiers quand il affirma qu'ils étaient intouchables puisque flics comme eux. Au service de la présidence de la République.

— Vous voulez dire au service de la République, s'insurgea Marianne.

— Non, de Despenoux et de personne d'autre. Nous avons été embauchés pour faire partie de la garde rapprochée de la présidente.

— Du groupe de sécurité présidentielle ?

— Non, Mme Despenoux se méfie de ses gardes du corps officiels. Nous sommes une dizaine à la protéger et à nous occuper de ses affaires personnelles, nous ne sommes responsables que devant elle.

— Mais comment des hommes comme vous, au passé connu et aux antécédents chargés ont pu intégrer la police ? s'exclama Marianne, stupéfaite.

— C'est Millerand, le directeur de cabinet de Mazaudet, qui nous a proposé le job. Nous étions les premiers surpris, croyez-moi, mais nous avions rendu des services à M. Gorge, le vice-Premier ministre, et c'est lui qui a suggéré à Millerand de nous faire embaucher.

— Mais assassiner un ministre, ça n'était quand même pas dans vos attributions ! s'exclama Marianne, abasourdie par ce qu'elle venait de découvrir.

— Oui... Non... On ne sait pas... Nous, on ne fait qu'appliquer les ordres, répondirent-ils en chœur sans préciser qui avait décidé une telle exécution.

— Si je vous entends bien, poursuivit Marianne, ce ne peut être que la présidente !

— Non, pas du tout, ça n'est pas comme ça que ça fonctionne. Ce n'est pas la présidente qui nous a demandé quoi que ce soit, nous on est là pour la protéger.

— Mais c'est qui alors ?

— On ne peut rien vous dire. D'ailleurs on ne dira plus rien.

Le soleil de ce premier jour de printemps avait envahi la pièce, éclairant d'une lumière irréelle une scène dont Marianne elle-même ne savait plus si elle relevait d'un mauvais rêve ou d'un cauchemar éveillé. Qu'allait-elle dire à Perrot, le secrétaire général de l'Élysée ? Quelle vérité officielle allait-elle écrire ?

Perrot se chargea de la réponse : « Deux malfrats connus dans le monde du grand banditisme ont avoué avoir tué Pierre Mazaudet. Point barre. »

Au téléphone, le secrétaire général pouvait entendre la respiration de Marianne qui s'accorda quelques secondes avant de réagir.

— Et pour quel mobile ? Parce que Grosjean et moi, on n'a pas réussi à leur faire avouer autre chose que le meurtre. Étrange, non ?

— Peu importe, répondit, agacé, Perrot. L'essentiel est qu'ils aient avoué. Le reste de l'histoire on s'en charge.

— Et sur le fait qu'ils soient policiers et qu'ils travaillent à l'Élysée, on dit quoi ? rétorqua Marianne en mettant sciemment les pieds dans le plat.

— Écoutez, conclut sèchement le secrétaire général, personnellement, je ne les ai jamais vus. Donc on ne dit rien.

— Vous croyez qu'ils mentent ?

— Je n'ai pas dit cela, je dis simplement que je ne les ai jamais vus. C'est clair ?

— Oui, très clair.

— Alors téléphonez au procureur, et dites-lui que vous avez les aveux des frères Gorini. Il n'a pas besoin d'en savoir plus. Je l'appellerai de mon côté, c'est lui qui fera le communiqué.

Le procureur de la République, nommé pour répéter ce qu'on lui demandait de dire, s'exécuta avec un lâche soulagement. Les assassins de Mazaudet sous les verrous en moins d'une semaine, c'était plutôt bienvenu. Même s'il savait que ça ne désamorcerait pas la contestation qui ne cessait de s'amplifier.

Derrière les murs protecteurs de l'Élysée, Charlotte Despenoux, elle non plus, n'était pas dupe. Avant même l'assassinat de son ministre, elle avait compris que ce printemps 2028 s'annonçait brûlant, et pas seulement parce que le thermomètre avait pris trois longueurs d'avance sur les températures habituelles. Les Français manquaient d'air et la France s'étouffait dans un chaos mortifère.

Alors que Marianne était encore au téléphone avec Perrot, elle aperçut Blanche Dubois qui entrait dans le bureau de Grosjean installé de l'autre côté du couloir. Les deux silhouettes disparurent rapidement derrière le store que Paul s'était empressé de baisser. Blanche avait été malgré elle mêlée à l'assassinat de Tablière l'année précédente et Marianne avait bien compris qu'à cette occasion elle s'était rapprochée de Paul. Mais de là à s'afficher le matin même des aveux des Gorini dans les locaux du 36, la journaliste dépassait les bornes ! Marianne allait traverser le couloir pour le lui dire quand elle reçut un coup de fil de la présidence. Despenoux voulait la voir sans plus attendre.

En quittant précipitamment la pièce, la commissaire se dit qu'elle parlerait dès son retour à Paul. Dans la voiture qui la conduisit à l'Élysée, ses pensées étaient loin des audaces journalistiques de Blanche. Une seule question tournait en boucle dans sa tête : comment les Gorini avaient-ils pu obtenir des cartes de flics et entrer au service de la présidente ? Seule Despenoux pouvait l'éclairer.

Alors que la patronne de la Crim' arrivait dans la cour de l'Élysée, Grosjean, lui, n'avait toujours pas dominé la colère mêlée de trouble qui l'avait saisi depuis que Blanche était entrée dans son bureau. Les deux amants n'étaient pas apaisés et leur goût commun des aventures pas ordinaires les avait rapprochés tout autant que les enquêtes sur le meurtre du patron des patrons. Lorsqu'il la vit surgir comme par effraction dans la pièce, il ne put s'empêcher de la trouver plus belle encore que sur les bords du lac Léman. Son chemisier noir mettait en valeur le hâle de son visage parfait et il lui fallut quelques secondes pour masquer le trouble qui l'avait envahi. Le temps de se ressaisir, il tenta d'afficher une froideur qu'il n'éprouvait pas.

— Qu'est-ce que tu fais là ?

— Écoute, ne fais pas semblant de ne pas comprendre, je suis ici comme toi, pour le meurtre de Mazaudet.

— Tu ne comptes quand même pas sur moi pour te donner des infos ! Tu te souviens de l'affaire Tablière, tes papiers m'ont foutu dans la merde pour rien. Bloqués par l'Élysée, on n'a jamais pu coincer les Gorini.

— Et aujourd'hui ? Vous avez réussi à les faire parler ?

— Sur Tablière ? Non, ce n'était pas le sujet.

— Alors vous avez parlé de quoi ?

— Je te le répète, ne compte pas sur moi pour te donner des infos.

— C'est dommage, Paul. On pourrait faire équipe comme l'année dernière. Et puis arrête de me parler sur ce ton.

Paul regardait Blanche et s'accrochait à tout ce qui était devant lui, son ordinateur, des papiers, un stylo, pour ne pas se lever et la prendre dans ses bras. Sa voix s'était radoucie et trahissait le trouble qu'à cette minute ils partageaient. Depuis qu'ils s'étaient vus à Nice, Blanche n'avait pas eu de contact avec Grosjean enfermé au 36. Paul l'évitait, inquiet à l'idée qu'il se dise place Beauvau que le numéro deux de la Crim' avait renoué avec la sulfureuse journaliste. Il l'avait cependant gratifiée de quelques sms tendres et vides d'infos. Et ce jour-là, alors que sa patronne était encore dans le bureau de la présidente, il craqua une fois de plus. Blanche fut ainsi la première à annoncer les aveux de Sylvio et Victor Gorini ! Et cette fois elle choisit MSNBC pour le faire plutôt que son journal. Le scoop de la journaliste fit le tour du monde avant même que le procureur de Paris fasse son communiqué.

Elle n'avait pas jeté son dévolu sur MSNBC par hasard. Parmi les chaînes d'info américaines, elle était la chaîne privilégiée des intellectuels et de l'élite new-yorkais. La reporteure y avait diffusé quelques semaines auparavant un « 60 minutes » consacré au chaos français. Le reportage, réaliste et cruel, avait eu un retentissement allant bien au-delà de l'audience ordinaire de la chaîne, comme si les Américains qui avaient connu une tentation populiste dans les années 2020 voulaient se prémunir d'une telle aventure. Quelques jours plus tard, reprenant une partie de son enquête filmée, Blanche avait publié un long article dans le *Journal de Genève* au titre sans ambiguïté :

La France au bord du précipice

Avec une économie en quasi-faillite, écrivait la journaliste, *un régime policier qui ne se contente pas de réprimer et d'emprisonner mais qui bâillonne méthodiquement depuis près de trois ans les libertés fondamentales, Charlotte Despenoux a donné à la France le visage d'une médiocre dictature. En supprimant les subventions à la presse, le financement des syndicats et des partis politiques, les aides aux associations qui ne récitent pas chaque matin une ode au pouvoir, elle a étouffé tout ce qui fait le sel de la démocratie. La France a déposé son bilan aussi noir que l'encre qui a servi à l'écrire. Et même si le pire n'est jamais sûr, il risque d'être à venir : au sein du gouvernement, derrière le vice-Premier ministre Patrice Gorge, nombre de ses partisans estiment que le régime balbutie encore au milieu du gué. Celui-là promet une France libre d'elle-même, purifiée de ses âmes étrangères et libérée de ses chaînes européennes.*

Blanche avait repris des informations diffusées sur MSNBC et notamment les échanges peu amènes entre la présidente et le ministre des Religions au Conseil qui avait précédé l'assassinat de Mazaudet. Ce jour-là, Gorge avait accusé Despenoux d'avoir renoncé aux fondamentaux du mouvement et en particulier au rétablissement de la peine de mort.

— Mais tu dis n'importe quoi, l'avait interrompu Charlotte, je n'ai jamais promis ça. La Constitution nous l'interdit et nos engagements européens également.

— Nous y voilà, cria le vice-Premier ministre. Mais la Constitution, on s'en bat l'œil. Tu l'as déjà triturée dans tous les sens pour t'arroger un pouvoir sans partage. Quant à l'Europe, c'est bien le problème. On ne va quand même pas continuer longtemps à payer tes lâchetés et ton refus de sortir de ce bourbier. Tu vois où ça nous a conduits. Le pays est en faillite, les gens crèvent de faim et on a des centaines de milliers de chemises blanches dans la rue qui réclament leurs arriérés de retraite et d'allocation chômage. Si tu avais refusé la politique d'austérité que nous ont imposée tes amis européens nous n'en serions pas là.

Devant les ministres médusés, Gorge avait marqué un point. Charlotte qui avait accusé le coup n'en repartit pas moins à l'offensive.

— 1. le pays n'est pas en faillite, 2. la banqueroute, c'est toi qui la provoquerais si on te suivait sur les chemins de l'autarcie que tu préconises. Parce que c'est bien de cela qu'il s'agit, tu veux entraîner le pays dans ta folie suicidaire. Si l'Histoire ne se répète pas, elle peut se risquer à un mortel bégaiement. J'ai bien l'intention d'épargner aux Français un destin aussi sinistre.

Et Blanche avait ainsi conclu son papier :

La guerre des clans, longtemps souterraine, masquée par les rustines économiques que colle tant bien que mal Charlotte Despenoux, est désormais déclarée.

Les articles de Dubois, introuvables en France où le *Journal de Genève* était interdit, étaient régulièrement cliqués par des centaines de milliers d'internautes qui s'informaient sur Facebook, Twitter et autres Instagram. Dans cet enchevêtrement inextricable d'informations vérifiées et de *fake news*, de rumeurs infondées et d'appels à la résistance, les reportages de la journaliste avaient été repérés. Source d'information inépuisable pour ceux qui combattaient dans l'ombre le régime de Despenoux, Blanche était devenue malgré elle une icône de cette résistance protéiforme qui pourrissait la vie de l'exécutif. Difficile pour le pouvoir de l'éliminer définitivement à moins d'y mettre des moyens que Durand-Corbel se refusait d'utiliser. Son arrivée à Nice et plus encore son retour chez elle rue du Bac n'étaient pas passés inaperçus. Son scoop concernant les aveux des frères Gorini encore moins. Suivie par trois agents de la DGSI, elle avait été placée sur écoutes. Du coup Paul Grosjean et sa maîtresse ne se parlaient plus que par cartes prépayées et sous des noms d'emprunt.

Marianne Maestracci qui n'était dupe de rien depuis qu'elle avait aperçu Blanche au 36 avait mis en garde son adjoint : ce printemps 2028 n'était pas propice à la saison des amours et moins encore aux liaisons téléphoniques hasardeuses. Paul promit d'éviter tout contact avec la journaliste et évidemment oublia tout aussitôt la promesse. Il ne s'était pas passé vingt-quatre heures depuis l'annonce des aveux des frères Gorini que Blanche publiait un nouvel article révélant que Sylvio et Victor n'étaient pas seulement des malfrats reconvertis dans le prêt-à-porter et les boissons alcoolisées mais qu'ils étaient encartés dans la police. Bref, que c'étaient des flics ! Certes de fraîche date, écrivait Dubois, mais pas n'importe quels policiers, ils étaient parmi les très rares qui avaient la patte suffisamment blanche pour aller et venir à l'Élysée en toute liberté. Mieux, ils faisaient partie d'un corps très spécial voulu par la présidente. Une garde rapprochée qui ne dépendait que d'elle et qui avait supplanté les policiers du GSPR choisis par le ministère de la Police.

Dans son bureau, Durand-Corbel n'en croyait pas ses yeux comme des millions de Français scotchés devant leur ordinateur ou leur portable, il avait lu et relu ce nouvel article du *Journal de Genève* pour y apprendre ce que Maestracci et Grosjean avaient découvert eux-mêmes quarante-huit heures plus tôt. Le Premier ministre hésita un instant avant de décrocher la ligne directe qui le reliait à la présidente. L'humeur de bouledogue de Despenoux avait d'emblée relégué au niveau d'un aboiement de caniche la mauvaise humeur de son Premier ministre.

— Évidemment, dit-elle, tu m'appelles pour me parler des saloperies publiées par Dubois.

— Écoute, j'ai quand même le droit d'être furieux. Il faut que je lise dans un journal publié à l'étranger ce que la Crim' a découvert il y a quarante-huit heures et dont tu ne m'as jamais parlé.

— Et alors ? répondit, très agressive, Despenoux. La manière dont j'organise ma protection ne te regarde pas. Je n'ai aucune confiance dans ces faux-culs du GSPR.

— Mazaudet était au courant ?

— Évidemment.

— Et ?

— Tu veux tout savoir ? Eh bien, il n'aimait pas ces hommes qui ne travaillaient que pour moi. On s'était même méchamment engueulés quelques jours avant son assassinat à cause de cela. C'était la première fois qu'on se disputait vraiment. Trois jours après il était mort. Depuis je ne cesse d'y penser et regretter les mots qu'on s'était dits ce soir-là.

— Excuse-moi de te le dire, mais il avait raison, Mazaudet. Comment ces deux malfrats ont pu entrer dans la police et comment as-tu pu accepter que ces tueurs travaillent pour toi ?

— Ça n'est pas ceux que je voyais le plus. J'ai dû les rencontrer trois ou quatre fois. Je ne fais réellement confiance qu'à Pablo Sanchez. C'est lui qui choisit ceux qui font partie de sa troupe. Et moi je valide.

— Eh bien, n'avait pu s'empêcher de lâcher Durand-Corbel, tu as validé n'importe quoi !

— S'il te plaît, dit-elle, presque radoucie, reconnaissant en son for intérieur qu'il n'avait pas tort, ne te mêle pas de ça. Je vais rappeler Maestracci, je l'ai vue il y a deux jours, c'est une fille loyale.

Et elle raccrocha. Le téléphone de Marianne sonnait dans le vide, elle l'avait laissé dans la poche de sa veste en entrant dans la salle d'interrogatoire. Grosjean et elle n'en avaient pas fini avec les frères Gorini, elle voulait savoir par qui et comment ils avaient obtenu leur carte de flic et qui les avait introduits à l'Élysée.

Auparavant la patronne de la Crim' avait eu une sévère explication avec son adjoint. Comment Blanche avait-elle pu avoir ses informations, sinon par Grosjean ? Contre toute évidence, son numéro deux jura qu'il n'y était pour rien et qu'il n'avait plus aucun contact avec la journaliste depuis leur rencontre le matin des aveux. Marianne n'en croyait pas un mot mais n'insista pas. Après tout c'était son affaire, s'il voulait se faire virer de la police. Pour l'heure, elle avait besoin de lui et puis elle l'aimait bien. Plus que ça même ! Sa vie amoureuse était un désert et Paul était beau garçon, elle s'était dit que Blanche ou pas Blanche elle trouverait bien une occasion de confirmer les rumeurs d'une liaison qui jusqu'alors n'avait jamais existé.

23.

Quatre jours et quatre nuits dans les locaux de la Crim' au 36, et des questions mille fois répétées par les deux flics les plus coriaces de la place, Sylvio et Victor connurent l'enfer. L'aube du troisième jour fut décisive et les heures d'après définitives. Des premiers aveux sur le meurtre du ministre de la Police à ceux concernant l'enlèvement et l'assassinat du patron des patrons, il suffit à Marianne et à Paul d'une petite journée supplémentaire pour boucler leur dossier. Quatre mois plus tôt, l'intervention de l'Élysée pour innocenter les deux malfrats dans l'affaire Tablière les avait laissés sans voix ni moyens. Mais cette fois, après les premiers aveux, l'enquête avait pris un tour différent. Marianne qui savait marcher sur des œufs convoqua malgré tout Pablo Sanchez au 36. L'après-midi même, il était face à elle. L'homme était de bonne composition d'autant qu'il pouvait assurer, feuille de service à l'appui, que Sylvio et Victor étaient à l'Élysée le jour et à l'heure du meurtre de Tablière. Un détail pourtant avait mis à mal un aussi bel alibi. La présidente n'était pas au palais ce jour-là et ce sont d'autres flics qui étaient à ses côtés. Les frères Gorini n'avaient donc rien à faire à l'Élysée. Quant à l'arme qui avait servi à tuer le patron des patrons, elle était identique à celles retrouvées dans le garage des deux malfrats, identiques également à celle qui avait abattu Mazaudet. Tout comme pour l'assassinat du ministre de la Police, les Gorini étaient le dos au mur, désormais sans alibi face à une accumulation de preuves suffisante pour qu'ils rêvent de la baie des Anges à l'ombre des Baumettes jusqu'à la fin de leurs jours. La comédie n'avait plus de sens, encore moins de crédibilité et ils finirent par avouer. Ils avaient tué Tablière vingt-quatre heures avant qu'on ne retrouve le corps du baron demi-nu dans le fossé de la départementale qui devait les conduire à Melun. Maestracci et Grosjean avaient fait le job, aux magistrats désormais de faire le leur.

Les juges Malterre et Bringuier, qui avaient instruit l'affaire Berlau, avaient été remplacés dès l'arrivée d'Albert Tissier au ministère de la Justice. Le ministre-avocat détestait les magistrats, et ceux qui avaient l'échine aussi souple qu'un tronc d'arbre n'avaient pas fait long feu boulevard du Palais. Son directeur de cabinet eut pour première et unique mission de trouver dans les prétoires des juges suffisamment compréhensifs et soucieux de leur carrière pour dire le droit et rendre la justice selon les humeurs du garde des Sceaux et les nécessités politiques du moment. À Paris, le premier juge d'instruction Carlos Dominguez était de ceux-là. La cinquantaine solide, il avait l'apparence trompeuse : un physique de catcheur et la voix mielleuse d'un maître d'hôtel pour qui le client a toujours raison. Et quand les clients s'appelaient Despenoux et Tissier, ils avaient doublement raison.

Pour que les choses soient claires, le garde des Sceaux, qui ne s'embarrassait jamais de scrupules et encore moins de précautions, avait convoqué le magistrat, à l'heure où la place Vendôme s'endort, pour fabriquer la vraie fausse histoire de « deux malfrats en quête de respectabilité et qui finalement avaient replongé, saisis par leurs vieux démons ».

Malgré la froidure de la nuit, Tissier avait reçu Dominguez dans les jardins du ministère. Les murs avaient des oreilles à l'hôtel de Bourvallais et le garde des Sceaux réservait ses conversations secrètes à la seule indiscrétion des plantes. Dominguez avait froid, mais le ministre fit mine de ne pas s'en apercevoir, précisant seulement que leur échange ne serait pas long.

— Inutile de tourner autour du pot, dit-il en invitant le magistrat à faire quelques pas dans le parc, la présidente doit évidemment rester en dehors de ces terribles affaires. D'ailleurs, avait-il poursuivi, elle serait bien incapable de reconnaître les frères Gorini, c'est Pablo le chef de sa sécurité personnelle qui gère sa garde rapprochée. Tout passe par lui. Il sera toujours temps de chercher comment ils ont pu entrer dans la police et s'intégrer à l'équipe élyséenne.

— C'est en effet la question, glissa malencontreusement Dominguez qui semblait ne pas entendre ce que Tissier voulait lui dire.

— Pas vraiment, répliqua sèchement le ministre. En tout cas, cette question ne nous intéresse pas, ce qui nous importe, c'est de connaître rapidement le mobile des Gorini.

— Les tueurs à gages n'en ont pas, sinon l'argent qu'on leur donne, remarqua sur un ton professionnel le magistrat.

Tissier commençait à trouver que Dominguez mettait du temps à comprendre. Qu'il le fasse exprès ou non, peu lui importait, le moment n'était pas à la finasserie et, sur un ton beaucoup moins amène, il fixa son interlocuteur d'un regard qui n'appelait pas de réplique.

— Écoutez Carlos – vous permettez que je vous appelle Carlos –, on est entre gens de bonne compagnie, alors moi je vais vous dire, le mobile des frères Gorini, je le connais. Ils ont tué Mazaudet parce qu'il s'apprêtait à faire voter un plan de lutte contre les trafiquants de drogue qui allait les conduire à une faillite certaine.

Cette fois, Dominguez avait compris. La situation ne prêtait pas à rire et pourtant c'est bien ce que faillit faire le magistrat tant le mobile invoqué par Tissier lui paraissait ridicule.

— Monsieur le ministre, dit-il avec une forme de courage dont il ne se croyait pas capable, ce mobile ne me paraît guère crédible. Les journalistes vont éclater de rire.

— Quels journalistes? répondit cette fois très énervé le ministre. Les chaînes sont à notre merci et la presse se contente de répéter ce qu'on lui dit. Et c'est ce que vous allez leur dire. Croyez-moi, ils ne chercheront pas plus loin d'autant que contrairement à ce que vous semblez penser le plan de

Mazaudet était redoutable pour les trafiquants de drogue.

L'invitant à reprendre leur marche interrompue le temps de dire les choses clairement, Tissier conclut en posant à Dominguez la question qui n'appelait pas de réponse :

— Je peux compter sur vous, n'est-ce pas ? Et faites preuve de la même imagination pour l'assassinat de Tablière. Trouvez aux frères Gorini un mobile tout aussi crédible.

Dominguez ne répondit pas, se contentant d'un hochement de tête. Pour la forme il fit durer l'instruction, Tissier avait raison la presse avait oublié de poser des questions et semblait plus s'intéresser au futur successeur de Mazaudet qu'à ses meurtriers. Quant aux Français, ils pouvaient difficilement s'attrister de la mort d'un ministre qui avait fait de la répression policière la raison d'être de son ministère, et de la disparition d'un patron qui n'était pas de leur monde. Seul Patrice Gorge et l'ultradroite s'étaient agacés des lenteurs du magistrat, ce qui provoqua une énième passe d'armes entre le vice-Premier ministre et Durand-Corbel. Les deux étaient assis côte à côte à l'Assemblée quand Gorge glissa un papier au chef du gouvernement. Le billet était bref mais violent : « Arrêtez de nous prendre pour des cons. »

Surpris par l'agression, Durand-Corbel se tourna vers son voisin et lui répondit sans se soucier de qui pouvait l'entendre :

— Ça veut dire quoi ça ?

— Ça veut dire que vous faites traîner l'instruction pour raconter des bobards à la France entière, mais ne vous fatiguez pas, les Français ne sont pas dupes.

L'échange avait été suffisamment sonore pour que la plupart des députés en soient témoins. Ce qui n'améliora pas le climat détestable qui régnait depuis des mois à l'Assemblée. Les fidèles de Despenoux, encore majoritaires, s'affrontaient de plus en plus fréquemment aux partisans de Gorge, sûrs de leur fait et persuadés que la présidente ne résisterait pas longtemps aux turbulences qui secouaient le pays. Pour le chef de l'ultradroite le fruit était mûr, il suffisait de fixer l'heure de la récolte.

Au beau milieu du week-end de Pâques, Dominguez clôtura l'instruction. Les Gorini étaient mis en examen pour le meurtre de Mazaudet et pour l'assassinat de Tablière. Comme prévu les chaînes de télévision ne firent guère de commentaires sur les mobiles avancés, s'étonnant seulement que Sylvio et Victor n'aient pas été inquiétés après la découverte du corps du patron des patrons. Un journaliste de télévision osa même avancer l'idée que leur mise à l'ombre aurait sans doute évité un funeste destin au ministre de la Police. Sa direction ne tarda pas à étouffer ses velléités investigatrices et il rejoignit vite la cohorte innombrable des journalistes fichés « M », au mieux sans affectation, au pis évincés pour une faute professionnelle imaginaire. Mais cela faisait longtemps que le sort des journalistes n'intéressait plus personne. Dans cette France où la colère des uns côtoyait la haine des autres, le chacun pour soi était devenu la loi de tous. Les Français avaient mieux à faire que de commenter les conclusions du juge Dominguez, et en ce week-end pascal, les routes avaient le visage des heureuses migrations estivales. Sauf que cet exode n'avait rien de festif. Ils furent des centaines de milliers à faire la queue devant des pompes à essence aux trois quarts vides.

La France de Despenoux, trois ans après

avait titré le *Guardian* de Londres en publiant à la une la photo d'un supermarché aux rayons clairsemés. Alors que les chaînes françaises diffusaient quelques images d'embouteillages ponctuées d'interviews d'enfants heureux de partir en vacances, les télévisions étrangères multipliaient les reportages sur les Parisiens fuyant le quadrillage militaire de la capitale, les stations-service fermées, les restaurants désertés et les supermarchés vides de stocks.

Charlotte Despenoux n'avait rien vu de ce chaos pascal. Elle avait discrètement quitté Paris pour Rome la veille du week-end. Luigi Belini l'attendait au pied du Falcon à l'aéroport militaire Mario Berardi, loin des paparazzi toujours prêts à shooter les passagers de Fiumicino. Luigi n'avait pas revu Charlotte depuis leur rupture. Après plusieurs mois de silence, c'est elle qui avait fait le premier pas. D'abord quelques sms et puis, au lendemain de l'assassinat de Mazaudet, un appel de détresse. Le ministre de la Police était l'homme des mauvais jours, le confident auquel on peut montrer ses failles sans qu'il les utilise pour en faire des armes assassines. Pierre disparu, la solitude ordinaire était devenue si étouffante et l'air si irrespirable qu'elle s'était même réinstallée quelques jours dans la maison de Saint-Maur. Pour autant Despenoux savait que cette plongée dans la douceur du passé n'avait guère de sens, les nuages qui s'accumulaient n'épargnaient pas Saint-Maur et s'y endormir la nuit ne changeait rien à la réalité du jour. Durand-Corbel qui n'avait toujours pas trouvé de successeur à Mazaudet l'avait prévenue, Blanche Dubois enquêtait sur ces flics non répertoriés qui constituaient sa garde rapprochée. Comment les assassins du ministre de la Police avaient pu entrer dans ce cercle très fermé sans être repérés par la Place Beauvau ? Ou, s'ils l'avaient été, comment avaient-ils pu y rester sans être protégés par la présidente elle-même ?

Malgré leur séparation, elle savait que Luigi Belini ne refuserait pas de l'aider à desserrer les fils d'une toile qui la ligotait un peu plus chaque jour. Le jeune homme était arrivé très en avance à l'aéroport. Lorsque l'avion s'immobilisa enfin, seuls deux gaillards descendirent pour s'assurer qu'il n'y avait personne d'autre que l'Italien et son chauffeur pour accueillir la présidente française. Un long moment se passa encore avant que Pablo n'apparaisse sur la passerelle avec Alexandre qu'il tenait fermement par la main. L'enfant avait l'air hagard de ceux qui viennent d'être sortis brutalement d'un sommeil profond. Il ne se réveilla vraiment qu'en apercevant Luigi, manifestement heureux de retrouver l'ami de sa mère.

Charlotte n'était toujours pas descendue. La jeune femme n'était pas certaine d'aimer encore son ancien amant mais ça n'était pas une raison pour apparaître moins séduisante que lorsqu'ils déambulaient incognito dans les rues du Trastevere ou s'attardaient dans une trattoria de la Piazza del Popolo. L'avion à peine posé, elle avait abandonné son tailleur présidentiel pour enfiler le jean et le chemisier blanc qui lui avaient servi d'uniforme de campagne. Luigi regarda la jeune femme descendre les quelques marches, gracieuse et féline, mais le visage avait une expression qu'il ne connaissait pas. Le sourire semblait forcé et creusait deux petites rides que le fond de teint n'avait pas réussi à combler. Belini ne s'attendait pas à la voir ainsi, agressive et faible, violente et prête à l'abandon, comme si les jeux étaient faits et son sort scellé. L'Italien ne voulait y croire, et leurs lèvres s'effleurèrent dans un baiser qui n'était pas seulement celui de deux vieux copains. Dans la voiture, sans se cacher d'Alexandre, il prit la main de Charlotte comme si leur séparation n'avait jamais existé. Il habitait dans le quartier de Prati, un endroit élégant et tranquille, lové entre la Rome historique et le Vatican. L'appartement était suffisamment grand pour que les deux cohabitent sans se croiser. Ce fut un moment chaleureux, presque amoureux. La douceur romaine était propice aux promenades, mais Charlotte n'avait pas voulu prendre le risque de rencontres inopportunes ou désagréables. Elle se contenta de l'immense terrasse, laissant Pablo jouer les nounous et s'occuper d'Alexandre pour qui ce furent trois jours d'une imprévisible et enfantine *dolce vita.* Au fil des heures et d'une première nuit presque paisible, Charlotte redevint elle-même, à l'image de la ville, louve et langoureuse. Le deuxième soir, Alexandre couché et le fidèle Pablo parti goûter la nuit romaine, les deux anciens amants retrouvèrent la douceur des amours impossibles et le goût délicieux de l'interdit. Le matin d'après les cueillit apaisés au point que Charlotte, s'appliquant à elle-même l'ironie cruelle généralement exercée à son endroit par ses adversaires politiques, glissa à l'oreille de Luigi que la tentation de Rome pourrait bien être plus forte que les sombres vertiges du pouvoir élyséen.

— Après tout, dit-elle, ce ne serait qu'anticiper mon départ que certains de mes prétendus amis semblent déjà préparer.

— Qu'est-ce que tu racontes? s'insurgea Belini, Patrice Gorge et sa clique fasciste sont loin d'être majoritaires, tu leur as déjà beaucoup trop donné. Je te l'ai dit à Noël, tu ne m'as pas écouté, lâche du lest, rétablis un minimum de liberté syndicale et politique, redonne de l'air à la presse et surtout va plaider à Bruxelles pour qu'ils t'autorisent à desserrer la corde qui asphyxie les Français. Si tu fais ça, tu verras les chemises blanches vont se calmer et tu auras à nouveau le pays avec toi.

— Trop tard, Luigi. Je suis lucide, le pays est déchiré. Il suffira d'une allumette pour l'embraser et cette allumette elle a un nom : Gorini. Durand-Corbel m'a prévenue, plusieurs chaînes de télévision étrangères et Dubois pour le *Journal de Genève* enquêtent sur les deux malfrats qui ont avoué les meurtres de Mazaudet et de Tablière et…

— Oui?

— … et qui font partie du groupe de policiers qui assure ma sécurité.

— Tu avais promis de t'en séparer, tu ne l'as pas fait, c'est une grosse bêtise. Les flics de votre GSPR ne l'ont jamais digéré, ça fait trois ans que tu les nargues, c'est normal qu'aujourd'hui ils ne pensent qu'à te le faire payer.

— C'est bien ce que je dis.

— Mais non, ta garde prétorienne, c'est une affaire de corneculs, lâche-les et ce sera vite réglé.

— Malheureusement, je ne crois pas que ce soit si simple.

L'humeur de Charlotte s'était à nouveau assombrie.

24.

Le week-end avait été doux, l'atterrissage fut beaucoup plus brutal. Durand-Corbel, qui avait cherché à joindre la présidente sans succès, alors qu'elle venait de décoller de la ville aux sept collines, l'accueillit sans ménagement à la sortie de l'avion. Plutôt que de s'engouffrer dans la voiture il lui proposa de s'enfermer dans l'un des salons de l'aéroport. La pièce était vaste et meublée de canapés profonds qui d'ordinaire incitaient plus à la rêverie aérienne et vagabonde qu'aux réunions interministérielles. Alexandre la trouva rapidement à son goût et se précipita sur l'un des canapés pour renouer sans attendre avec les songes d'un ailleurs enfantin. La climatisation ronronnait depuis le matin et le froid qui régnait dans la pièce fit vite oublier à Charlotte la chaleur romaine. Après avoir recouvert son fils de l'un des plaids qui traînaient sur un fauteuil, elle s'assit à son tour en demandant à Durand-Corbel de leur faire servir du café.

— Vous ne voulez pas quelque chose de plus fort ? dit-il avec la mine d'un croque-mort qui vient d'enterrer sa propre mère.

Charlotte avait bien compris qu'il n'était pas venu jusqu'à Villacoublay pour lui dire des choses agréables. Elle le gratifia d'un regard noir où la fureur le disputait à l'inquiétude. En prenant soin de ne pas élever la voix pour ne pas réveiller Alexandre, elle répliqua sèchement :

— Un café me suffira, je n'ai besoin ni de calmants, ni d'antidépresseurs, et encore moins d'alcool pour digérer ce que vous allez me dire, même si je lis sur votre visage plus blanc que ces canapés que vous n'êtes pas venu ici pour m'offrir des roses.

— Si c'est le cas, je crains qu'elles n'aient beaucoup d'épines.

— Écoutez Durand-Corbel, épargnez-moi vos métaphores minables.

— Eh bien, c'est Blanche Dubois.

— Blanche Dubois ? Elle a déjà tout dit.

— Apparemment non. D'après nos informations, elle prétend avoir la preuve que c'est vous qui avez donné l'ordre aux frères Gorini d'abattre Mazaudet et de tuer Tablière.

— Mais comment pourrait-elle écrire des conneries pareilles ? Je n'ai vu ces types que deux ou trois fois.

— Je ne sais pas. Le *Journal de Genève* a pris ses précautions, Blanche également. L'article doit paraître demain matin et Dubois est introuvable. Elle n'est plus en Suisse depuis quelques jours, pas de traces de téléphone, ni de voyage en avion ou en train. Elle a fait parvenir son article au journal par une consœur de MSNBC, c'est tout ce que nous savons.

Le Premier ministre avait les traits creusés par un week-end pascal qui ne lui avait guère laissé de répit. Enfermé dans son bureau qu'il n'avait pas même quitté pour s'accorder quelques heures de sommeil, il avait passé quarante-huit heures à chercher la journaliste, pestant contre les services incapables de la retrouver. Blanche avait pris la poudre d'escampette au nez et à la barbe des meilleurs agents de la DGSE. Ils avaient pourtant ratissé large, Londres, Berlin, Stockholm, Oslo, Copenhague et même Helsinki, autant de capitales hostiles où la journaliste aurait pu trouver asile. Mais Dubois était restée introuvable, aussi transparente qu'un courant d'air. Avant que Durand-Corbel quitte Matignon pour l'aéroport, il avait eu confirmation qu'elle était partie sans laisser d'adresse, sans même prévenir ses amis genevois, alors que son papier venait de parvenir au journal.

La journaliste avait hésité longuement avant de publier les documents qu'elle avait reçus quelques jours auparavant. Dans une enveloppe anonyme glissée dans sa boîte aux lettres, quatre photos et des dates. Les clichés étaient en apparence anodins au point qu'en les recevant Blanche s'était demandé ce qu'ils étaient censés démontrer. C'est seulement en voyant les dates imprimées au dos des photos que la journaliste avait compris que ces bouts de papier en couleurs feraient l'effet d'une bombe plus puissante qu'une charge de TNT. Trop puissante même pour être tout à fait honnête. Depuis la publication de l'enquête qui avait provoqué la chute de François Berlau, Blanche avait l'épiderme ultrasensible et le doute chevillé au corps. Une *fake news* gigantesque avait failli l'emporter aussi violemment qu'elle avait balayé le président de l'époque, huit ans plus tôt, ça n'était pas pour replonger avec le premier scoop venu.

Sauf que Blanche était Blanche et pas une journaliste du quotidien. Elle aimait l'extraordinaire, l'inimaginable qu'elle mettait en scène avec un talent qui avait fait d'elle depuis des années une grande reporteure à part, provoquant chez ses confrères un mélange explosif d'envie, d'admiration et de détestation. Elle savait qu'ils ne la rateraient pas si elle dérapait une seconde fois. Avant d'appuyer sur le détonateur elle avait pris son temps, vérifiant chaque photo et les dates qui indiquaient que ces clichés avaient été pris la veille de l'assassinat de Mazaudet. Mais ces vérifications faites, la perspective de faire à nouveau la une des journaux du monde entier, de redevenir la Blanche Dubois capable de faire trembler un pouvoir plus sûrement qu'un million de manifestants l'emporta sur la prudence qu'elle s'était jusqu'alors imposée. D'autant qu'à Genève et à New York on se frottait déjà les mains. Les patrons de Blanche avaient accepté de partager le scoop avec MSNBC.

À Matignon, Durand-Corbel avait eu confirmation par le patron de la DGSE que tout était désormais en place pour atteindre le cœur de l'exécutif.

Face à Charlotte dont le visage hâlé était devenu terreux, il ne savait plus que dire. Dans un geste aussi inattendu qu'inhabituel il la prit dans ses bras et lui glissa dans un souffle :

— Il n'y a plus rien à faire, Charlotte, sinon attendre demain matin.

La jeune femme fut prise à cet instant d'une sorte de tendresse pour ce Premier ministre dont elle ne savait que penser. Elle acquiesça d'un mouvement de tête sans rien dire et réveilla Alexandre dont le sommeil avait résisté aux éclats de voix de sa mère et aux grognements accablés de Durand-Corbel. Les 4 × 4 anonymes étaient garés en bord de piste, Charlotte et Alexandre encore à demi endormi, s'engouffrèrent dans l'un deux. Les portes refermées, impossible de savoir dans quelle voiture se trouvait la famille Despenoux escortée d'une bonne vingtaine d'hommes en armes.

Il leur avait fallu moins de vingt minutes pour franchir le portail de l'Élysée et à peine d'eux de plus pour qu'Alexandre soit enfin couché dans un vrai lit. Mais à force d'être ballotté, le garçon n'avait plus sommeil. Le Petit Prince n'avait pas quitté sa chambre et Charlotte une fois encore conta la vie de ce renard imaginaire aux yeux d'argent et à la voix si tendre, qui lui avait fait découvrir l'essentiel, invisible aux yeux des hommes. Après avoir éteint la lampe de chevet, la jeune femme s'allongea aux côtés de son fils et s'endormit aussitôt. Et c'est une fois encore le Premier ministre qui la sortit d'un rêve trompeur lui donnant à croire une partie de la nuit que les Français l'aimaient toujours.

— Durand-Corbel, encore vous ! Vous ne pourriez pas me lâcher, quelle heure est-il ?

— Plus de 6 heures, madame la présidente et j'ai enfin sous les yeux le *Journal de Genève*.

— Et alors ?

— Alors, nos informations étaient exactes. Dubois laisse entendre que c'est vous qui avez donné l'ordre de tuer Mazaudet et Tablière.

— Mais c'est dégueulasse. Et totalement faux : elle ne peut pas le prouver.

— Le journal publie des photos de vous avec les frères Gorini dans les jardins de l'Élysée, la veille du meurtre du ministre de la Police.

— Ça ne prouve rien.

— Non, mais Dubois vient de jeter une grosse pelletée de poison et le pire, celui du soupçon.

— C'est vraiment une ordure. Elle a déjà eu la peau de Berlau…

— … ce qui entre nous, l'interrompit cyniquement Durand-Corbel, nous a bien arrangés à l'époque…

— … peut-être, mais elle n'aura pas la mienne. On n'est plus en 2020, il n'y a plus de presse pour relayer ces saloperies, ni de partis politiques pour nous emmerder.

— Je prie pour que vous ayez raison, lâcha le Premier ministre sceptique, mais je crains qu'un démenti ne suffise pas.

À six cents kilomètres de Matignon, Blanche Dubois venait, elle aussi, de découvrir le journal sur sa tablette. Alors que les services français l'avaient vainement cherchée partout en Europe, la journaliste n'avait pas quitté la Suisse. Des amis sûrs et discrets l'hébergeaient dans un chalet introuvable, perdu au fin fond de la forêt valaisanne dans un enchevêtrement de mélèzes, de chênes et d'érables sycomores. Dans cet endroit où les sentiers inaccessibles flirtent avec les glaciers tout proches, où les lacs déposent leurs eaux transparentes au pied des montagnes, Blanche avait ainsi vécu avec pour seuls compagnons les cerfs, les biches et les bouquetins, devenus en une semaine aussi familiers que les mésanges qui la réveillaient le jour à peine levé.

Seule au milieu de nulle part, la reporteure n'était plus sûre de rien. Certes elle avait mis beaucoup de conditionnel et n'affirmait pas que la présidente avait donné l'ordre de tuer, mais l'accumulation des faits évoqués, appuyés par les photos publiées à la une du quotidien genevois, était plus accablante encore qu'une simple affirmation. Et l'article malgré les précautions d'usage laissait peu de place à l'ambiguïté. Dès la première phrase Blanche accusait :

Les photos que nous publions, avait-elle écrit, *prouvent que les frères Gorini n'étaient pas de simples policiers inconnus de la présidente mais des gardes du corps assidus du palais présidentiel et très proches de Mme Despenoux. La cheffe de l'État ment lorsqu'elle affirme qu'elle les connaît à peine. À plusieurs reprises ils furent même chargés de missions très privées concernant certains adversaires politiques. Manœuvres d'intimidation, chantages, violences verbales et physiques, de nombreux témoignages confirment que la présidente n'hésitait pas à faire appel à leurs services pour réduire au silence tous ceux qu'elle estimait dangereux ou simplement trop bruyants. Mais il y a plus grave, nous avons pu écouter des enregistrements qui laissent penser que Despenoux était au courant de ce qui se tramait contre le patron des patrons et le ministre de la Police. Dans une conversation qui précède de quelques heures l'exécution d'Édouard-Ernest Tablière, la présidente laisse entendre à Sylvio Gorini que l'homme est devenu trop encombrant et plus gênant vivant que mort. Même si l'ordre n'est pas explicite, la teneur de la conversation ne laisse guère de doutes. Quant au ministre de la Police, cette fois c'est Victor qui est en cause : deux heures avant le meurtre, alors que Mazaudet dînait avec le maire de Nice, il reçut un appel de la présidente qui lui demandait s'ils étaient prêts. Prêts à quoi ?*

Et Blanche Dubois concluait en mettant en demeure Charlotte Despenoux de s'expliquer.

La journaliste avait maintes fois réécrit l'article avant de le faire parvenir au journal. Il n'empêche, en reposant la tablette, elle eut un moment de doute. Sa détestation de Despenoux et de son régime ne l'avait-elle pas conduite à porter des accusations qui reposaient sur des indices certes concordants mais pas forcément probants ? Le téléphone fixe s'était mis à sonner. Blanche s'était débarrassée de son portable avant de quitter Genève et la ligne de ses amis était restée muette depuis son arrivée, il lui fallut quelques instants pour trouver l'appareil à demi caché derrière une pile de livres. La voix était hésitante avec un fort accent étranger, l'homme s'était excusé, une erreur apparemment, mais Blanche ne le crut pas vraiment. Elle se dit que cette bâtisse en bois n'était certainement plus l'endroit imprenable qui l'avait protégée. Au contraire, isolée, enfouie dans cet écheveau de grands arbres prêt à le dévorer, elle risquait de devenir la dernière demeure introuvable d'une journaliste qui avait officiellement disparu depuis plusieurs semaines. Son papier publié, Blanche n'avait plus de raison de se cacher. Il était temps de rentrer.

Un coup de feu la fit tressaillir au moment où elle fermait la porte. Le temps d'arriver jusqu'à sa voiture, il y eut une deuxième, puis une troisième détonation. Des chasseurs sans doute… Autour de la maison, les plantes aux odeurs enivrantes bruissaient tout à coup bizarrement. Sûrement rien que de très banal mais après l'étrange coup de fil anonyme la journaliste n'en menait pas large. Le bruit de cette brise légère mêlée aux cris des bêtes traquées par des chasseurs invisibles avait fini par lui faire perdre le peu de sang-froid qui lui restait. Blanche n'avait plus qu'une hâte : retrouver le brouhaha de l'autoroute et les embouteillages de Genève.

Deux heures plus tard elle était à la rédaction du journal quand MSNBC diffusa à son tour sur son réseau new-yorkais les premiers reportages complétant son enquête. La chaîne américaine avait réussi à obtenir le témoignage de certains policiers du GSPR, trop contents de dénoncer cette garde prétorienne arrivée à l'Élysée en terrain conquis. Une bande de petites frappes, pouvait-on entendre dans ces témoignages diffusés visages cachés et voix déformées, mais dont l'authenticité n'était pas douteuse, des mafieux sans foi ni loi qui faisaient régner la terreur dans l'enclos fermé du palais. Charlotte Despenoux était décrite comme une patronne paranoïaque qui se méfiait de tout et de tout le monde, faisant goûter ses plats avant d'y toucher et qui attisait les divisions internes, créant dans sa propre garde rapprochée suffisamment de rivalités pour régner sans partage.

Le quotidien de Genève n'était plus distribué à Paris et à cette heure matinale Despenoux pouvait compter sur les télévisions françaises pour étouffer l'information. Mais la présidente n'était pas dupe, ce jeu de cache-cache ne durerait que le temps d'un réveil tardif c'est-à-dire le temps que Twitter s'en saisisse et que les Français qui en avaient pris l'habitude aillent chercher sur une chaîne d'info anglaise ou américaine ce qu'ils ne trouvaient plus en France.

Après le coup de téléphone du Premier ministre, la présidente qui n'avait guère dormi vérifia sous la douche que les radios avaient d'autres priorités que les révélations de Blanche Dubois. Le temps d'enfiler un jean et un sweat épais, elle rappela Durand-Corbel, l'invitant à faire avec elle quelques tours de parc avant de prendre un petit déjeuner sur la terrasse. Un thé léger et un jus de fruits pour elle, d'abondantes viennoiseries pour lui. Les ennuis avaient manifestement ouvert l'appétit de son numéro deux. En le regardant se jeter goulûment sur la brioche présidentielle, Charlotte se dit qu'il avait définitivement renoncé à jouer les jeunes premiers. Ses traits s'étaient épaissis et si le gris des cheveux lui allait plutôt bien, les nuits sans sommeil et les repas trop copieux avaient eu raison du jeune homme.

— Attention Étienne, dit-elle avec un sourire las, à cette vitesse calorique vous allez battre le record de Barre à Matignon !

Durand-Corbel, surpris par cette humeur grinçante de si bon matin, pensa un instant que la présidente n'avait pas saisi la gravité de la situation.

— Charlotte, je ne suis pas sûr que vous m'ayez fait venir pour me parler de mon tour de hanches. Vous avez lu le papier de Dubois et MSNBC en a déjà remis une couche, il faut qu'on réagisse d'autant plus vite que Gorge va profiter de la situation pour vous enfoncer la tête sous l'eau.

— Je sais tout ça, Étienne, mais franchement j'ai lu l'article, il n'y a rien dedans. Quatre photos qui ne prouvent rien et quelques médiocres assertions sans preuves. Honnêtement j'ai connu Dubois plus en forme. Si ces connards d'Américains n'ont rien de plus que trois témoignages foireux, ça ne va pas aller très loin. Et puis, vous tenez le pays oui ou non ?

— Oui, dit-il avec une hésitation perceptible, oui… enfin je crois.

— Comment vous croyez ? Les radios et les télés nous suivent, la police et l'armée nous soutiennent, ça suffit non ?

— Je voudrais le croire, dit cette fois avec fermeté Durand-Corbel qui s'était demandé un instant si Charlotte était à ce point déconnectée ou si elle se lançait dans une ultime opération d'autopersuasion matutinale. Mais vous savez mieux que personne que le pays, ça n'est pas ça. Le pays, il crie famine, se déchire et vous fait porter le chapeau de tous ses malheurs. Peu importe que l'article de Dubois ne soit que du papier froissé sans consistance, vous savez que les réseaux sociaux vont s'en emparer, transformer les suppositions en accusations, quant aux amis de Gorge ils ne vont avoir de cesse d'alimenter la machine à couper les têtes, exécuter les faibles et vous broyer au passage.

Charlotte était restée étrangement calme, comme indifférente à ce pays que lui décrivait Durand-Corbel, attentive à une seule image, la sienne qui, se disait-elle, n'était pas celle d'une criminelle.

— Je vais moi-même rédiger un communiqué, Perrot doit être arrivé, voyez avec lui pour la diffusion.

— Attendons que MSNBC balance sur l'Europe ce qu'ils ont déjà diffusé à New York, je crois savoir qu'ils ont des témoignages accablants sur vos flics personnels et les frères Gorini. Certains laissent même entendre que c'est parce que Mazaudet était hostile à cette garde rapprochée qu'il a été assassiné.

— Mais c'est absurde, s'écria Despenoux.

— En tout cas, profitez-en pour annoncer la dissolution de cette garde prétorienne que vous allez désormais traîner comme un boulet.

Trop tard. Alors qu'il consultait son téléphone en grimpant les escaliers qui le conduisaient au bureau du secrétaire général, Durand-Corbel constata, défait, que les ravages d'Internet s'étalaient déjà sur tous les écrans. Twitter et les autres réseaux codés auxquels il avait accès ne parlaient plus que de l'article de Dubois, oubliant au passage l'original pour imaginer toutes les copies possibles. Déformé, trituré, réécrit, l'article, passé à la moulinette de ces réseaux, n'était plus qu'un acte d'accusation redoutable. Durand-Corbel avait raison, les milliers de tweets publiés en à peine deux heures passaient par perte pour Despenoux et au profit des amis de Gorge les précautions journalistiques de Dubois pour ne retenir qu'une chose et lui assurer une diffusion exponentielle : la présidente était coupable. Coupable d'avoir fait enlever puis assassiner Tablière, coupable d'avoir fait tuer Mazaudet, utilisant les frères Gorini comme tueurs à gages. Gorge lui-même enivré par l'odeur du sang avait commis un tweet suffisamment ambigu pour que Charlotte, furieuse, convoque l'après-midi même un Conseil des ministres.

Entre-temps, le communiqué avait été publié. Peu convaincant, inutile et finalement dangereux, puisque la présidente par sa volonté de démontrer l'indémontrable avait fini par crédibiliser un papier qui ne l'était guère. Les réseaux sociaux et l'enquête américaine avaient fait leur œuvre. Le démenti présidentiel était déjà oublié au profit d'une thèse qui ne semblait plus faire débat. En quelques heures, les interrogations étaient devenues certitudes : la présidente française n'hésitait plus à tuer pour protéger son pouvoir.

À l'Élysée la plupart des membres du cabinet de Despenoux s'étaient prudemment enfermés dans leurs bureaux, persuadés que les murs du palais présidentiel ne pourraient étouffer les échanges peu amènes attendus après la publication du tweet de Gorge et des ministres de l'ultradroite. Mais, comme souvent, lorsque la scène est trop prévisible, c'est tout l'inverse qui se produisit. Charlotte avait retrouvé l'assurance de ses débuts pour affirmer qu'elle n'était en rien responsable des meurtres commis par les frères Gorini. Et qu'elle ne laisserait pas « les réseaux sociaux et une presse internationale aux mains des voyous mondialistes mettre en péril le renouveau français soutenu par un peuple fier de lui et de son drapeau ». En disant cela elle fixait Gorge qui lui répondit seulement par un regard hostile. Le vice-Premier ministre était suffisamment politique pour ne pas mettre en péril le soutien de façade qui s'était dégagé du Conseil. Il n'en avait pas besoin. En coulisses, ses amis s'agitaient pour ne laisser aucun répit à la présidente.

Un à un, les ministres étaient sortis de l'Élysée sans un mot. Inutile de donner l'impression aux rares journalistes encore autorisés que le complot s'ourdissait au cœur même du palais. De toute façon chacun avait compris que la tête de Despenoux était déjà sur le billot et que Gorge n'attendrait pas longtemps pour actionner le couperet.

Un vent fort et inhabituel balayait Paris depuis le début d'après-midi. Restée seule avec Durand-Corbel et Perrot, Charlotte contemplait à l'abri des fenêtres du salon Murat l'étrange spectacle des canards qui semblaient se jouer des vagues comme les enfants au bord d'une plage. Sans se retourner, elle donna ses ordres comme si le pouvoir lui appartenait encore. À Perrot elle demanda de convoquer le fidèle Pablo pour lui signifier que sa petite troupe était désormais interdite de palais.

— Mais, madame, s'insurgea le secrétaire général, Pablo va me rire au nez et se précipiter dans votre bureau. Vous le savez mieux que personne puisque vous l'avez voulu ainsi. Il n'entend que vous.

— Je ne veux plus le voir. Et c'est ce que vous allez lui dire. Plus aucun contact. Regardez ce qu'a fait Dubois avec quatre malheureuses photos et des enregistrements qui ne prouvent rien. J'ai eu tort de croire que ma garde était fiable, je ne pardonnerai jamais à Pablo d'avoir embauché ces deux mafieux et à Mazaudet de m'avoir trahie en faisant écouter ces hommes. Après avoir vu Pablo, vous ferez un communiqué pour annoncer qu'il a été limogé, que la garde est dissoute et que, l'instruction des frères Gorini une fois close, ces deux bandits seront jugés dans les plus brefs délais.

En agissant ainsi, Charlotte semblait croire encore qu'elle pouvait sauver un pouvoir devenu aussi glissant que la boue qui l'ensevelissait progressivement. Assis face à elle, Durand-Corbel s'était figé dans une immobilité dénuée d'expressions comme s'il se condamnait lui-même à n'être plus qu'un personnage de cire bientôt jeté aux oubliettes du musée Grévin. Perrot remonté dans son bureau, il sortit enfin de son mutisme.

— Charlotte, je crains que vous n'ayez pas pris la mesure de la situation. Vrai ou faux, peu importe, les Français sont désormais persuadés que vous êtes la commanditaire des meurtres et plus rien ne les fera changer d'avis. Il y a deux ans, ils vous auraient crue, aujourd'hui c'est fini. Si la France était riche et en bonne santé, vous pourriez tenter quelque chose, mais, là, les caisses sont vides et pour vos compatriotes vous êtes la seule responsable. Vous croyez avoir fait disparaître les syndicats, les partis, tenu en laisse les médias et la presse, mais vous vous trompez. Décimés, exsangues, leurs chefs arrêtés ou en exil, ils bougent encore. Des tracts relayés par les réseaux sociaux et vus des millions de fois appellent dès demain à des manifestations dans tout le pays. Je ne le dis pas de gaieté de cœur, Charlotte, mais je vous le dis, mis à part quelques vieux grognards, il ne reste plus grand monde ce soir pour nous soutenir. L'extrême gauche ne vous pardonnera jamais de l'avoir éliminée au bout d'un an et, chez nous, vous savez très bien que Gorge et ses amis n'attendent qu'une occasion pour nous faire la peau. Eux aussi appellent à manifester demain après-midi.

— Et alors ! s'exclama Despenoux qui avait écouté la longue tirade de son Premier ministre sans broncher, vous avez l'intention de laisser faire ? Puisque Gorge trouve que nous sommes encore trop laxistes, on va lui montrer ce qu'est l'autorité. Appelez les préfets et faites interdire toutes les manifestations.

— Celles prévues par l'extrême gauche, ça me paraît possible, mais en ce qui concerne les amis de Gorge, ce sera plus compliqué.

— Ce ne sont pas, ce ne sont plus nos amis et de toute façon nous n'allons pas donner le sentiment que nous soutenons une manifestation de fascistes.

— De fascistes ? rétorqua sans ironie Durand-Corbel, mais, Charlotte, il y a belle lurette que c'est nous, vous, moi qui sommes accusés d'être des fascistes.

— Eh bien alors, répondit, sans humour, la présidente, il y a fascisme et fascisme. Et puis cessez d'ergoter, s'énerva-t-elle en mettant fin à cet entretien.

Il avait duré suffisamment pour que ni l'un ni l'autre ne s'aperçoivent que la nuit avait progressivement noirci le salon Murat, devenu le simple décor d'un spectacle qui allait vite les dépasser.

25.

Plutôt que l'ascenseur, Charlotte prit l'escalier qui la conduisait à ses appartements privés. Au fil des marches, la belle assurance qu'elle avait arborée devant le Premier ministre se dissolvait aussi sûrement que son maquillage. Les morsures du doute étaient suffisamment visibles pour qu'Alexandre ne voie qu'elles lorsqu'elle le rejoignit enfin dans sa chambre. Le petit garçon qui avait grandi dans cette maison où l'enfance n'était pas la bienvenue interrogea sa mère avec inquiétude.

— Ça va, maman ?

Elle lui sourit sans répondre et une fois de plus ouvrit le *Petit Prince*, passant le chemin du renard pour conter ce soir-là l'éternel recommencement du lampadaire qui s'allume et s'éteint, marquant à l'infini le passage de la nuit au jour et du jour à la nuit. Osant pour elle-même cette parabole audacieuse, elle se demanda si finalement ça n'était pas le sort de la France depuis son élection !

À cette heure-là, le silence du palais n'était pas le meilleur conseiller. Charlotte n'avait rien bu mais c'était pire, la nuit à peine entamée elle avait déjà la gueule de bois des lendemains de cuites sauf que la sienne était seulement dues à un mélange imbuvable de solitude et de doute. Elle allait se coucher quand le nom de Luigi s'inscrivit sur son portable. À l'intonation de sa voix, elle comprit qu'il n'appelait pas pour renouer les fils de leur amour intermittent.

— Je n'ai pas voulu t'appeler plus tôt, mais je sais tout, dit-il sur un ton cassant. Le papier de Dubois, les reportages à la télévision, les réseaux sociaux et maintenant ta décision d'interdire les manifestations. Qu'est-ce qui te prend ? Tu as décidé de te suicider ? Avec ces interdictions, tu vas au casse-pipe, tu peux envoyer l'armée et toutes les polices de ton pays, tu n'empêcheras pas les gens de descendre dans la rue. Il va y avoir des morts et c'est toi qu'on enterrera.

Charlotte, surprise par l'agression, l'écouta sans rien dire avant d'exploser.

— Qu'est-ce que tu comprends, toi, à la situation de la France ? Que veux-tu que je fasse ? Que je me laisse accuser sans rien dire ? Que je laisse bafouer l'autorité présidentielle ? C'est ce que veulent Gorge et ses acolytes, ils veulent mon fauteuil, ils veulent le pouvoir, mais je vais me battre.

— De toute façon, Charlotte, c'est foutu. Tu vas mettre combien de temps pour le comprendre ? Tu as essayé, c'est raté. Fasciste pour les uns, dictateur en carton-pâte pour les autres, tu n'as plus avec toi que ceux qui jouissent des faux-semblants du pouvoir, quelques ministres godillots et des députés qui retourneront leur veste à la première occasion.

— Écoute, Luigi, dit-elle, excédée, avant de raccrocher, mêle-toi de ce qui te regarde. On va s'arrêter là.

En s'écroulant sur son lit, le portable encore à la main, elle maudit Luigi et son ton péremptoire, jusqu'au moment où dans un demi-sommeil elle se dit qu'après tout il n'avait peut-être pas tort. Interdire ces manifestations, c'était sans doute une énorme connerie !

Et ce fut une gigantesque connerie.

C'était parti de nulle part ou plus exactement de villages ou de bourgs que Durand-Corbel et Despenoux auraient été bien incapables de situer sur une carte. Des petits groupes de femmes et d'hommes, armés de leur seule chemise blanche, s'étaient formés à l'heure du café, prenant de court les quelques gendarmes affectés à ces communes sans histoires. Des banderoles avaient été confectionnées à la hâte. Twitter avait été abandonné au profit de sites protégés qui indiquaient les routes à suivre et les points de rassemblement. De Lille à Marseille, de Biarritz à Strasbourg, de Brest à Nice, jamais les départementales, habituellement peu fréquentées, n'avaient connu de tels embouteillages. Bravant les interdictions, les Français, ce mardi 9 mai 2028, s'étaient donné le mot pour manifester aux quatre coins du pays. Ils se croyaient résignés, laissant à quelques milliers de chemises blanches le courage du refus, ils se retrouvèrent des millions à affronter la police et l'armée aux cris de : « Despenoux assassin, Despenoux démission. » Ils avaient le nombre pour eux et malgré une répression qui laissa sur le pavé des milliers de blessés, jamais les forces de l'ordre ne parvinrent à faire reculer ces foules immenses qui occupaient les places et entendaient y rester. Au fil des heures, Twitter faisait le compte de cette révolte sans chef, égrenant les villes où gendarmes et CRS avaient dû abandonner la rue au profit de manifestants d'autant plus déterminés qu'ils se sentaient les cocus de 2025.

À Paris, la soirée s'annonçait plus explosive encore puisque à cette foule hétérogène, politiquement informe, étaient venus se mêler des groupes de l'ultradroite identitaire encadrés par les proches de Gorge. Le vice-Premier ministre était d'ailleurs injoignable depuis les premières heures de la matinée, comme la plupart des ministres. Durand-Corbel, toujours ministre de la Police par intérim, et Despenoux s'étaient installés place Beauvau, rejoints par le préfet de police et le chef d'État-major des armées. Tels quatre généraux d'une armée en déroute, ils semblaient réduits à n'être plus que les spectateurs de leur propre désastre. En quelques heures, les amis de Gorge qui s'étaient faits discrets jusqu'au soleil couchant avaient pris la tête du mouvement. Rejoints par plusieurs milliers de militants venus de toute l'Europe, armés et entraînés au combat, ils firent de la capitale le théâtre d'une guérilla urbaine qui s'acheva à l'aube par la mort accidentelle de trois manifestants. Alors que Charlotte Despenoux remontait dans son 4 × 4 blindé pour faire les quelques dizaines de mètres qui séparent Beauvau de l'Élysée, Paris se réveillait ensanglanté et meurtri. Les chaînes de télévision, anesthésiées depuis si longtemps, avaient profité de cette nuit sauvage pour retrouver un peu de leur dignité perdue et diffuser les images qui passaient déjà en boucle sur les écrans du monde entier. Dans son bureau, la présidente fixait, elle aussi, l'écran qui n'était plus à cet instant que le miroir sinistre de ses échecs. Durand-Corbel avait prévu de la rejoindre un peu plus tard.

Il ne fallait que quelques minutes pour aller de Matignon à l'Élysée, des minutes suffisantes pour que le Premier ministre soit saisi d'une violente colère à la vue de ces rues dévastées jonchées de carcasses de voitures brûlées. En passant devant l'Assemblée il vit ce que le monde entier contemplait depuis la nuit dernière, une place de la Concorde qui n'était plus qu'un champ de bataille exhalant une odeur de sang et de mort. Pour Durand-Corbel c'était à vomir d'amertume. En s'engouffrant dans l'avenue Marigny longeant les hauts murs de l'Élysée, il se dit qu'il était temps d'en finir. Après tout, il avait été d'une loyauté exemplaire. Il avait suivi Despenoux quand elle avait prévu de passer un accord avec Malingaud alors qu'il voulait s'allier avec la droite. Il n'avait rien dit lorsqu'elle avait supprimé partis et syndicats, rien dit non plus quand elle avait étouffé la presse et réduit à rien ou presque les libertés individuelles faisant de la France un État de non-droit, désormais sanguinaire. Il n'irait pas au-delà.

Entré dans le bureau présidentiel sans même se faire annoncer par l'huissier, il n'attendit pas d'arriver jusqu'à la présidente pour exprimer la fureur qui l'habitait depuis son départ de Matignon.

— Vous devez démissionner, Charlotte. Vous avez le pays contre vous. L'accalmie de cette matinée ne durera pas. La France est à feu et à sang et, même si les morts de la nuit dernière ne sont pas de notre fait, il y en aura d'autres si vous ne partez pas. Le monde nous regarde, madame la présidente, il n'y a pas d'autre solution que la démission, c'est le dernier service que vous pouvez rendre aux Français.

Despenoux, que Durand-Corbel avait trouvée prostrée et défaite devant son écran, s'était tout à coup redressée, comme galvanisée par cette déclaration de guerre à peine voilée.

— Mais vous êtes tombé sur la tête, Durand-Corbel, ceux qui me déconseillaient de vous nommer Premier ministre avaient donc raison. Vous n'êtes qu'un lâche, prêt à sauter du bateau à la moindre secousse. Ça n'est pas parce que trois pauvres types sont morts brûlés dans leur voiture que je vais renoncer à diriger ce pays qui, je vous le rappelle, m'a élue démocratiquement et vous a donné une majorité écrasante un an plus tard.

— Madame la présidente, nous ne sommes plus en 2025. Le pays est dans la rue et il vous demande de partir.

Despenoux venait de se lever, le regard de la présidente était si dur que Durand-Corbel pensa un instant qu'elle allait le gifler. Mais non, elle se contenta d'aller à la fenêtre pour y trouver l'air qui lui manquait dans la pièce devenue étouffante. Elle ne respira que les médiocres effluves d'une atmosphère viciée par les fumées et les lacrymogènes, comme suspendus à l'orée du parc. Sans même se retourner, elle congédia sèchement celui qui était encore son Premier ministre et convoqua le secrétaire général pour publier un nouveau communiqué. Entré dans le Salon doré Perrot n'attendit pas longtemps. Charlotte Despenoux n'eut pas besoin de plus de cinq minutes pour écrire d'une main nerveuse un texte vengeur.

Je condamne, écrit-elle, *les graves incidents qui ont endeuillé la France au cours de ces dernières heures. Rien ne peut justifier de telles violences d'autant plus inacceptables que les manifestations avaient été interdites dans l'intérêt du maintien de l'ordre public.*

Je réfute les accusations mensongères avancées par une journaliste sans scrupules qui s'autorise des déductions prétendument fondées sur des documents tronqués et qui ne prouvent rien.

Je confirme que les policiers recrutés par l'Élysée dans l'intérêt de ma sécurité ont été renvoyés dans leurs corps d'origine et que les frères Gorini qui s'étaient infiltrés dans ce groupe seront prochainement jugés pour le meurtre d'Édouard-Ernest Tablière et l'assassinat de Pierre Mazaudet.

J'appelle les Français à rentrer chez eux pour éviter de nouveaux incidents. La France a besoin de calme et d'ordre, c'est pourquoi la présidente que je suis et que vous avez élue en 2025 démocratiquement, garante des institutions, n'entend pas céder aux injonctions de la rue. Je poursuivrai donc jusqu'au terme prévu par la Constitution l'œuvre de renouveau que j'ai entreprise pour la France et les Français.

Signé : Charlotte Despenoux.

Durand-Corbel, décidé à perdre cet embonpoint disgracieux qui lui avait valu les remarques ironiques de Despenoux, déjeunait dans son bureau d'un plateau-repas frugal et ennuyeux, quand l'alerte sonna sur son portable. Décidément elle n'a rien compris, se dit-il en parcourant d'un œil distrait et agacé les vingt lignes du communiqué. Le chef de cabinet venait de lui apporter les premiers télégrammes des préfets signalant un peu partout en France des manifestations identiques à celles de la veille. À Paris, la réponse au refus de Charlotte de démissionner fut immédiate. Venus d'on ne sait où, des dizaines de milliers de manifestants encadrés par des militants d'extrême droite, arborant sans vergogne sur leurs sweat-shirts une croix gammée, ivres d'eux-mêmes et d'une nuit sans sommeil, avaient enfoncé les barrages de gendarmes mobiles et débordé les chars qui avaient pris position devant l'Assemblée nationale pour occuper à nouveau la place de la Concorde. À cinq cents mètres, enfermée dans son palais, la présidente pouvait entendre les slogans du jour : « Chez nous, c'est la rue », « Despenoux assassin », « On est chez nous partout », « Despenoux démission ».

À Matignon, les dépêches envoyées par les préfectures étaient alarmantes. Tandis que les premiers tirs à balles réelles se faisaient entendre à la Concorde, des mouvements insurrectionnels étaient signalés un peu partout dans le pays, place Bellecour à Lyon, place Masséna à Nice, et les chaînes d'info faisant fi des consignes du pouvoir – mais y avait-il encore un pouvoir à cette heure de l'après-midi ? – annonçaient la mort de deux manifestants à Toulouse. À Paris, les écoles avaient fermé leurs portes et les enfants étaient renvoyés chez eux. Charlotte elle-même avait dû se résoudre à exfiltrer Alexandre. Le petit garçon accompagné par quatre molosses du GSPR avait fui le palais par la rue de l'Élysée pour rallier une destination inconnue. Saint-Maur était devenu trop insécure.

À 18 heures, alors que l'insurrection avait embrasé le pays, Patrice Gorge annonçait sa démission bientôt suivie par celle des ministres de sa mouvance néofasciste. Le vice-Premier ministre venait d'expliquer sur MSNBC qu'avec ces départs la France n'avait plus de gouvernement et que seule la démission de la présidente et l'annonce de nouvelles élections pourraient permettre au pays de retrouver la sérénité nécessaire à son redressement. Sur ce point au moins Durand-Corbel, que Gorge n'avait pas même pris la peine d'appeler, était d'accord.

À 19 heures, sans escorte, une voiture anonyme quittait la rue de Varenne et, après de multiples détours, parvint enfin à la présidence. En d'autres circonstances cette étrange traversée de Paris aurait amusé Durand-Corbel, mais le Premier ministre n'était pas d'humeur badine lorsqu'il entra enfin dans le palais aussi désert et silencieux qu'une forteresse abandonnée. Dans son bureau jouxtant celui de la présidente, seul le fidèle Perrot semblait vouloir continuer de monter la garde d'un pouvoir fantôme.

Sur un ton qui ne souffrait pas le refus, Durand-Corbel l'invita à entrer avec lui dans le Salon doré. Charlotte Despenoux, immobile derrière son bureau, donnait à voir l'image surréaliste d'une statue de pierre, le regard vide devant l'écran qui déversait son flot d'images de violence. En la voyant ainsi figée, le chef du gouvernement se demanda un instant si elle s'était aperçue de sa présence. Les secondes passant, il décida de rompre ce silence poisseux.

— Madame la présidente, en tant que Premier ministre et ministre de la Police par intérim, j'ai le regret de vous informer qu'à cette heure-ci nous ne contrôlons plus rien. Les forces de l'ordre sont partout débordées et sauf à faire des dizaines de morts inutiles, je vous le dis pour la dernière fois, seule votre démission peut éviter que le pays bascule dans une guerre fratricide dont vous porterez seule la responsabilité.

Les yeux de Charlotte avaient quitté l'écran plat pour enfin se fixer sur Durand-Corbel, ils avaient perdu de leur dureté, mais regardaient le Premier ministre sans indulgence. Mi-ironique, mi-agressive, elle dit seulement ce que disait la Constitution depuis qu'elle en avait décidé la réforme.

— Et c'est vous, bien entendu, qui viendrez vous installer dans ce bureau pour assurer l'intérim. Finalement, ajouta-t-elle méchamment, vous aurez obtenu ce que vous vouliez. Médiocrement et pour quelques semaines seulement, mais vous l'aurez obtenu ! C'est bien, Durand-Corbel, vous avez gagné…

Il l'interrompit sèchement.

— … Je n'ai rien gagné, madame, nous avons perdu. Nous avons échoué ensemble, même si j'ai assumé parfois une politique que je n'approuvais pas.

— Qu'allons-nous devenir ?

— Ça n'est pas la question, Charlotte. La question c'est que vont devenir les Français et que va devenir la France. Gorge va être candidat, persuadé qu'il va l'emporter. Nous verrons bien.

Charlotte Despenoux se tourna vers Perrot qui s'était enfermé dans un mutisme prudent, attendant de voir de quel côté tomberait le couperet.

— Tu ne dis rien, Jules ?

Connaissant Charlotte, Perrot avait compris qu'elle était prête à lâcher. Le coup de grâce était à sa main, il le lui donna sans trembler.

— Monsieur le Premier ministre a tout dit. Les Français ne veulent plus de nous. Au profit de qui ? de quoi ? Nous serons fixés dans cinq semaines. En attendant, ajouta le secrétaire général avec une émotion sincère, je voudrais vous dire que je ne regrette rien de cette aventure. La première année fut belle et enthousiasmante, saurons-nous un jour pourquoi nous avons perdu la suite ? Les Français voulaient de l'ordre, ils se vautrent dans le désordre à la première occasion. Peut-être que Gorge a raison, nous n'avons pas été assez fermes avec ceux qui ne respectent pas nos valeurs. Dans tous les cas, conclut Perrot, Étienne dit vrai, il faut en finir.

Charlotte se redressa et, pour la dernière fois, se parant d'une dignité présidentielle perdue depuis longtemps, elle demanda à Perrot de rester pour rédiger le communiqué, après avoir salué froidement Durand-Corbel qui se savait déjà président par intérim.

À 22 heures, ce 10 mai 2028, la présidente Charlotte Despenoux qui avait fait entrer l'extrême droite à l'Élysée trois ans plus tôt démissionnait. Le communiqué était bref et sans fioritures.

Compte tenu des circonstances, pour assurer le retour au calme indispensable à toute politique de redressement national, j'ai décidé de quitter mes fonctions ce jour à minuit.

J'entends désormais faire justice de ces accusations qui ont détourné de moi une partie des Français et je souhaite que la politique que j'ai mise en œuvre soit poursuivie quel que soit celui qui l'incarnera.

Vive la France.

La France à qui elle souhaitait longue vie était fatiguée. Au soir de cette journée d'émeutes, le pays comptait ses morts et ses blessés. L'heure n'était pas à la fête. À l'annonce de la démission présidentielle, il n'y eut ni explosion de joie ni manifestation bruyante, juste une indifférence où la crainte le disputait au soulagement. Le miroir aux illusions brisé restait le malheur d'un pays sans boussole et des Français en quête d'un nouveau chef.

Durand-Corbel, qui s'était installé à l'Élysée à la première heure du jour d'après, savait qu'il n'était pas celui que la France attendait. Second rôle du régime défait, il ne pouvait prétendre, au mieux, qu'à jouer les passeurs vers un futur imprévisible.

La nomination de son propre successeur à Matignon fut une formalité. Le bail de six semaines au plus ne justifiait pas de rechercher le meilleur, juste le plus transparent. Thomas Barday, qui avait fait le job au quai d'Orsay, était l'homme de la situation puisqu'il allait ainsi éviter à la France d'être définitivement mise au ban de la communauté internationale.

Et le président par intérim chargea Perrot, qu'il avait maintenu au secrétariat général, de prévenir les chaînes qu'il ferait une déclaration à 20 heures. L'occasion pour les radios et les télévisions, décimées par des années de privation de liberté et de chasse aux sorcières, de rappeler précipitamment quelques-uns de leurs éditorialistes, réduits au silence depuis près de trois ans lorsque le ministre de l'Information avait décidé que la presse devait parler d'une seule voix. Nombre des exclus avaient choisi l'écriture et publiaient à l'étranger, d'autres, telle Blanche Dubois, avaient trouvé refuge dans la presse francophone, en Suisse, en Belgique et même outre-Atlantique. La plupart de ces plumes n'étaient pas de retour et les chaînes avaient dû monter à la hâte des duplex de Montréal, de Bruxelles ou de Genève. Les Français, qui avaient depuis longtemps délaissé le petit écran au profit des réseaux sociaux, redécouvraient ces visages autrefois familiers, les mêmes si souvent décriés qui leur apparaissaient ce soir-là comme les messagers d'une liberté en pointillé.

Prudent, et pour éviter tout risque de manipulation, Durand-Corbel avait choisi de s'exprimer en direct. Costume gris, chemise bleue et cravate sombre, il entra au dernier moment dans le studio installé par Charlotte Despenoux dans les sous-sols de l'Élysée. Renouant avec une tradition républicaine abandonnée par l'ex-présidente, il fit précéder son allocution d'une *Marseillaise*, dont il dit dans les premiers mots de son intervention qu'elle devait être entendue comme un appel au rassemblement. Et il enchaîna :

« Mes chers compatriotes,

La rue a parlé et la présidente Despenoux en a tiré les conséquences, mais la rue ne peut avoir le dernier mot. Dans cinq semaines chacun d'entre vous dira ce qu'il souhaite pour la France. Premier ministre pendant trois ans, aujourd'hui président par intérim, je ferai en sorte que notre pays retrouve le calme nécessaire au bon déroulement de la prochaine élection présidentielle.

Aujourd'hui nous pleurons nos morts et nos blessés, faisons en sorte que leurs vies perdues ou fracassées nous servent de leçon et que désormais seules les urnes tranchent nos débats. »

S'ensuivit une longue tirade justifiant ce qu'avait fait son gouvernement pour redresser le pays, avant de conclure avec la lucidité de ceux qui n'ont plus rien à perdre puisqu'ils ont déjà perdu :

« Malgré ce travail les résultats ne sont pas là. Il nous a manqué le temps ou la manière peut-être. Dans tous les cas, c'est un échec. Et j'en prends ma part. C'est pourquoi au terme de l'élection présidentielle je me retirerai de la vie politique en veillant d'ici là à ce que la liberté de chacun soit respectée. Un autre ensuite tracera le chemin que vous aurez choisi.

Vive la République,

Vive la France. »

En sortant du studio, Durand-Corbel retrouva Perrot qui l'attendait en régie. Il s'attendait à entendre de la bouche du secrétaire général des mots élogieux, habituels en pareille circonstance, il avait face à lui un visage dubitatif et fermé. Agacé, il entraîna son collaborateur dans un coin de la pièce.

— Qu'est-ce qu'il y a Perrot ? J'ai dit une bêtise ?

— Pas du tout, monsieur le président, je m'inquiète seulement de l'élection. La France n'est pas seulement déchirée, elle est à bout de souffle, comme asphyxiée, je crains que ce soit le plus démagogue qui l'emporte. À ce jeu-là Gorge est le plus fort.

— Dans ce cas j'interviendrai, répondit à mi-voix Durand-Corbel.

Comme si tout à coup il s'était rappelé d'où il venait.

Au même instant, sur les plateaux de télévision, les éditorialistes retrouvaient leurs habitudes comme s'ils n'avaient jamais quitté les studios, décortiquant les propos du président par intérim. Divisés sur la capacité de l'ancien Premier ministre à panser les plaies, ils avaient tous souligné que pour la première fois depuis trois ans le mot « République » avait réapparu dans le discours présidentiel.

Ça n'avait pas non plus échappé à Charlotte Despenoux. La présidente rentrée dans la nuit à Saint-Maur n'était pas naïve au point d'imaginer qu'elle en avait fini avec la politique abandonnée aux portes de l'Élysée. En entendant Durand-Corbel prononcer le mot de « République », elle comprit que son remplaçant constitutionnel avait décidé de se refaire une virginité politique sur son dos. En guise de gage et de promesse implicite d'un retour à la démocratie, le président avait demandé au ministre de la Justice de reprendre le dossier des frères Gorini. L'avocat-ministre sauta sur l'occasion pour tomber du bon côté, tout comme le procureur de Paris qui fit rouvrir l'instruction pour inclure une enquête sur la garde prétorienne élyséenne et les liens qu'entretenait la présidente avec les hommes de Pablo Sanchez.

Les journaux, qui sortaient d'une longue nuit, avaient du coup réactualisé et complété les reportages de Blanche et de MSNBC, ce qui permit aux nouveaux juges d'estimer qu'il y avait suffisamment d'éléments pour convoquer l'ancienne présidente, soupçonnée d'avoir utilisé les services des frères Gorini pour se débarrasser du ministre de la Police et du patron des patrons.

La campagne électorale battait son plein, mais le temps d'un après-midi printanier les journalistes s'en détournèrent pour s'agglutiner devant les grilles du Palais de justice. Les reporteurs des chaînes d'info avaient retrouvé leurs marques et multipliaient les directs, glosant sans fin sur une éventuelle mise en examen de Charlotte Despenoux. Ils ne furent pas déçus. Entrée libre dans le bureau du juge, la jeune femme en sortit menottée entre deux gendarmes.

En quelques jours, l'ex-présidente était passée des salons de l'Élysée aux murs froids et blancs de la Santé. Les Français applaudirent, ils réclamaient justice, et peu importait que cette incarcération ne soit pas le fruit d'une sentence. Cette mise en examen valait culpabilité et de toute façon ils étaient passés à autre chose, la présidentielle n'attendait pas.

Patrice Gorge non plus !

26.

L'ancien vice-Premier ministre était sûr de son fait. Porté par les groupuscules fascistes, qui tenaient le haut du pavé, Gorge ne pensait faire qu'une bouchée de Charbonnau qui avait quitté précipitamment les bords du lac Léman pour annoncer sa candidature.

L'extrême gauche était sans porte-parole depuis la mort de Malingaud et les partis de droite inexistants depuis que Despenoux leur avait coupé les vivres. Difficile d'imaginer dans ces conditions que celui qui était encore haut-commissaire aux droits de l'homme quelques jours auparavant puisse inquiéter le puissant leader d'extrême droite. D'autant qu'à l'inverse de Charbonnau, sans troupe ni organisation, Gorge multipliait les meetings et se dépensait sans compter pour dénoncer la lâcheté de la présidente démissionnaire accusée d'avoir renoncé à nettoyer la France de ses immigrés. Le leader de l'ultradroite n'avait de cesse de fustiger les turpitudes de Despenoux plus préoccupée, disait-il, de sauver son pouvoir, protégé par des flics voyous, que de chasser les Juifs et les francs-maçons.

Et sous les applaudissements de militants chauffés à blanc, il ne terminait jamais un meeting sans promettre qu'avec lui la France redeviendrait la république des Français au sang pur.

Face à ce déferlement de haine assumé, Charbonnau, qui n'avait d'autre moyen que la télévision pour faire campagne, ne pouvait espérer qu'en la France du silence, celle qui ne manifestait pas, celle qui avait subi sans approuver, celle qui parfois y avait cru et avait vite déchanté. Derrière leurs écrans, que pensaient-ils, ces hommes et ces femmes à qui Despenoux avait coupé la parole ? Le tintamarre de l'extrême droite brouillait plus que jamais le signal faible de la majorité silencieuse.

Quelques jours auparavant, alors que Despenoux n'avait pas encore démissionné, l'ex-président Berlau avait quitté la capitale et ses nuits d'émeute pour prendre ses quartiers de printemps chez lui, à Saint-Valéry-sur-Somme. De son bureau, perché au sommet d'une tourelle, il ne se lassait pas du spectacle qu'offrait cette baie ensablée qui avait abrité ses premiers flirts. François avait toujours aimé la lumière laiteuse qui ensevelissait dans un halo blanchâtre le phare du Hourdel, planté à quelques kilomètres. C'est dans ce bureau qu'il avait construit sa campagne de 2018, dans ce bureau qu'il était venu se réfugier après son échec improbable de 2025.

Au lendemain de l'assassinat de Mazaudet, il avait réactivé ses réseaux, persuadé que la présidente ne résisterait pas à la bourrasque. Mais il n'était pas dupe. Quoi qu'il se passe, ni Lassry ni lui ne pourraient incarner l'après-Despenoux. Pour éviter Gorge et ses fantoches amateurs de reliques hitlériennes, il fallait chercher ailleurs.

À la tombée de la nuit, Claude l'avait rejoint pour écouter l'allocution de Durand-Corbel. Berlau avait toujours détesté celui qu'il qualifiait méchamment de bellâtre sur le retour, et de gaulliste de pacotille. Ce soir-là, l'ancien président n'avait pas supporté la façon dont Durand-Corbel avait endossé la toge républicaine pour se parer de toutes ces vertus qu'il avait piétinées sans scrupule pendant trois ans. Berlau était d'autant plus furieux qu'à peine l'allocution terminée les éditorialistes saluaient la lucidité du président par intérim, soulignant que l'ex-Premier ministre avait reconnu sans détour son échec. François, lui, n'y avait vu que l'hypocrite plaidoyer d'un politicien suffisamment cynique pour annoncer sa candidature le moment venu, malgré la promesse faite de se retirer de la vie politique.

— Ça n'est pas possible ! On ne va pas laisser ce pleutre face à Gorge, grogna-t-il. Et les journalistes qui l'encensent déjà ! Dans trois jours, je te fiche mon billet qu'il sera candidat, se présentant comme le seul capable de faire barrage aux fascistes. Et les gogos vont le croire, alors que Gorge et lui c'est bonnet blanc et blanc bonnet.

— Inutile de te rendre malade, se risqua Claude en esquissant un geste tendre qui n'eut d'autre effet que de l'agacer encore plus.

— Mais, tu te rends compte, dit-il en se servant un whisky, si nous ne présentons pas de candidat, ce sera Gorge, au pis, et au mieux Durand-Corbel. Et quand je dis au mieux…

— Écoute, dit-elle en s'asseyant dans le fauteuil qui lui faisait face, contrairement à toi, je pense que le pays est fatigué et qu'il n'en peut plus de la violence de ces gens et de leurs sbires. L'extrême droite, ils l'ont voulue, ils l'ont eue, et crois-moi aujourd'hui ils n'en veulent plus. Tu dis que les Français n'ont le choix qu'entre Gorge et Durand-Corbel, moi, je pense qu'ils en ont marre. Marre, dit-elle en criant presque. Ils n'attendent qu'une chose, c'est que quelqu'un se lève et leur dise : trois ans ça suffit.

Berlau regardait sa femme. Il ne l'avait jamais vue dans cet état. Comme si Claude exhalait des années de ras-le-bol. Ras-le-bol de la politique et peut-être aussi de son mari qui l'avait oubliée en se perdant lui-même, détruit par ces années sanglantes.

— Et alors, qu'est-ce que tu proposes ? demanda-t-il sur un ton qui se voulait calme mais qui ne l'était guère.

Pour la première fois les deux se regardaient presque méchamment. Les rayons du phare balayaient deux visages qui leur étaient inconnus. Claude la première s'en rendit compte et c'est d'une voix redevenue presque affectueuse qu'elle lâcha :

— Charbonnau.

— Quoi Charbonnau ?

— Ton ancien Premier ministre, tu connais ? Loin de Paris, il n'a été mêlé ni de près ni de loin à ce qui s'est joué en France depuis trois ans.

À plusieurs reprises il a dénoncé au nom de l'ONU le régime de Despenoux. Il est légitime. Si tu veux rendre un dernier service à la France, cesse d'éructer et de déprimer dans ce bureau. Va le chercher, François. Je connais les Français. Les meetings de Gorge sont trompeurs. La majorité silencieuse n'est pas la sienne et elle va s'exprimer.

Berlau regardait sa femme sans rien dire. Elle l'avait toujours accompagné. Après tout c'était peut-être sa manière à elle de le soutenir encore. Elle était sortie de son bureau sans un mot. Ni l'un ni l'autre n'avaient entendu la corne de brume qui annonçait l'arrivée prochaine d'un épais brouillard. François s'était approché de la fenêtre et regardait fixement la lumière du phare qui s'étouffait au fil des secondes. Le téléphone fixe sonna alors qu'il hésitait encore à appeler Charbonnau.

— J'ai Jeanne Charbonnau au bout du fil, Maxime est à côté d'elle, je te le passe.

Agacé, l'ancien président pensa un instant tergiverser, mais c'eût été une erreur et il le savait. Il fallait faire vite et ne pas laisser le terrain à Gorge.

Le lendemain il était à Genève et déjeunait avec son ancien Premier ministre au Richemond, à quelques pas du lac. Les deux hommes ne s'étaient pas revus depuis l'été précédent et, mis à part deux ou trois sms échangés au lendemain de l'assassinat du ministre de la Police, ils ne s'étaient pas parlé.

En voyant arriver Berlau, Maxime fut frappé par les traits creusés de son ex-patron, contrastant avec un embonpoint qui avait définitivement enterré le jeune homme qu'il avait longtemps été. Charbonnau, lui, n'avait pas pris un gramme. Avec sa barbe poivre et sel, sa façon de courber sa haute taille, et son regard bienveillant derrière des lunettes à monture transparente, il n'avait pas changé.

À peine assis, et après avoir commandé sans consulter la carte un dos de cabillaud rôti, François évita les préambules inutiles.

— Maxime, si nous ne voulons pas laisser la France à ce fasciste de Gorge ou à ce pitre de Durand-Corbel, il faut que tu sois candidat.

Charbonnau qui s'attendait à ce que Berlau lui annonce sa propre candidature, regarda sans comprendre l'ex-président. À côté d'eux un couple d'amoureux flirtait sans imaginer un instant ce qui se jouait à la table voisine. Ne trouvant pas grand-chose à répondre, il finit par balbutier trois mots incompréhensibles qui obligèrent Berlau à se répéter.

— Tu m'as entendu, Maxime, tu dois être notre candidat.

Cette fois, Charbonnau répondit sans attendre :

— Mais ça n'est pas sérieux, je suis haut-commissaire de l'ONU et je n'ai pas mis les pieds en France depuis l'élection de Despenoux.

— Eh bien, précisément, tu es le seul parmi nous. Et c'est ce qui fera la différence. Tu n'as trempé dans rien et tu es vierge de toutes les saloperies commises depuis trois ans. Ce sera ta force.

— Et toi François ?

— Moi, je serais le pire des candidats. D'ailleurs je n'en ai aucune envie. J'ai beaucoup donné et beaucoup perdu. J'ai mon compte.

— Mais tu ne crois pas qu'on va me reprocher d'avoir déserté ? que le fait d'être à l'étranger c'est plutôt un inconvénient qu'un avantage ?

— C'est tout le contraire. Tu as fait entendre ta voix des bords de ce lac. Et même si c'était la voix de l'ONU, c'était une voix française, d'une certaine manière la voix de la France. Crois-moi, ajouta Berlau répétant comme en écho ce que lui avait dit Claude, les Français ne veulent plus de ces pourritures brunes. Ils te suivront si tu reprends le flambeau de tous ceux qui ont dû plier sous les coups de Despenoux. Nous n'avons perdu que trop de temps, Maxime. Il faut renouer les fils perdus, réarmer les militants d'où qu'ils viennent, rassembler tous ceux qui ne veulent plus de la désunion mortifère qui a mis la France à genoux. Ça n'est pas gagné, mais c'est jouable. De toute façon, conclut Berlau en martelant sa dernière phrase, il faut qu'on gagne.

Ils avaient à peine entamé leur déjeuner. Les plats avaient refroidi et n'étaient plus très appétissants. Désolé, le chef, venu les saluer, leur proposa de choisir autre chose, mais il comprit à leur regard que ces deux convives-là n'avaient pas franchement envie de parler de gastronomie et il se retira en les gratifiant d'un sourire forcé.

Au moment de se quitter, Maxime demanda pour la forme quelques heures de réflexion.

— Il faut que j'en parle à Jeanne, dit-il un peu bêtement.

— À ce propos, répondit Berlau en souriant, c'est ma femme qui a eu l'idée de ta candidature.

Et ils rirent pour la première fois depuis qu'ils s'étaient retrouvés. Charbonnau raccompagna l'ex-président jusqu'à la gare TGV. Il n'attendit pas le lendemain matin pour le rappeler. Il réveilla son ami dans la nuit pour lui dire ce que François avait déjà compris. Il était d'accord.

La première semaine de campagne avait été marquée par les meetings tonitruants de Gorge. Avec la candidature de Maxime, Durand-Corbel, président par intérim, s'en était tenu à ce qu'il avait promis et s'était placé en position d'observateur, loin de l'arène. Le duel Gorge-Charbonnau avait commencé dans un grand éclat de rire, celui du leader d'extrême droite, qui avait choisi d'ignorer son adversaire. Sûr de son éloquence et de la force de ses soutiens, il disait n'avoir peur de personne et surtout pas d'un revenant qui, faute de moyens, avait des allures d'ectoplasme.

Charbonnau n'avait pour lui que ses convictions et la télévision. Gorge aurait dû se méfier. Face aux caméras, Maxime était bon, ses arguments portaient et sa belle gueule faisait le reste. Claude Berlau avait raison, les Français n'en pouvaient plus des vociférations qui ponctuaient depuis trois ans une politique qui avait conduit leur pays sur des chemins sans issue. Et les sondages confirmèrent que les chances de Gorge étaient inversement proportionnelles aux foules qui se pressaient à ses meetings.

Ceux qui ne se déplaçaient pas étaient encore plus nombreux et ils le faisaient massivement savoir lorsqu'ils étaient interrogés par les instituts.

Le coup de théâtre arriva une semaine avant le premier tour. Charbonnau, soutenu par la quasi-totalité de la presse qui se défoulait sans risques, après avoir été muselée si longtemps, avait viré en tête.

Gorge, qui pensait écraser la tortue sans avoir à lever le pied, multiplia les outrances et les provocations, qui effrayèrent ses partisans plus qu'elles ne les galvanisèrent. Les jeux étaient faits et le résultat fut cruel pour celui qui s'imaginait déjà reprendre le flambeau de Charlotte Despenoux. Charbonnau l'emporta dès le premier tour avec plus de 60 % des voix.

27.

Paris, juillet 2028

Jamais les broyeuses n'avaient avalé et déchiqueté autant de papiers. Les vieilles armoires en fer où les secrétaires avaient entassé des milliers de dossiers étaient désormais aussi vides que les bureaux de leurs patrons. Le grand nettoyage de printemps avait lavé la préfecture de toutes les ignominies passées. Comme si ça n'avait jamais existé, comme si les principaux acteurs de l'ère Despenoux n'étaient que les personnages imaginaires d'un long cauchemar collectif. En entrant dans son bureau, repeint et moquetté de neuf, Marianne Maestracci, elle aussi, fut saisie d'un doute. Est-ce que cet endroit aux murs nus et aux tiroirs vides avait bien été ce lieu où, pendant trois ans, on avait systématiquement épié, fiché et jeté en prison pour quelques heures ou des années des milliers de Français ? Le boulevard du Palais avait retrouvé le calme des temps anciens et la préfecture de police le silence des jours ordinaires. Les militaires et les gendarmes mobiles étaient rentrés dans leurs casernes et les flics dans leurs commissariats. À l'entrée du bâtiment, les agents en faction avaient accueilli cette femme grande et belle en tailleur strict d'un regard presque fraternel. Elle était des leurs. Sa nomination faisait la une de tous les journaux ce matin de juillet 2028. Pour la première fois, une femme qui avait fait toute sa carrière dans la police était désormais la patronne. La préfecture avait désormais le visage de Marianne Maestracci.

La veille, la numéro un de la Crim' avait reçu un appel du nouveau ministre de l'Intérieur, Roger Barrillon, à l'heure où Beauvau se vide, ne laissant sur place que quelques permanenciers du cabinet.

— Vous avez un dîner ? demanda Barrillon sans attendre la réponse. Si c'est le cas, annulez-le, je vous attends au ministère dans une demi-heure.

Et il raccrocha sans que Marianne eût le temps de l'interroger sur les raisons de cette invitation en forme de convocation. Intriguée et vaguement inquiète, elle s'engouffra dans sa voiture sans même avoir songé à se changer et c'est dans son uniforme de flic en civil, c'est-à-dire jean et tee-shirt, qu'elle se fit annoncer à la porte du ministère. Pendant le trajet, elle s'était repassé en accéléré le film de ces années noires. Trois ans. Une éternité. Après tout, s'était-elle dit comme pour se rassurer, elle n'avait rien à se reprocher. Elle avait fait son job, arrêté les frères Gorini, élucidé les crimes qui avaient fait tomber Despenoux. Mais cette réalité-là ne pouvait en cacher une autre : elle avait cautionné le régime et sa police politique. Difficile de faire entendre qu'elle n'avait jamais été partie prenante des exactions commises et de donner à croire qu'elle avait songé à démissionner plus souvent qu'à son tour. Si bien qu'en arrivant place Beauvau elle n'avait guère de doutes : les Français voulaient des têtes, la sienne allait leur être servie sur le plateau de la réconciliation nationale.

La première partie de la soirée fut étrange et presque mondaine. Barrillon proposa à Marianne de partager son dîner dressé dans le jardin. La nuit était tombée et le vin servi en abondance avait donné à ces instants une douceur irréelle qui semblait avoir fait oublier au ministre les raisons de cette invitation. Il interrogea longuement Marianne sur les enquêtes conduisant aux aveux de Sylvio et Victor Gorini et sur ces flics qui composaient la garde présidentielle. Maestracci répondait en se demandant à quel moment le ministre allait enfin se saisir du couteau pour offrir à ses compatriotes le scalp salvateur. Ce fut bien après le café. Barrillon apparemment toujours aussi attentionné s'était enquis des goûts de Marianne en matière d'alcools forts.

— Avec un nom pareil, dit-il sans grande finesse, je pense que vous aimez la grappa corse. J'en ai fait venir tout exprès.

Le verre était déjà bien rempli quand le nouveau locataire de la place Beauvau enchaîna :

— Il faut qu'on parle de votre avenir. Le président pense que vous avez fait votre temps à la tête de la Crim'…

Enfin nous y sommes, se dit Marianne, qui l'interrompit brutalement :

— … Vous me virez ! Ça n'était pas la peine de jouer les faux amis le temps d'un dîner pour me dire cela. Cinq minutes dans votre bureau auraient suffi. Je suis flic, je peux tout entendre et j'ai déjà été mise au placard pendant cinq ans, alors vous auriez pu faire l'économie de vos chandelles et de la grappa, dit-elle en se levant.

— Rasseyez-vous, madame Maestracci, vous parlez au ministre de l'Intérieur, ne l'oubliez pas, s'il vous plaît, répondit sur un ton faussement agacé Barrillon qui ajouta, sans laisser à Marianne le temps de souffler : Non seulement vous n'êtes pas virée mais le président de la République a estimé que votre parcours, malgré le caractère emporté dont vous venez de faire preuve une fois encore, justifiait votre nomination à la tête de la préfecture de police.

Marianne le regarda sans vraiment comprendre.

— À la tête de la préfecture de police de Paris ? Vous voulez dire préfète de police ?

— C'est ce que je viens de dire en effet. Vous êtes une grande flic et vous êtes une femme, les Français apprécieront.

Les Français avaient apprécié. Les journalistes reçurent le communiqué de nomination tandis que Maestracci s'employait à faire oublier son accès de colère dans les jardins de Beauvau. Ils furent les premiers à applaudir. La presse du matin était unanime : le choix de la patronne de la Crim' était celui d'une professionnelle intègre qui avait osé dévoiler les crimes présidentiels alors même qu'elle avait été nommée par le ministre de la Police assassiné.

En pénétrant dans son bureau au 8, boulevard du Palais, Marianne ne vit que l'immense bouquet de roses blanches posé sur une table basse. Avec un mot griffonné d'une écriture inconnue : « Bienvenue à nos côtés » et une signature : Maxime Charbonnau, président de la République.

La patronne de la Crim' n'avait jamais rencontré Charbonnau, elle fit appeler l'Élysée, pensant demander à la secrétaire du président de lui transmettre ses remerciements. C'est Charbonnau qui la rappela peu avant le déjeuner.

— Bonjour Marianne, pardon de vous rappeler si tard, mais nous avons tant à faire.

— Monsieur le président je ne voulais pas vous déranger, je voulais seulement vous remercier pour ce bouquet magnifique et surtout vous exprimer ma gratitude pour cette nomination. C'est un honneur dont j'essaierai de me montrer digne. Pour la police et pour toutes les femmes.

Charbonnau l'interrompit :

— Il faut que je vous voie sans tarder, madame la préfète, soyez à 19 heures à l'Élysée.

Le ton était aimable et chaleureux, mais Marianne avait perçu derrière la fermeté présidentielle une urgente préoccupation. En raccrochant, elle s'était dit qu'elle n'avait que quelques heures d'ici au rendez-vous élyséen pour faire le tour des bureaux et comprendre comment fonctionnait le cabinet. Il y avait des nominations à faire et la plupart des hauts fonctionnaires compromis avec l'ancien régime étaient disqualifiés. Elle se décida à rappeler le ministre de l'Intérieur pour prendre conseil.

Roger Barrillon venait de décoller de Villacoublay pour la capitale belge. Depuis l'élection de Charbonnau les ministres avaient pour mission de retisser les fils dénoués d'une coopération moribonde avec l'Union européenne. Même si Despenoux n'avait pas officiellement rompu avec Bruxelles, la fermeture des frontières et le refus de se plier aux exigences de la Communauté avaient *de facto* placé la France au ban de l'Europe. Après ses collègues des Affaires étrangères et de l'Économie, le ministre de l'Intérieur venait dire à ses homologues que la France entendait reprendre toute sa place dans l'orchestre européen. Il faut dire que depuis le Brexit et l'éclatement du couple franco-allemand, les musiciens n'avaient plus vraiment de chef et chacun jouait sa partition dans une cacophonie difficilement audible.

Au téléphone, Marianne s'apprêtait à rendre compte au ministre de ses premiers pas boulevard du Palais et de ses interrogations concernant ses collaborateurs, mais elle n'en eut ni le temps ni l'occasion. À la première seconde, Barrillon lui coupa la parole pour lui confirmer la rumeur qui courait au 36 depuis le début de matinée. Paul Grosjean, son numéro deux, serait nommé dans la soirée à la tête de la Crim'.

— Vous le connaissez mieux que personne, je sais que vous l'aimez beaucoup.

Marianne qui n'avait pas envie de relever le sous-entendu dévia la conversation en rappelant que Paul était très proche de Blanche Dubois, ce qui, dit-elle, ne manquera pas d'être utile pour certaines enquêtes.

— À ce propos, reprit Barrillon, je sais que vous devez voir le président ce soir, je ne trahirai pas de secret en vous disant qu'il souhaite que vous repreniez l'enquête sur les frères Gorini et les meurtres de Mazaudet et de Tablière. Despenoux est tombée, mais l'Histoire ne peut se contenter des aveux des deux malfrats.

Et il raccrocha sur un «Je vous embrasse» qui laissa Marianne dubitative. Elle n'était pas indifférente à ce jeune ministre qui avait combattu dès la première heure Charlotte Despenoux. Magistrat, il avait été parmi les premiers débarqués par Tissier, le garde des Sceaux de Durand-Corbel. Entré dans une semi-clandestinité, il avait été convaincu à tort d'être l'organisateur du sabotage de la voie ferrée Paris-Nantes, ce qui lui avait valu une condamnation à dix ans de prison. Libéré comme la plupart des prisonniers politiques au lendemain de la démission de la présidente déchue, il fut parmi les soutiens les plus actifs de Maxime Charbonnau. Plutôt que de se tourner vers un politicien chevronné ou un ami trop proche des flics, le nouveau président avait, du coup, fait le choix de cet ancien procureur, connu pour sa rigueur.

Pendant la campagne, alors que Despenoux continuait de crier son innocence, Barrillon avait fait part au futur chef de l'État de ses interrogations sur les mobiles qui auraient poussé l'ex-présidente à faire tuer le plus proche de ses ministres. Après tout, avait-il plaidé auprès de Charbonnau, elle n'avait nul besoin d'utiliser les services des Gorini pour se débarrasser de Mazaudet et du patron des patrons. C'était folie que de vouloir les tuer et si l'ex-présidente accumulait les défauts et les perversions, elle n'était pas folle. Dès sa nomination à Beauvau, Barrillon avait à nouveau évoqué l'affaire avec le président. Le scénario était trop bien ficelé pour être totalement crédible. C'est ce que Maxime Charbonnau allait dire à Marianne.

De peur d'être en retard, l'ancienne patronne de la Crim' était arrivée rue du Faubourg-Saint-Honoré très en avance. Comme la plupart des visiteurs dans ce cas, elle fit garer sa voiture loin de l'Élysée, au coin de l'avenue Marigny et des Champs-Élysées, au grand dam des gardes en faction aux abords de la grille du coq.

L'avenue Marigny avait retrouvé son visage d'antan. Bordée par les hauts murs de l'Élysée, interdite à la circulation, elle avait été pendant les trois ans de la présidence Despenoux réduite à n'être qu'un long parking occupé par des dizaines de cars de gendarmes et de CRS. En ce début d'été 2028, à l'heure où le soleil commençait à caresser la cime des arbres, Marianne eut une bouffée de tendresse pour les hommes et les femmes, en robes et costumes légers, qui cheminaient sans hâte sur l'avenue enfin libérée. La ville lui paraissait d'autant plus belle qu'elle avait le visage de la résurrection.

En franchissant le portail du palais présidentiel, la préfète Maestracci pensait être intimidée et même émue, elle ne ressentit rien d'autre qu'une violente colère à l'idée que ces murs avaient abrité des collègues devenus tueurs à gages pour protéger une présidence sans foi ni loi.

Assise au premier étage, la jeune femme n'attendit pas longtemps avant que ne s'ouvre la double porte du bureau présidentiel. Jusqu'alors elle n'avait vu Charbonnau que de loin, à l'occasion des meetings de campagne ou des premières cérémonies officielles. Beaucoup plus grand qu'elle ne l'imaginait, il émanait de lui un calme qui tranchait avec l'agitation du reste du palais.

— J'imagine que vous connaissez bien ce bureau, lui dit-il en la priant de s'asseoir dans l'un de ces fauteuils jaunes qui faisaient face au canapé.

— Pas du tout, monsieur le président, je n'y suis venue qu'une fois. Vous savez les flics, à l'exception du GSPR, viennent rarement dans cet endroit. À moins que le président ne se constitue une garde personnelle hors hiérarchie !

En faisant allusion à la garde prétorienne de l'ex-présidente, Marianne savait ce qu'elle faisait. La préfète avait été convoquée par Charbonnau pour parler des frères Gorini, inutile de feindre de l'ignorer.

— Puisque vous connaissez mal ces lieux, dit Maxime en souriant, ne restons pas ici, je vous emmène dans le parc, nous y serons mieux.

— Vous ne laissez quand même pas entendre qu'il pourrait y avoir des micros dans ce bureau ?

— Je n'en sais rien, mais Despenoux n'hésitait pas à enregistrer ses visiteurs et je ne suis pas certain que tout ait été nettoyé. L'Élysée est un vieux palais plein de recoins indiscrets et rien n'est moins sûr que ces vieilles bâtisses qui ont recelé tant de secrets et beaucoup d'écoutes prétendument indécelables. Dans le jardin j'ai au moins la certitude que seules les canards pourront nous entendre.

Arrivés au fond du parc, Marianne comprit que le couplet présidentiel n'avait rien d'improvisé. Charbonnau avait fait dresser une table et deux fauteuils confortables pour un entretien qui s'annonçait beaucoup plus long que prévu. Il faisait encore chaud et l'heure n'était plus celle du thé. Le maître d'hôtel avait disposé sur la table une farandole de toasts aussi séduisants qu'interdits aux gens raisonnables ! Marianne se contenta d'un jus d'orange et grappilla du bout des lèvres quelques carrés de saumon, Maxime plus attentif encore à son image regarda sans y toucher les tentations du jour mais n'hésita pas à se faire servir un double whisky sans glace. Et il attaqua :

— Madame la préfète, vous m'avez clairement fait entendre dans mon bureau que vous saviez pourquoi je voulais vous voir. Je vais donc vous parler sans détour. Les assassins de Tablière et Mazaudet vont être jugés dans quelques semaines et sans doute condamnés puisqu'ils ont avoué. Officiellement, la justice sera rendue. Pourtant je ne suis pas sûr que leurs mensonges travestis en vérités d'évidence scellent la véritable histoire. Et c'est celle-là que je dois aux Français. Je pense que si les meurtriers ont été identifiés, ça n'est pas forcément le cas des commanditaires. La conviction des juges repose sur des déductions plus que sur des preuves. Je crois savoir que Blanche Dubois elle-même a fini par douter de ce qu'elle laissait entendre. Les photos publiées, les enregistrements et les témoignages diffusés par les télévisions américaines ne prouvent rien. Quant aux mobiles, qui accableraient Despenoux, un différend sur l'Europe pour Tablière, une méchante altercation à propos de cette fameuse garde prétorienne pour Mazaudet, tout cela me paraît bien léger.

Marianne regardait fixement le président. Elle aussi s'était interrogée après ces premiers aveux des Gorini. Mais Despenoux était encore au pouvoir et le parquet avait refusé de prolonger la garde à vue des mafieux. Ensuite, tout s'était enchaîné si vite que chacun avait trouvé plus commode d'accabler l'ex-présidente plutôt que de souligner, comme venait de le faire Charbonnau, la fragilité des mobiles invoqués. Marianne qui n'avait pas apprécié d'être privée de la fin de l'histoire ne pouvait qu'applaudir ces propos. Et sourit en signe d'approbation.

— Je ne sais pas ce que vous trouverez, conclut le président, mais allez chercher du côté des politiques. La garde des Sceaux a donné instruction au procureur de rouvrir l'enquête. Paul Grosjean a été nommé à votre place pour la diriger, mais je compte sur vous pour l'épauler. Vous avez trois mois et carte blanche.

Il était plus de 21 heures, un huissier vint prévenir le président que ses visiteurs l'attendaient dans le Salon vert. En remontant les allées du parc, Marianne se dit que l'Élysée n'avait décidément plus rien du château transformé le temps d'un mandat avorté en abri pour politiciens mafieux. À cette heure tardive le président s'appliquait à donner l'image d'un pouvoir qui ne comptait ni ses heures ni ses nuits.

Maestracci décida de rentrer chez elle sans passer par la préfecture. Alors que sa voiture s'engageait à nouveau dans l'avenue Marigny, elle repensa à cette nuit où Mazaudet l'avait convoquée pour lui demander d'enquêter sur les réseaux de résistance. C'était un soir d'hiver, à quelques jours de Noël,

Paris illuminé et enneigé avait pris froid. Aujourd'hui, cela lui paraissait bien loin. Elle venait d'appeler Paul, mais cette fois c'était l'été et la capitale dégoulinait de chaleur.

En arrivant chez Marianne, les bras chargés de champagne et de macarons au chocolat – les préférés de Maestracci –, le nouveau patron de la Crim' ne put s'empêcher d'émettre un sifflement peu élégant mais flatteur. Dans son tailleur noir, éclairé par un chemisier de soie gris pâle, Marianne était très belle. Difficile d'imaginer qu'elle était encore trois jours plus tôt la fille mal fagotée, chaussée de ses éternels baskets marron, qu'il avait côtoyée pendant des années.

— Je peux encore te tutoyer ? dit-il en l'embrassant.

— Ne dis pas de conneries et ouvre ta bouteille de champagne, j'ai à te parler.

— C'est toi qui m'as fait nommer à ta place ?

— Absolument pas. D'ailleurs je ne sais pas si j'en aurais eu l'idée, dit-elle en riant.

— Merci, c'est sympa.

— Non, sérieusement, c'est le président lui-même et Barrillon qui ont voulu que ce soit toi. Ils ont demandé au procureur de rouvrir l'enquête sur l'assassinat de Mazaudet et de Tablière. Si j'ai bien compris, ils ne sont pas loin de penser que Despenoux n'est pas la commanditaire de ces meurtres.

— Qui alors ?

— Eh bien, justement, à toi de jouer mon petit camarade. On a trois mois. Pas une semaine de plus.

Paul avait bien entendu. Il se versa une nouvelle coupe de champagne en cherchant le regard de Marianne.

— Si je ne te connaissais pas depuis vingt ans, dit-il, je pense que je te draguerais. Non seulement tu es belle, mais tu as quelque chose de plus ce soir…

— … Ce doit être l'érotisme de la fonction, dit-elle en souriant. Je te rappelle que tu m'as déjà draguée, mais je t'ai toujours dit qu'entre nous ça ne fonctionnerait pas, on se connaît trop. Et puis me faire sauter par mon adjoint entre deux portes capitonnées, ça n'est pas mon truc.

— Et le président ? Il t'a draguée lui ?

— Non, tu imagines la scène ?

Éclatant d'un rire égrillard, Grosjean lui répondit du tac au tac :

— Oui très bien.

— Eh bien, désolée de te décevoir, mais je ne dois pas être son genre. En revanche, ajouta-t-elle rêveuse, Barrillon…

— … Quoi Barrillon ?

— Non rien. Et puis arrête ce petit jeu, dit-elle, vaguement agacée.

Regrettant de s'être laissée aller, elle lui fit comprendre que la soirée n'avait pas de raison d'aller plus loin.

— Rentre chez toi, dit-elle, et n'oublie pas : trois mois, pas une semaine de plus.

28.

Le coup de téléphone de Grosjean sonna méchamment aux oreilles de Pablo, l'ancien patron de la garde rapprochée de Despenoux. Le flic, sèchement viré de la police le jour de l'arrestation de l'ex-présidente, s'était installé chez un cousin à Marseille. Les journalistes de. *La Provence* avaient bien tenté de lui extorquer une interview mais devant le mutisme du protégé de Charlotte, ils avaient vite renoncé.

Avec quelques proches, dont on ne savait pas très bien s'ils étaient eux-mêmes d'anciens flics ou des gros bras venus de Corse, Pablo Sanchez envisageait de monter une société de sécurité privée. Il avait toutefois prudemment différé le projet, optant pour une discrétion qu'il espérait rédemptrice. La convocation du patron de la Crim' l'avait d'autant plus irrité qu'il pensait l'affaire derrière lui. Certes, il était le patron de ces flics venus de nulle part, mais c'était à l'époque un policier au-dessus de tout soupçon dont personne ne pouvait mettre l'intégrité en doute. Les Gorini, il ne les connaissait pas et il ne les aurait jamais embauchés si on ne le lui avait pas demandé. Il avait bien vu leur manège pour se rapprocher de la présidente, toujours prêts à rendre service au point que Despenoux leur avait confié plusieurs missions délicates sans qu'il en soit prévenu. Il s'était renseigné et n'avait pas eu de mal à se procurer le lourd pedigree des deux frères. Ce qui lui avait valu la seule engueulade sérieuse de la présidente.

— Fais-les travailler et ne t'occupe pas du reste, lui avait répondu Despenoux alors qu'il s'inquiétait du passé sulfureux des deux mafieux. Ils ont fait des conneries, ils ont payé pour ça et maintenant ils ont pignon sur rue à Nice. Félicite-toi au contraire du fait qu'ils sont toujours disponibles même s'ils habitent à l'autre bout de la France.

Vexé, Pablo n'avait plus rien dit et avait renoncé à s'intéresser aux frères Gorini. Il se contentait seulement de les mettre au tableau de service en fonction de leurs demandes.

C'est ce qu'il s'apprêtait à dire à Grosjean qu'il devait voir le soir même. Dans l'A320, l'un de ses anciens collègues le reconnut et voulut engager la conversation. Furieux, Pablo s'enfonça dans son fauteuil et maugréa trois mots. Le flic indiscret n'insista pas. À Orly, un comité d'accueil l'attendait, trois policiers en civil qui l'empoignèrent comme s'ils interpellaient un voleur à la tire. La route était longue entre l'aéroport et le 36, rue du Bastion, mais Pablo n'eut pas le loisir de découvrir le Paris de l'après-Despenoux. Pour éviter la capitale, qui, à l'approche du 14 juillet, faisait déjà la fête avec ses terrasses gorgées de monde, la voiture de police s'était engagée sur le périphérique. Elle slalomait d'une file à l'autre, comme si les flics qui escortaient Pablo, mutiques depuis la sortie de l'aéroport, étaient pressés de le faire avouer. Mais avouer quoi ? se demanda le Marseillais en entrant dans le bureau de Grosjean.

D'abord il crut la pièce vide. Plus grande que l'appartement qu'il occupait à Marseille, elle n'avait rien d'un bureau de flic. Quelques meubles contemporains qui laissaient entrevoir des dossiers bien rangés et une immense table sur laquelle trônaient bien visibles un écran géant et un clavier d'ordinateur. Pablo, qui connaissait la maison, eut juste le temps de se dire que la Crim' avait bien changé avant d'apercevoir le dos de Paul qui lui intima l'ordre de s'asseoir face à la table. Sans se retourner, comme s'il ne pouvait se détacher du spectacle de la rue, où ne s'aventuraient pourtant à cette heure-là que quelques rares voitures, Grosjean prit la parole d'une voix douce, presque amicale :

— Vous savez pourquoi vous êtes là, monsieur Sanchez ?

C'était la première fois depuis longtemps qu'on appelait Pablo par son nom au point qu'il se demanda un instant si Grosjean s'adressait vraiment à lui.

— Non, pas vraiment, sinon que vos flics se sont comportés avec moi comme si j'étais un dangereux criminel.

Se retournant enfin et s'approchant de l'ancien policier jusqu'à ne voir plus que son visage, le patron de la Crim' changea brutalement de ton :

— Vous n'êtes peut-être pas un dangereux criminel, mais certainement un imbécile et un menteur par omission. En voulant protéger votre patronne par un silence stupide, vous l'avez enfoncée, en laissant imaginer qu'elle était la commanditaire du meurtre de Mazaudet. Aujourd'hui elle crie son innocence et je vais vous dire pourquoi vous êtes là. Le président de la République et le ministre de l'Intérieur pensent qu'elle dit vrai. Cela ne fera pas d'elle une femme politique comme les autres. Elle a ruiné ce pays, étouffé les libertés, jeté en prison des milliers d'hommes et de femmes qui n'étaient coupables que de vouloir lutter contre cette saloperie immonde qui rongeait la France de l'intérieur, mais il n'empêche : les Français attendent de nous qu'on dise la vérité et celle d'aujourd'hui n'est pas forcément celle d'hier. Ils attendent de la Justice qu'elle écrive la véritable histoire de Charlotte Despenoux. Alors vous êtes là pour nous aider à l'écrire, monsieur Sanchez.

L'interrogatoire ne faisait que commencer. Paul s'éloigna pour faire le tour de la table avant de s'asseoir face à Pablo. Et il enchaîna :

— Je n'ai qu'une question, mais autant vous avertir, Sanchez, vous ne sortirez pas de ces locaux tant que vous n'y aurez pas répondu. Comment les frères Gorini, deux malfrats connus de tous les services, au pedigree si long qu'il remplirait une armoire de ce bureau, ont-ils pu rallier votre groupe à l'Élysée ?

Pablo, le visage fermé, eut tout à coup le sentiment que la pièce s'était rétrécie au point de n'être plus que l'enclos étroit de deux regards. Les yeux plongés dans ceux de Grosjean, il explosa :

— Mais qu'est-ce que vous croyez ? Je n'ai pas eu le choix. C'était à l'automne 2026, quelques jours avant l'assassinat d'Antoinette Bourdelle, les sabotages se multipliaient et il y avait eu l'attentat de la rue Marbeuf. La présidente m'avait convoqué pour se plaindre une fois de plus de sa sécurité et s'inquiétait de la faiblesse de notre groupe. Et c'est alors qu'elle m'annonça qu'elle avait embauché les frères Gorini.

— Et vous ne vous êtes pas dit à ce moment-là qu'elle n'avait pas eu cette idée toute seule ?

— Au début non. Après tout c'était de notoriété publique que La France D'abord comptait parmi ses membres nombre de gros bras au passé douteux. Le parti de Despenoux s'en était même fait une spécialité, multipliant les coups tordus au sein de ses propres rangs. Il ne faisait pas bon s'opposer aux chefs lorsqu'on était à La France D'abord. On ne risquait pas seulement l'exclusion, comme dans les autres formations politiques, il y avait des manières plus radicales de faire taire définitivement les plus récalcitrants. À l'époque, je me suis dit que Despenoux avait dû rencontrer les Gorini dans une première vie lorsqu'elle était une étoile montante du LFD.

Pablo était devenu intarissable, la nuit avait depuis longtemps assombri le bureau de Grosjean, donnant à l'interrogatoire l'étrange résonance de confidences entre anciens collègues. Paul s'éloigna un moment pour aller chercher dans un petit meuble niché à l'autre bout de la pièce deux verres et une bouteille de bourbon. Sanchez avait été un excellent flic avant de rencontrer Despenoux et

Grosjean était persuadé, cette fois, non seulement qu'il disait la vérité, mais qu'il était prêt à collaborer avec la Crim' pour clore définitivement le dossier.

Même si l'immeuble était bien différent du 36, quai des Orfèvres, on y croisait malgré tout plus de trafiquants de drogue et d'assassins que d'honnêtes gens. Pablo n'était ni l'un ni l'autre et n'avait finalement pas grand-chose à faire dans cet endroit. Au cœur de la nuit, Paul décida de lever sa garde à vue et de lui trouver une chambre dans un hôtel proche. En cette période estivale la plupart étaient complets, restait une chambre à l'Holiday Inn de la place Clichy. Un peu cher pour la police, mais va pour l'Holiday Inn d'autant que Grosjean était persuadé qu'il n'aurait pas à retenir très longtemps l'ancien protégé de Despenoux.

Vieux réflexe de flic, Paul ne laissa Pablo dormir que quelques heures. Alors que les premiers clients arrivaient dans la salle des petits déjeuners, le patron de la Crim' s'installa dans un petit salon voisin, exigeant de n'être dérangé sous aucun prétexte. Il vit arriver un Sanchez mal rasé et de méchante humeur.

— Vous avez vu l'heure ? À peine 7 heures. Si c'était pour m'empêcher de dormir, autant rester rue du Bastion.

Grosjean ne releva pas et se servit un café avant d'en proposer une tasse à Pablo. Et, tel un joueur de tennis reprenant le match après la pluie, il poursuivit l'échange exactement là où il l'avait interrompu.

— Quand avez-vous compris que Despenoux n'était sans doute pas à l'initiative de l'embauche des Gorini ?

— Quelques mois plus tard. Alors que j'avais refusé d'inscrire au tableau de service les deux frères pour couvrir un voyage présidentiel, l'un des deux – Sylvio je crois – s'est approché de moi menaçant : « Écoute bien ce que je vais te dire, Sanchez, ça n'est pas une demande, c'est un ordre. » Et s'accrochant au revers de ma veste il m'attira à lui et me hurla à la figure : « Demande à Gorge. »

Au nom de Gorge, Paul sursauta. Gorge, l'ex-vice-Premier ministre de Despenoux, le chef de file de cette ultradroite qui pensait après la démission de Charlotte que le destin allait enfin frapper à sa porte. Gorge, depuis, avait disparu. Écrasé à la présidentielle par Maxime Charbonnau, il avait pris la poudre d'escampette et traversé les Alpes pour s'exiler chez des amis à Milan.

Grosjean connaissait bien Gorge. Dans les années 2020, les flics de la Crim' l'avaient souvent croisé sur le chemin des mafias du Sud, mais sans jamais vraiment pouvoir le coincer. L'homme était habile et, à l'époque, les médias s'intéressaient peu aux proclamations provocatrices de l'ultradroite identitaire. Mis à part quelques communiqués indignés des associations antiracistes et de la Ligue des droits de l'homme, les politiques et la presse semblaient s'accommoder de ces quelques centaines d'extrémistes pour qui l'uniforme de SS était un aimable déguisement. Une indifférence que les Français avaient payée cash, mais dont Gorge avait cyniquement joué des années durant. Avant d'entrer au gouvernement en 2026, il avait fait quelques affaires juteuses avec les Gorini. Le bar lounge et le magasin de prêt-à-porter avaient souvent servi de couverture à des activités moins avouables. Et les Gorini n'étaient pas avares de leurs services lorsqu'il s'agissait de faire le coup de poing ou même de taper plus fort si Gorge le leur demandait. Leur spécialité : camouflage et maquillage pour faire passer un crime politique pour un crime de droit commun et faire entendre à des Français qui ne demandaient qu'à les croire que les exactions en tout genre menées par l'extrême droite identitaire étaient le fait de groupuscules gauchistes. L'ex-vice-Premier ministre, amateur de billard à trois bandes, faisait ainsi d'une pierre deux coups. Il discréditait l'extrême gauche et affaiblissait la présidente au point d'apparaître à La France D'abord comme le seul et indestructible rempart au désordre qui s'installait dans le pays.

Pour Gorge, les élections triomphales de l'automne 2026 et l'entrée massive de ses partisans au gouvernement avaient été une première victoire, mais c'était désormais la peau de Despenoux qu'il lui fallait.

Deux ans plus tard, pour la plupart des Français, le leader de l'ultradroite était sorti des radars. La DGSE l'avait bien repéré à Milan mais ne s'y était guère intéressé. Pablo lui-même n'aurait plus jamais prononcé son nom si Grosjean ne l'avait pas contraint à fouiller dans sa mémoire. Et il s'avérait incapable d'en dire plus. Paul comprit qu'il était inutile de poursuivre avec Sanchez. Il le fit remettre dans le premier avion pour Marseille et se précipita chez Maestracci.

Connaissant le personnage, Paul savait que l'ex-ministre ne sortirait pas de sa tanière italienne volontairement. Il avait trouvé refuge dans le quartier bobo et grouillant du Brera dans le centre historique de Milan. L'appartement prêté par un ami italien était au troisième étage d'un immeuble qui abritait des ateliers d'artisans. La rue, très fréquentée le jour, était déserte dès la nuit tombée et Gorge s'y sentait en sécurité. À tort !

Grosjean avait obtenu de Marianne qu'elle intervienne auprès de l'Intérieur et du ministère des Armées pour que les services fassent ce qu'ils savaient faire de mieux. Et c'est ainsi qu'au lendemain du 14 juillet, alors que les Français n'avaient d'yeux que pour les présentateurs météo qui égrenaient des températures caniculaires, l'ancien vice-Premier ministre était exfiltré par trois agents de la DGSE. L'opération avait été menée sans difficulté et tambour battant. Surpris dans son sommeil, Patrice Gorge n'avait opposé aucune résistance et c'est en voiture qu'ils avaient franchi la frontière et rallié Paris dans la foulée.

Le gouvernement italien avait tempêté, allant même jusqu'à menacer de rompre ses relations diplomatiques, mais Maestracci et Grosjean n'en avaient que faire, c'était le problème de l'Élysée et pas le leur. Le président Charbonnau voulait des résultats, il allait en avoir ! La préfète de police et le directeur de la Crim' étaient désormais persuadés que l'ancien ministre de Despenoux était le sésame qui ouvrirait la dernière porte.

Marianne avait rejoint Paul rue du Bastion dans ce qui était encore son bureau quelques semaines auparavant. D'un coup d'œil circulaire, elle constata en souriant que rien n'avait bougé ou presque. Unique nouveauté, accrochée face au bureau, une photo noir et blanc d'elle et de Grosjean penchés sur un dossier dans leur bureau du 36, quai des Orfèvres. La photo était belle et Marianne se dit avec une pointe de regrets que Paul aurait sans doute fait un très bon amant pour reconnaître tout aussitôt qu'elle ne devait s'en prendre qu'à elle-même. Après tout c'est elle qui n'avait pas répondu aux avances de Grosjean alors qu'il n'avait pas encore croisé le chemin de Blanche !

Marianne n'eut guère le temps de prolonger cet instant nostalgie, Gorge venait d'entrer dans le bureau sans menottes mais fermement tenu par deux policiers en civil. L'ancien numéro deux de Durand-Corbel n'attendit pas pour s'asseoir que Maestracci ou Grosjean l'y autorisent et, avant même que l'un des deux dise quoi que ce soit, il montra qu'il n'avait rien perdu de sa morgue ni de son goût pour la provocation.

— J'ai été enlevé en violation du droit international, vos sbires de la DGSE m'ont traité comme un vulgaire terroriste alors qu'ils ne sont pas fichus de cibler les vrais, ceux qui veulent détruire notre pays. Vous n'êtes que les larbins d'un pouvoir qui a profité du laxisme de Despenoux. Jamais Charbonnau n'aurait été élu si elle avait fait le job.

Marianne et Paul avaient laissé Gorge exhaler son amertume sans trahir le moindre sentiment, affichant une forme d'indifférence qui n'eut pour résultat que d'accroître encore la violence rageuse de l'ancien ministre. Gorge n'était guère présentable. Sorti de son lit vingt-quatre heures plus tôt, habillé à la hâte, pas rasé, il avait finalement l'air de ce qu'il était, un politicien mafieux pris la main dans le sac et qui se débattait comme un poisson enserré dans les mailles du filet. Mais à la fin le poisson crève et Gorge savait qu'il ne s'en sortirait pas.

— Qu'est-ce que vous attendez de moi? dit-il pour conclure sa tirade qui n'avait eu d'autre mérite que de lui faire croire qu'il existait encore.

— Comme tous les flics, monsieur Gorge, la vérité, répondit du tac au tac Marianne.

— Mais vous n'êtes plus flic, madame Maestracci, rétorqua sur un ton narquois Gorge, vous êtes préfète de police autant que je sache.

— Quand on a été flic, on est toujours flic, dit-elle sans sourire. Donc on commence : les frères Gorini, vous connaissez?

— Je les ai croisés à Nice quelquefois. Il m'est même arrivé de les faire travailler. En ajoutant, provocateur : Ils m'aidaient parfois à rétablir l'ordre dans les manifestations festives que j'organisais.

— Vous voulez dire que vous les utilisiez comme gros bras chaque fois que nécessaire?

— Disons qu'ils étaient toujours là quand j'avais besoin d'eux.

— Et c'est donc vous qui les avez recommandés à la présidente Despenoux pour qu'ils intègrent sa garde rapprochée?

— Despenoux les avait connus lorsqu'elle était députée LFD, mais elle ne les aimait pas beaucoup, j'ai trouvé que c'était une bonne idée et j'ai insisté pour qu'elle les prenne. Finalement, elle s'est très bien entendue avec eux. Ils lui ont rendu beaucoup de services. Antoinette Bourdelle, par exemple, c'est eux.

Gorge avait dit cela sur un ton presque badin. Comme si, convaincu qu'il serait obligé de passer à table, il avait décidé de servir aux deux flics un repas trois étoiles dont il composerait lui-même le menu. Bourdelle n'était pas à la carte, il était d'autant plus sûr de son effet avec ce hors-d'œuvre prometteur.

Maestracci et Grosjean avaient choisi la stratégie du silence. Inutile de relancer l'ex-ministre, il était déjà en roue libre, décidé à régler un dernier compte avec Despenoux en fixant la quote-part des responsabilités.

À l'écouter, le jeune étudiant écologiste qui se morfondait en prison depuis deux ans n'était pour rien dans le meurtre de la haut-commissaire aux solidarités. À plusieurs reprises, les frères Gorini avaient entendu l'ex-présidente expliquer qu'au premier prétexte elle provoquerait des élections et mettrait fin aux accords passés avec Malingaud et l'extrême gauche. Selon Gorge, c'était Sylvio qui avait proposé à Despenoux d'organiser ce prétexte ! Et trouvé le jeune malfrat qui, au volant de la Twingo noire, avait fait passer cet assassinat politique pour une action gauchiste, Gorge concéda seulement qu'il n'avait jamais su si Charlotte avait été donneuse d'ordre ou s'était contentée de laisser faire. Mais peu importe, selon lui, Despenoux n'était pas seulement comptable d'un régime détestable, le sang ne lui faisait pas peur et elle ne s'était pas privée de le faire couler.

Gorge parlait seul depuis plus d'une heure. Marianne et Paul s'étaient bien gardés de l'interrompre, même si, à plusieurs reprises, ils s'étaient demandé si ces aveux inattendus n'avaient pas pour but de noyer le poisson. L'ex-ministre qui pouvait juger de son effet à l'épais silence qui régnait dans la pièce le crut un instant. Maestracci s'était levée et sans un mot entraîna Paul, laissant la garde de Gorge aux trois policiers qui attendaient derrière la porte.

À ce jeu du chat et de la souris, la préfète et le numéro un de la Crim' n'étaient pas les plus mauvais. Ils prolongèrent l'absence jusqu'au soir, ne laissant entendre à Gorge que l'écho feutré des bureaux voisins. Lorsqu'ils rentrèrent à nouveau, l'ex-ministre n'avait plus rien du politicien arrogant et prolixe des premières heures. Épuisé par trente-six heures sans sommeil, il s'était à moitié assoupi sur sa chaise face à ses gardes qui le fixaient sans jamais prononcer un mot. Marianne prit la parole comme s'ils s'étaient quittés une minute auparavant.

— Nous avons bien entendu ce que vous nous avez dit à propos d'Antoinette Bourdelle, mais nous, ce qui nous intéresse ce sont les meurtres de Mazaudet et de Tablière. Quels sont vos liens avec les Gorini ? Qui était vraiment leur patron ? Pablo Sanchez ? La présidente ? Ou vous monsieur Gorge ? Vous qui nous avez dit ce matin qu'ils étaient d'abord à votre service. Les deux ont avoué ces assassinats. Et Despenoux a toujours nié être mêlée à ces meurtres. Alors, qui leur a donné l'ordre ? Reconnaissez que les mobiles qu'ils avancent sont assez légers. On ne tue pas le ministre de la Police et le patron des patrons parce qu'ils vous empêchent de faire des affaires. Ou alors c'est que le milieu a bien changé ! On tue ces gens-là pour des raisons politiques. Donc ou c'est Despenoux ou c'est vous.

Malgré la fatigue, Gorge avait du ressort et un aplomb qui, dans un temps ordinaire, lui aurait permis d'épuiser ses geôliers du moment. Trente ans de militantisme, des bagarres violentes et de multiples arrestations l'avaient depuis longtemps aguerri aux interrogatoires les plus coriaces. Voilà vingt-quatre heures, il se jouait des questions de Paul et Marianne, les perdant sur les chemins de traverse les plus improbables. À ce jeu-là, il était capable de rester des jours sans rien lâcher ou juste ce qu'il faut pour faire diversion. Mais l'amertume de l'échec et la haine de Despenoux l'emportèrent sur l'habileté de l'ancien ministre.

Grosjean, qui n'avait rien dit jusqu'alors, contourna la table pour s'approcher de Gorge et lui souffler à l'oreille :

— Et nous on pense que c'est Despenoux.

Le piège était grossier, mais Gorge ne prit pas le temps d'y réfléchir, son visage passa en un instant du gris fatigué au rouge écarlate.

— Ne dites pas n'importe quoi, vous et moi savons que Despenoux n'avait pas les épaules pour ordonner ces meurtres. Bourdelle, à son insu peut-être, mais certainement pas Mazaudet ni Tablière. Les mobiles qu'on lui a prêtés sont aussi peu crédibles que ceux des frères Gorini. Sur ce point je suis d'accord avec vous. Despenoux n'a été au bout de rien, sa politique économique a été un fiasco, sa politique européenne un désastre. Seules les lois anti-immigration que j'ai fait voter ont mis un peu d'ordre dans ce pays. Mais pas suffisamment. Le pouvoir de Despenoux était fort avec les faibles et faible avec les forts. Mis à part les ministres entrés avec moi, il n'y avait dans le gouvernement Durand-Corbel que des cons prétentieux sinistres, tout juste bons à pérorer sur les plateaux de télévision. Ça ne pouvait plus durer. Nous étions en train de perdre la partie, incapables de mettre hors d'état de nuire les saboteurs de tout poil, l'extrême gauche, les écolo-gauchos, les journalistes planqués à l'étranger. Oui, il fallait agir et j'ai agi.

Marianne et Paul s'étaient à nouveau figés dans un silence qui laissait libre cours au soliloque d'un Gorge qui avait définitivement réglé son compte au peu de surmoi qui lui restait.

L'ancienne et le nouveau patron de la Crim' avaient suffisamment d'expérience pour savoir que la machine s'était à ce point emballée qu'elle ne s'arrêterait qu'à l'ultime explosion. Elle vint peu après.

Les aveux étaient dans la démonstration. Pour accabler plus encore Despenoux, Gorge ne pouvait qu'opposer sa force et son courage aux faiblesses présidentielles.

— Seule la démission de la présidente et de nouvelles élections pouvaient nous permettre d'installer l'ordre nouveau souhaité par le pays trois ans plus tôt. Despenoux avait tout foiré, mais avec sa bande d'incapables on voyait bien qu'elle s'accrochait comme une sangsue aux breloques du pouvoir. Pour l'obliger à partir il fallait taper fort et

– ça vous étonnera peut-être – c'est un vieux compagnon de son grand-père qui m'a donné l'idée d'infiltrer sa garde prétorienne en y faisant entrer les Gorini par le biais de Millerand. Avec eux, je savais d'autant mieux ce qui se disait et se préparait à l'Élysée qu'ils s'étaient habilement rapprochés de la présidente. Et c'est chez moi qu'ils ont mis au point l'enlèvement de Tablière et la fusillade de Nice. Je n'avais plus qu'à allumer la mèche. Alors oui, je vous le confirme, c'est sur mon ordre que les frères Gorini ont assassiné Mazaudet, enlevé et tué Tablière. Despenoux en aurait été bien incapable. Et c'est moi qui ai fait parvenir à Blanche Dubois les photos et les documents trahissant la proximité de l'ex-présidente avec les deux mafieux pour accréditer l'idée qu'elle avait commandité ces crimes. La France méritait mieux que Despenoux, je n'ai aucun regret.

— Les Français non plus, répliquèrent d'une même voix Maestracci et Grosjean, mais leur lucidité a dû vous échapper. S'ils ne voulaient plus de Despenoux, ils souhaitaient encore moins vous voir à l'Élysée. D'une certaine manière reconnaissons que vous avez rendu service au pays, vous êtes mort vous aussi, brûlé par vos propres excès.

— Quels excès ? s'exclama Gorge, penché audessus de la table, comme s'il voulait cracher au visage des deux flics, au point que les gardes se précipitèrent pour l'obliger à se rasseoir. Voilà des années que je dis la vérité aux Français. Ils ont été des millions à me croire, malheureusement ça n'a pas suffi. C'est Despenoux qui les a trompés. Pas moi.

Et, dans une ultime diatribe, l'ancien candidat, défait deux mois plus tôt, déversa une dernière fois son fiel sur Durand-Corbel accusé d'avoir truqué les élections.

— Vous ne croyez quand même pas ces politiques pourris qui se sont empressés de retourner leur veste et de s'inventer des brevets de résistance ? Nous avons gagné, puis perdu à cause des palinodies et des tergiversations de la nièce, mais vous pouvez m'enfermer entre quatre murs, je ne me tairai pas, et d'autres à l'extérieur reprendront le flambeau. Méfiez-vous du chat qui dort, la bête est à terre, mais elle respire encore.

Malgré l'épuisement, Gorge s'était levé et hurlait sa haine revancharde tel un condamné au pied de l'échafaud. Face à lui, Maestracci et Grosjean ne l'écoutaient plus. Les deux savaient que les menaces de l'ancien dirigeant n'étaient pas seulement les paroles désespérées d'un mauvais perdant, mais ça n'était plus leur affaire. Pour eux, c'était fini.

Pour Gorge également. Il n'était pas près de revoir l'Italie, encore moins de fouler le pavé de Paris où les musiques venues d'ailleurs se mariaient dans une joyeuse et délicieuse cacophonie. Le leader de l'ultradroite en perçut de faibles échos, le plus souvent couverts par les sirènes des voitures de police qui n'avaient mis que quelques minutes pour traverser la capitale de la rue du Bastion à la Santé.

Dans sa cellule, Charlotte Despenoux dégustait les chaînes d'info qui lui offraient, depuis vingt-quatre heures, le programme le plus réjouissant qu'elle pouvait espérer. La déchéance de Gorge, l'aveu de ses crimes et de ses manipulations étaient commentés en boucle. Sur les plateaux, les éditorialistes qui pour l'occasion se faisaient déjà historiens racontaient par le menu les guerres de clans, les fausses réconciliations et les vrais meurtres qui avaient jalonné ses trois années de présidence. Presque naïvement, Charlotte caressa l'espoir que la rédemption lui serait accordée après les aveux de son ancien vice-Premier ministre. Mais c'était compter sans l'épisode trouble de l'assassinat d'Antoinette Bourdelle et oublier un peu vite que, loin du redressement annoncé, la France, à bout de souffle, avait les genoux à terre.

Complicité de meurtre, assassinat, crime contre l'humanité, les juges d'instruction chargés du dossier Despenoux-Gorge avaient le choix du chef d'inculpation.

Épilogue

Au Conseil des ministres qui suivit l'arrestation de Patrice Gorge, le président de la République n'avait pas souhaité faire de discours. Il s'était contenté de donner la parole au ministre de l'Intérieur qui annonça à ses collègues et aux Français que le gouvernement avait décidé de dissoudre La France D'abord.

À 13 heures, devant les caméras de télévision du monde entier, le chef de l'État signa le décret de dissolution. En posant son stylo et en refermant avec une lenteur calculée le parapheur, il eut ces simples mots : « La page est tournée. »

Le parquet exigea que l'instruction aille vite. Le dossier bouclé en moins d'une année, le procès de l'ex-présidente Charlotte Despenoux et de son vice-Premier ministre Patrice Gorge eut lieu à l'automne 2029. Près d'une centaine de personnes, anciens ministres, membres de cabinets, hauts gradés militaires et policiers étaient à leurs côtés dans le box des accusés. Tous furent condamnés à de lourdes peines.

Pour Gorge et Despenoux, le procureur obtint ce qu'il avait demandé : la réclusion criminelle à perpétuité, sans aménagement de peine possible. Les deux furent immédiatement séparés. L'une resta à la Santé, l'autre fut transféré à Lannemezan. Ils ne se sont jamais revus ni parlé.

Remerciements

À Jean-Luc Barré, qui nous a renouvelé sa confiance et éclairé de ses précieux conseils tout au long de ces mois d'écriture.

À Cécile Boyer-Runge, qui a fait le pari avec nous de cette aventure romanesque avant de nous encourager à la poursuivre.

À Catherine Birnbaum et Séverine Caniot, qui nous ont accompagnés et assistés avec une grande efficacité et beaucoup de patience.

La photocomposition de cet ouvrage
a été réalisée par
GRAPHIC HAINAUT
30, rue Pierre Mathieu
59410 Anzin

MIXTE
Papier issu de
sources responsables
FSC® C003309
FSC
www.fsc.org

L'Éditeur de cet ouvrage s'engage
pour la préservation de l'environnement
et utilise du papier issu de forêts gérées de manière responsable.

Imprimé en France par EPAC Technologies
N° d'impression : 4550414326220
Dépôt légal : mai 2020